元構造解析研究者の異世界冒険譚 1

ALPHA LIGHT

犬社護

Inuya Mamoru

JN095864

アルファライト文庫

シャーロット
本編の主人公。家族だけでなく、
精霊からも愛されている少女。
前世では構造解析研究者
「持水薫《もちみずかおる》」だった。
異世界ガーランドに転生しても、
構造解析をやろうと
しているが……
CHARACTER

イザベル
王都で知り合った女の子。
ちょっと不思議な
ところがある…!?
マリル
エルバラン家のメイド。
シャーロットを溺愛《できあい》中。
ジーク
エルバラン公爵家《こうしゃくけ》の
当主で、シャーロットの父。
娘を溺愛中。
エルサ
シャーロットの母。
娘を溺愛中。
ラルフ
シャーロットの兄。
妹を溺愛中。

1話　構造解析研究者、死す

はあ、ここ三ヶ月の苦労が報《むく》われたわ。

私――持水薫《もちみずかおる》は、とある製薬会社の研究員だ。三ヶ月前、上司から物質Xの構造解析を頼《たの》まれた。物質Xは、とある病気に関わるタンパク質なのだが、これまで大量生産が不可能だったため、構造解析はなされてこなかった。このたび、大量とまではいかないが、それなりの量が生産できるようになったので、私に構造解析の仕事が回ってきたのである。

――そして三ヶ月経《た》った今、かなり苦戦したけど、X線解析やNMR（核磁気共鳴《かくじききょうめい》）といった機器を駆使《くし》して、世界で初めて物質Xの立体構造を解析できた。

現在、私は研究所の二階にあるフロアの一角で、パソコンで物質Xの立体構造を眺《なが》めている。ここはフロア全体がオープンスペースとなっており、同僚たちもここで議論し、実験を行《おこな》っている。世界初の発見をこんな場所で見ていいのかと疑問に思うかもしれないが、私のパソコンはネット接続していないし、傍目《はため》からはなんの構造解析データなのかわからないため、まず情報が盗《ぬす》まれることはない。

それにしても、この3Dで表示されたXの立体構造、いいわ。この形、この曲線、いくつものユニットが組み合わさったこの全体像、素晴らしい！　ここ三ヶ月、残業を続けたかいがあった。

「薫さん、その笑顔が気持ち悪いです」

私の横に現れたのは、後輩の伊宮鈴《いみやすず》だった。二十六歳、独身、現在片思い中の男性あり。ナチュラルなショートヘアで、歳《とし》のわりに若く見えるから、男性社員に人気《にんき》がある。

「鈴、このタンパク質の立体構造がやっとわかったのよ。あなたにもわかるでしょう？　この構造の凄《すご》さが！」

「……あの、確かにわかりますよ。ただ、先輩の仰《おっしゃ》る凄《すご》さと私の思う凄《すご》さは、違う気がします」

「――やめとけ、鈴。薫がこの状態に入ると、しばらく戻ってこないのは知っているだろ」

お、一条《いちじょう》のお出ましか。

一条誠《まこと》、三十歳、独身、私の同期で超イケメン。男として文句の付けどころがない性格のため、女性陣が常にロックオンしている。機会があれば話しかけられたり、食事に誘われている場面を数多く見てきた。でも残念、一条には片思い中の女性がいる。今、私の目の前にいる鈴だ。

「はあ～そうでした。一条さん、薫さんはどうしてずっと一般研究員でいるんですか？

もったいないですよ。どう考えても、チームリーダーにもなれる優秀《ゆうしゅう》さです。薫さんのおかげで、多くの物質の立体構造がわかり、その機能も解明できたじゃないですか。しかも薫さん本人も、それらの実績を全部他の人に譲《ゆず》っているし……みんな、おかしいですよ」

「あーうすうすわかっていると思うが、こいつは未知の物質の立体構造を知りたいだけなんだよ。立体構造フェチなんだ。未知の物質の新機能とかはついでだ。立体構造がわかれば、あとはもういらないから、人に譲っているんだよ。上の連中もそれがわかっているんで、平《ひら》の研究員のままにして、構造解析ばかりやらせているんだ。その代わり、チームリーダー並みの給料をもらっているぞ。周りの連中も、薫の実績を知っているから、何をしても誰一人文句を言わん」

その通りだよ、一条！　私は、物質の立体構造がわかれば、他のことは心底どうでもいい。

「薫さんが望んでいるのならいいんですけど、もったいないな～」

さて、物質Xの立体構造を十分に堪能《たんのう》したところで、報告書を作ろうか。

「それはともかく、薫さん、そろそろ昼食の時間ですよ」

あれ？　もう、そんな時間？　時計を見たら、ちょうど十二時を指していた。三十歳を過ぎたら時間が経つのが早くなると聞いたことがあるけど、本当かもしれない。

「じゃあ、三人で昼食にいきますか！　今日は、肉うどんでいいかな」

私が席を立つと、それに連動するように、みんな続々と仕事をやめ、一階の食堂へ歩き出した。

「肉うどんだけじゃ、栄養が偏《かたよ》っちゃいますよ。昨日まで残業していたんだし、もう少し栄養のあるレディースランチにしてください！　せめて、サラダを食べてください」

「ははは、鈴は完全に薫の妹みたいだな」

「うんうん、鈴が私の妹になってくれたら大歓迎するわ」

「私も、薫さんがお姉さんのように感じますよ」

私たちが部屋を出て通路を歩いていると、道を半《なか》ば塞《ふさ》ぐように大型機器が置かれているのを見つけた。確か、廃棄《はいき》処分する予定のものだったかな。

私たちがその大型機器を避《さ》けようとした瞬間、研究所全体が少し揺《ゆ》れたように感じた。

まさか、地震⁉

「一条、なんか揺れてない？」

「ああ、地震か！」

「だんだん揺れが大きくなってますよ！」

「二人とも、機材から離《はな》れなさい！」

しばらく身を屈《かが》めていると、揺れが収まった。そして、二人の様子を確認したら――

「……ちょっと二人とも、いつまで抱《だ》き合っているの？」

「え、あ、一条さん、すみません」

「い、いや、こっちこそすまん」

この二人、両想いなんだから、いい加減どちらかが告白して付き合えばいいのに。

あ、そんなことより！

「二人とも、実験室に行くわよ。機材が心配だわ。倒れてなきゃいいけどね。明日からの構造解析に差し障《さわ》る」

「薫さんの頭には、それしかないんですか？」

「ない！」

「即答するなよ。とにかく急ごう」

実験室に行くと、地震対策済みだったので機材は無事だった。通路にある大型機器も問題ないわね。

再び食堂に向かおうとしたら――またしても大きな揺れが研究所を襲《おそ》う。しかも、さっきよりかなり強い！

あ！　大型機器が大きく揺れて、鈴と一条がいる方へ倒れそうになってる！

動け、私の足！

大きな揺れの中、身体《からだ》をあちこちぶつけながら、なんとか鈴と一条がいるところまで走った――

「鈴、一条、後ろを見なさい！」

「え」

まずい、大型機器が二人に向かって倒れてきた。二人とも身体が硬直《こうちょく》していて、このままだと下敷《したじ》きになる！　なんとしても、二人を助ける――


「か……お……る……さん」

「か…お……る」

声が聞こえる。誰だろう？　私の名前を必死で叫《さけ》んでいる人たちが目の前にいる。

「う……鈴……一条……無事？」

なんだろう？　身体がまったく動かないし、感覚もない。あ、視界が開けてきた。

「薫さん！　薫さん、しっかりして！　救急車が来るから！」

「薫！　もう少しの辛抱《しんぼう》だ！　この大型機器を退《ど》かすから待っててくれ！」

鈴が大粒《おおつぶ》の涙を流しながら、私の名前を必死に叫《さけ》んでいる。一条も、大型機器を一人で持ち上げようとしている。この感覚……私は……もうすぐ死ぬわね。せめて、あの二人には……幸せになって欲しい。最後に一言でいいから、鈴に話を……

「……鈴」

「はい、なんですか！」

「鈴、一条……あんたら両想いなんだから、恋人になって結婚しちゃえ」

「お、お前、こんなときに何を……」

「はい、はい、わかりました。だから死なないで！」

　鈴の返事を聞くと、私の意識は途絶《とだ》えてしまった――


――ここはどこだろう？　白い空間に、私一人だけがいる。ふいに後ろから声が聞こえた。

「次は、あなたですね」

　振り向くと、ロングで黒髪の綺麗《きれい》な女性が立っていた。女の私が見惚《みと》れるほどの綺麗《きれい》さだわ。大和撫子《やまとなでしこ》という表現がピッタリね。でも、ここまで綺麗《きれい》だと、無性《むしょう》に腹が立つわね。

「一発、殴《なぐ》らせろ！」

「会ってそうそう、なにトチ狂ったことを言っているんですか！」

　あれ？　あのとき、私は間違いなく死んだよね？　死因は、大型機器による圧死かな？

ということは、ここは死後の世界？　そうなると、この女性は……とにかく謝《あやま》ろう。

「すみません。死んで間もないのに、いきなり最上級の美女が目の前に現れたので、同じ女である私への嫌味《いやみ》かと思い、殴《なぐ》りたくなりました」

「そこ！　言ってることがおかしいです！」

「死んで間もないので、混乱していると思ってください」

私が死んだのは、ついさっきだ。そこにこの白い空間、最上級美女の登場、冷静でいろという方が無理、言動がおかしくなって当たり前だ。というか、本音《ほんね》がダダ漏《も》れになっていただけかな？

「まったく、あなたのような失礼極《きわ》まりない人間は初めてです。コホン、改めて、私は地球の日本地区を担当する女神《めがみ》ミスラテルと申します。お察しの通り、あなたは先程の地震で死にました」

「女神様、鈴と一条を助けてから記憶がありません」

「死因は、大型機器の下敷きによる圧死ですかね。あなたが助けたお二人は、その後結婚し、三人の子供が生まれています。毎年、あなたのお墓参りをしていますよ」

月日の経過が早すぎなのでは⁉

「あなたの精神と魂が落ち着くまで、時間がかかったのです。あなたにとってはつい先程のことかもしれませんが、現世ではあの未曾有《みぞう》の大地震から十五年が経過しています」

十五年⁉　その間、私は眠《ねむ》っていたようなものか。

「おおむね、状況を把握《はあく》できました。それで、女神様がどうして私の前に？　まさか、私は神様の不注意で死んだとか？」

「違います。人口が多くなったとはいえ、きちんと管理しています。あなたは友人を助けて死ぬ運命だったのです。ただ、あなたのように綺麗《きれい》な魂を持ち、友を助けるほどの善行をした方には、救済措置《そち》が発生します」

「救済措置？　どんな措置があるのですか？」

「それは転生です。通常の場合、すぐには転生できませんが、あなた方のような善良な人たちが若くして亡《な》くなった場合に限り発生する特例ですね」

若く……三十歳でも若いと言えるのだろうか？　転生か……待てよ！

「あの、転生というのは、人間に転生するんですよね？」

「ええ、そうです」

よかった～。いくら特例でも、アリとかキリギリスのような生物への転生は嫌だからね。

「それで転生先ですが、この地球にしますか？　それとも別の惑星にしますか？」

今なんて言った、この女神？　別の惑星？　では試《ため》しに、あれを言ってみよう。

「魔法のある異世界に転生とかいうのはないですか？」

「は～」

えー、いきなり溜息《ためいき》をつかれた。なぜ？

「ここ最近、亡くなった若い人たちは、必ずそれを言いますね。言っておきますが、ここは別の空間にある世界のことなのでしょうが、そんなものあるわけないでしょう」

断言《だんげん》された。夢も希望もないな。でも、まだ諦《あきら》めない。

「それじゃあ、この宇宙の中で、魔法が使える人間が住んでいる惑星はありますか？」

「それならあります。あなたたちの言うステータスも存在しています」

やった！　言ってみるものだ。それなら異世界と変わらない。これだけ宇宙は広いのだから、魔法がある惑星は必ず存在していると思ったのよ。

「そこに転生をお願いします」

「わかりました。特典として、二つのスキルを差し上げましょう。限度がありますが、何がいいですか？」

「『構造解析』と『構造編集』でお願いします」

やっぱり、この二つは外《はず》せない。

「『構造解析』？　ああ『鑑定《かんてい》』のことですね」

この女神、『構造解析』と『鑑定』を同義と思っている？

「今なんて言ったのかしら～、女神様～」

「え、だから『鑑定』だと。あれ？　なんか怒ってます？」

うん、この女神には、お説教が必要のようだ。

「『鑑定』と『構造解析』はまったく異なるものです。『鑑定』は外側から物品を見て、それが本物か偽物《にせもの》かを判断したり、優良か劣悪《れつあく》かを判断します。ただし、人によっては価値観の違いで誤《あやま》ることもあります。『構造解析』は内側から物品を見て、一つ一つの分子構造を詳細《しょうさい》に解析するのです。よって、誤った結果を出しません。全てが真実なのです。

『構造編集』は解析した構造を編集することにより、物品をより進化させることができるのです」

『構造編集』に関しては、そんな技術があればいいな、と常日頃から思っていたものだ。

「わ、わかりました。丁寧《ていねい》な説明ありがとうございます。『構造解析』と『構造編集』、確かにそのようなスキルがあれば面白《おもしろ》そうですね。私が新《あら》たに作り、あなたの中に入れておきましょう」

よっしゃ！　言ってみるものだ。あ、それと――

「女神様、転生したら前世の記憶や性格はどうなるのですか？」

「前世の記憶を残すのか消去するのかは、あなた方にお任《まか》せしています」

「残したまま、転生をお願いします」

「わかりました。転生先は公爵家《こうしゃくけ》の長女となっていますが、よろしいですか？」

貴族か、まあ長女なら変な扱《あつか》いをされることはないだろうし、いいかな。

「はい、それでお願いします」

その後、女神様から転生した後のことで、いくつか注意点を教えられた。

一．惑星ガーランドの大気には、空気だけでなく、魔素《まそ》も含まれる。

二．魔素があるため、全ての生物には魔力が宿《やど》っている。

三．『魔力感知』『魔力操作《そうさ》』『魔力循環《じゅんかん》』といった数多くのスキルや魔法が存在する。

四．三歳になるまで、魔力の使用禁止――特にこれはきつく忠告された。

「最近、前世の記憶を残しつつ、〇歳の頃から魔力の修業《しゅぎょう》をしようとする若い人が続出しています。理由を聞くと、小さい頃から修業をすると魔力が異常に高まって、大人になってからチートができるという理由でした。馬鹿としか言いようがないですね。よく考えてください。確かに子供の頃から熱心に修業をすると、魔力は異常に高まります。ですが、産まれたばかりで身体もまったく育っていない状態から、魔力の修業をしてはいけません。魔力は確かに出ますよ。でも、制御できません。無理にすると……最悪死にます。よくても、二度と魔力が出ない身体になるでしょう。私は、再三注意しました。それでも若者たちは、チートのために実行するんです。そして、見るも無残《むざん》な結果となった人が続出しました。いいですか、あなたはやってはいけませんよ。やるにしても、『魔力感知』だけにしてください。あれなら魔力が身体の外に出ることはないし、危険はないでしょう。魔力の修業は三歳からです」

美人が台無《だいな》しになるほどの凄《すご》い形相《ぎょうそう》で言われたため、少し引いてしまった。女神様がこれだけ真剣に言うのだから、本当のことなのだろう。

惑星ガーランド、転生先は公爵家の長女、三歳になるまで訓練禁止、全ての重要事項を把握《はあく》したところで、お別れの時間が訪れた。

「あなたならば、転生後の新たな人生を謳歌《おうか》できるでしょう」

女神様が言い終わると、私の身体は光に包まれていった。

どんどん光は強くなっていき、そこで意識が途切《とぎ》れた――

〇〇〇

行きましたか。不思議な女性でしたね。あんなスキルを望むなんて思いもしませんでした。心の綺麗《きれい》な方でしたから、悪用することはないでしょう。ただ、生まれる年が問題ですね。確か聖女が生まれる年だったはず。妙なことに巻き込まれないといいのですが……

それでは、次の方を転生させましょうか。

この子は十五歳の女性でしたか。

2話　神託《しんたく》

惑星ガーランドには、アストレカ、ハーモニック、ランダルキアという三つの大きな大陸があり、人間、獣人、ドワーフ、エルフ、竜人、魔人といった多くの種族が闊歩《かっぽ》している。
そして――人間の比率が高いアストレカ大陸の南端に位置するエルディア王国では、

深夜零時《れい》を過ぎ新年を迎《むか》えたこともあって、多くの人々が新たな年の門出《かどで》を祝っていた。

みんなが楽しく酒を酌《く》み交わす中、神ガーランドを祀《まつ》る教会では、とある神託が下《くだ》された。

今から二十年後、大災厄《だいさいやく》が訪れる。

しかし、恐れるな。今年生まれる女の子の中に聖女がいる。

聖女は十歳になると頭角を現し、多くの人々を救うだろう。

やがて勇者も現れ、大災厄の源《みなもと》を祓《はら》う。

ただし、安心することなかれ。

聖女の働き次第では、勇者は現れない。大災厄は祓《はら》われない。

その場合、国は滅亡《めつぼう》するだろう。

この神託を知ったエルディア王は、今年女の子が生まれたときは、国に必ず報告するよう命令を下《くだ》した。神託の内容は世間に公表されたが、『今年聖女が生まれる』という部分だけだった。国民たちが混乱しないようにするための配慮《はいりょ》だったのだが、これが原因で『とある女の子』に真意が伝わらなかった。そのため五年後、彼女の『とある行動』をきっかけに、神託に記された未来が大きく変化することを、この時点で誰一人予測していなかった。そう、神託を下《くだ》した神ガーランド自身さえも……

〇〇〇

ガーランド暦千三百六十九年、エルバラン領の領主であるエルバラン公爵家に一人の赤ん坊が産まれようとしていた。当主のジーク・エルバランと、その息子であるラルフが、ダブルサイズのベッドで苦しんでいる女性エルサを見守っていた。

ラルフはまだ三歳ということもあり、出産の意味をきちんと理解していないが、苦しそうに呻《うめ》く母親を見て、只事《ただごと》ではないのを察していた。父の言い付けを守り、ソファでじっと母親を見つめている。

一方のジークは、ソファに座っているものの、落ち着きがなく、時折妻のエルサに「頑《がん》張《ば》れ、もう少しだ！」とエールを送っていた。そばに行きたい気持ちを必死に抑《おさ》え、妻が無事に新たな命を産んでくれることを強く願っていた。

ラルフとジークに見守られているエルサは、赤ん坊を産もうと必死だった。隣《となり》には、六十歳くらいの助産婦が、必死に赤ちゃんを取り出そうとしていた。そして――

「おぎゃー！　おぎゃー！」

「奥様、おめでとうございます。可愛《かわい》い女の子ですよ」

産まれた赤ん坊は、銀色の髪で薄い青色の瞳をしており、母親似だった。

「はあ、はあ、ジーク……女の子ですって……とても可愛《かわい》いわ」

息も絶え絶《だ》《た》えではあったが、エルサは自分の娘の誕生《たんじょう》に深く感動していた。

「エルサ、頑張《がんば》ったな。可愛《かわい》い女の子だ。名前は、シャーロットだ！　ラルフ、今日から兄さんになるんだぞ」

「お兄ちゃん？　えへへ、お兄ちゃん、僕は今日からお兄ちゃんなんだ！　シャーロット、お兄ちゃんだよ〜」

仲睦《なかむつ》まじい家族で、周りは笑顔に包まれていた。ただし、一人だけ笑っていない者がいた。シャーロット本人である。

――やめてよ〜。シャーロットはやめてほしい。恥《は》ずかしすぎる！　成長して、姿が名前と違いすぎたらどうするのよ〜。まさか、産まれてすぐに自我を持つとは思わなかった。絶対に知られたくない。知られたらヤバイ。あの女神〜、少しは気を使えよ‼

シャーロットはずっと愚痴《ぐち》を言い続けていたが、それは「おぎゃー」にしかならず、周りからは元気な女の子だと判断されてしまった。

持水薫改め、シャーロット・エルバランの転生譚《たん》が今始まる。

3話　三歳になりました

私――シャーロット・エルバランは三歳になった。ここまで長い道程《みちのり》だった。まさか、産まれた直後から自我があるとは思わなかった。〇歳で自我があるとばれたら、気持ち悪いと思われて最悪捨てられる。転生した途端《とたん》、親に捨てられるのは悲惨《ひさん》すぎる。だから、家族や使用人たちの前では喜怒哀楽《きどあいらく》の表情に気をつけた。また、転生するときに女神様がこの星の言語を理解できるようにしてくれたみたいだが、言葉が通じているとバレないようにも注意するはめになった。どこの世界に、言葉を全て理解できる〇歳児がいる。

ともかく、動けない〇歳の間は、家の中限定で、周囲の景色や両親と使用人たちとの会話で、惑星ガーランドを知ることに集中した。

女神様のアドバイスから、『魔力感知』スキルだけを集中して訓練していたのだが、退屈しなかった。生物全てから感じる魔力の質？　色？　とにかく構造解析とは違う面白さがあるのだ。

一歳近くになると、家周辺の生物を感知できるようになった。そして一歳二ヶ月となったとき、なんと精霊様が見えるようになった。どうやら普通の人には見えないらしい。毎日遊んでいたせいか、私のことを気に入ってくれた。

精霊様たちと出会って一週間ほどすると、急に頭の中に声が聞こえてきた。どうも、私の知能が高いことを不思議に思ったらしく、テレパシーに近い魔法で話しかけてきたようだ。そこで、前世の記憶があること、地震で命を落とし、地球の女神様の計《はか》らいで惑星ガーランドへ転生し、産まれた直後から自我があることなんかを話した。そうしたら、精霊様たちは同情してくれて、より親密《しんみつ》さが増した。

しばらく経つと、遊ぶだけだと悪いと思ったのか、惑星ガーランドの環境《かんきょう》やスキル、魔法、魔導具などを基礎《きそ》から丁寧《ていねい》に教えてくれた。でも一歳からこんな知識を付けて、問題ないのだろうか？

ただ、せっかく教えてくれているんだから、文句は言えないよね。何事も基礎が一番大事なので、しっかり学ばせてもらった。

そのおかげで、この世界のことも詳《くわ》しくなった。ここは地球よりも少し小さい。人間、エルフ、獣人、ドワーフなど多種多様《たしゅたよう》な種族がいる。私がいる国は、人間が統治するエルディア王国だ。

スキルと魔法のレベルは1〜10まである。魔法を使用するためには、自分自身が持つ属性と魔力量を把握《はあく》しなければならない。

属性は、精霊の種類と同じ数だけ存在しており、火・水・土・木・風・雷・空間・光・闇の九つがある。人は、産まれつき属性を持つらしいが、人によって所持《しょじ》する属性が異なっているらしく、一つしか持たない人もいれば、四つ持つ人もいるし、稀《まれ》に九つ全てを持っている人もいる。

そして、魔法は所持している属性しか使用することができない。

こういった具合に、精霊様は数多くのことを私に教えてくれた。本当にありがたい。ただし、教えてもらっただけで、使用はできない。肝心《かんじん》の技術がないからだ。

私は女神様の言い付けを守った。今までは、『魔力感知』しか使っていない。そして、三歳となった今、やっと『魔力操作』と『魔力循環』の訓練ができる。チートとかはできないだろうけど、子供の段階で基礎スキルを上げておいた方が、魔法とかも覚えやすいはずだ。

私の人生は、ここから新たな一歩を踏《ふ》み出す！


――現在、私はお母様と文字の勉強をしている。

母の名前はエルサ。私と同じ銀髪で、瞳は薄い青、どこか癒《いや》されるフンワリとした綺麗《きれい》な顔立ちをしている。服装も、顔に似合う爽《さわ》やかなデザインのドレスを着用している。私は三歳だから、ドレスを着るのはまだ早いよね。重要なお客様が訪れたときは別だけど、普段は街の子供たちよりも少し上等くらいの子供服を着ている。

うちは、公爵家だからといって、無駄に豪華《ごうか》な服は着ない。いつどこで災害が発生するかわからないから、質素倹約《けんやく》し、余った予算や食糧は備蓄《びちく》しているのだ。

「ふふ、シャーロットは可愛《かわい》いわね～。見てて、癒《いや》されるわー」

「嬉《うれ》しい、お母様」

うーん、中身が三十三歳のおばさんだから、自分の発した言葉に違和感《いわかん》を覚える。まあ、かなり慣れてきてはいるけど、自分が三歳であることを忘れてはいけない。

コンコンと、ドアを叩《たた》く音が聞こえた。昼食の時間かな？

「は〜い。どうぞ」

「失礼いたします。奥様、シャーロットお嬢様《じょうさま》、昼食の準備ができました」

「わかりました。シャーロット、行きましょうか」

「は〜い」

呼びに来たのは、メイドのマリル、十五歳の女性だ。この人は本当に苦労人なんだよね。五年前、村が盗賊《とうぞく》に襲われ、まだ小さかった弟さんとなんとか逃げのび、私のお父様と出会ってメイドになったそうだ。髪色は赤く、長さはセミロング、まだ幼さを残しているけど、可愛《かわい》いというより綺麗《きれい》な顔立ちだ。

「お嬢様、先日はありがとうございました。お嬢様が教えてくれたおかげで、池の近くで高熱を出していた弟を発見できました。すぐに医者に診《み》てもらい、薬を処方してもらいました。今は健康に戻り、後遺症《こういしょう》もありません」

「私じゃないよ。木の精霊様が教えてくれたの。いつも、花のお世話をしてくれているお礼だって。感謝は木の精霊様に言ってね。助かって良かったね」

私がそう言うと、マリルは周りをキョロキョロした。木の精霊様を探《さが》しているのかな？

「木の精霊様、ありがとうございます。ところで奥様、お嬢様、お願いがあるのですが？」

「あら、マリルからのお願いは珍《めずら》しいわね」

「な～に？」

「お嬢様を抱きしめてもいいですか？」

は？　なぜ抱きしめる必要が？

「ふふふ、あなたもシャーロットにやられちゃったかな」

「え、別にいいけど？」

「ありがとうございます。……あ～癒《いや》されます」

なんで？　確かに私の見た目は、自分で言うのもなんだが可愛《かわい》い。長い銀髪、パッチリお目目、見ててフワッとした印象がある。でも、抱きしめただけで癒《いや》されるのだろうか？

「そろそろ、みんなのところに行きましょう」

お母様の言葉で、マリルは名残惜《なごりお》しそうに私から離れていった。ちなみに、私が精霊様たちを見て話もできることは、家の中では周知の事実となっている。たまに、精霊様たちから聞いたことをお父様に告《つ》げていたためだ。あまり話せない時期だったので、内容をわからせるのに苦労した。今でも、話すときは細心の注意を払っている。演技するのは大変だ。

食堂には、すでにお父様とお兄様がいた。

「お父様、遅《おそ》くなりました」

「大丈夫だよ、シャーロット。私たちも、今来たばかりだからね」

お父様は、相変《あいか》わらず爽《さわ》やかな顔だ。

「シャーロット、おいで」

「はい、お兄様」

お兄様も、お父様に負けないほど爽《さわ》やかな顔なんだよね。

お父様は三十二歳らしいけど、年齢より若く見える。お兄様もまだ六歳だけど、お父様に似ている。将来イケメンになって、女性陣に囲まれるだろうね。あの爽《さわ》やかな顔で、綺《き》麗《れい》な歯をチラッと見せて微笑《ほほえ》んだら、何人の女性が撃沈《げきちん》されるだろうか？

「ラルフも、すっかり立派なお兄ちゃんになったわね」

「お母様、僕は兄だからね。シャーロットは僕が守るんだ」

「ふふ、そうね」

「――それじゃあ、昼食をいただこうか」

「「「神ガーランドよ、感謝します」」」

ここの食事は、ヨーロッパのものに近い。米の代わりにパンを食べている。料理自体はなかなかのものだ。ただ、やっぱり米や味噌《みそ》が欲しい。かといって、私には味噌《みそ》を作る技術がないため、もう少し成長したら市場で探す予定だ。精霊様たちに聞くと、もっと東に行けば、似たようなものを見たことがあると言っていた。必要なら、いつか旅に出よう。

昼食も食べ終わり、一息ついたところで、お父様が口を開いた。

「ラルフ、お前ももう六歳だ。そろそろ剣術の稽古《けいこ》をつけてやろう」

「お父様、本当ですか‼」

いいな～。私にも、魔法の稽古《けいこ》をつけてほしい。

「お父様、私にも教えてください。でも、剣術より魔法がいいです」

「残念だが今はダメだ。五歳になって、教会で祝福《しゅくふく》をもらってからな」

「……はい。う～お兄様、いいな～」

「シャーロット、そんなふてくされた顔をしてもダメよ。魔法の訓練は五歳からという決まりなの。未熟な身体で無理に習うと、二度と魔法が使えなくなる可能性もあるの」

お母様に軽く叱《しか》られてしまった。

仕方ない。今は『魔力感知』『魔力操作』『魔力循環』を鍛《きた》えるしかないね。

「そ、そうだぞ、シャーロット。決まりだから仕方がないんだ」

でも、お父様の心は揺らいでいた。この家族は、基本的に私に甘い。前世の記憶があるから我慢《がまん》できているけど、なかったら我儘《わがまま》な性格になっていたかもしれない。

それにしても五歳からか。あと二年の辛抱《しんぼう》だね。この世界では、教会で祝福を受けるまで、自分のステータスを見られないらしい。祝福を受けて適性を知ってから、自己を鍛《きた》えていくことになる。

お兄様には、水・雷・風の適性があり、スキルと総合すると剣士が最も向いているという。この一年間、ずっと基礎体力をつける訓練と木刀《ぼくとう》による素振《すぶ》りしかできなかったから、いざ剣の稽古《けいこ》ができるとなると嬉しいのは当然だよね。

昼食を食べ終え、自分の部屋に戻り、マリルに絵本を読んでもらった。さすがに三歳で絵本を読めるのは、ちょっとね。

早く自分のステータスを見たい。私は、どんな適性を持っているのだろうか？

多分、現時点で『構造解析』スキルは使えるはずだけど、スキル使用の際、魔力を必要とするのかはわからない。もし必要なら、名前からしてかなりの魔力を使う気がする。精霊様にお願いすれば、自分のステータスを見せてくれるだろう。でも、それは他の人たちに悪い。五歳になるまでは『魔力感知』『魔力操作』『魔力循環』を徹底的《てっていてき》に訓練しよう。『魔力感知』はこれまで鍛《きた》えてきたから、自分の魔力がどれほどなのか、どのくらい減《へ》っているのかは、おおよそわかるはずだ。

そう、焦《あせ》ってはいけない。全ては基礎を重点的に鍛《きた》えてからだ。全ては『構造解析』のために。

4話　五歳になりました

ついに、昨日五歳になった。

教会から祝福を受ける歳になったことで、家族だけでなく、精霊様や使用人たちからもお祝いの言葉を盛大《せいだい》に言われ、料理もこれまでの誕生日に出されたものより豪華だった。

前世でも、ここまでお祝いされたことがなかったので、感極《かんきわ》まって泣いてしまった。

そんな誕生日の翌日――

コンコンと、私の部屋のドアがノックされた。

「はーい、どうぞ～」

入ってきたのは、メイドのマリルだ。

「失礼します。お嬢様、ジーク様がお呼びです」

「わかりました。すぐに向かいます」

お父様が呼んでいる。もしかして、ついに祝福を受けるときが！

お父様の部屋には、お母様もいた。お父様はにこにこしながら口を開いた。

「シャーロット、昨日は楽しかったかい？」

「はい、とても楽しかったです」

「それはよかった。実は急だけど、二日後シャーロット一人で王都に行ってもらうことになった」

え、私五歳児なのに。王都は歩いていける距離《きょり》じゃない。お父様は私に死ねと言っているのだろうか？

──と、お父様がお母様にスパーンと頭を叩《たた》かれた。

ここにハリセンがあれば、良いツッコミとなっていたことだろう。

「あなた～それじゃあ、シャーロットに死ねと言っているようなものよ～。シャーロットを見なさい、顔が真《ま》っ青《さお》になっているじゃない！」

そりゃあ、一人で王都に行けと笑顔で言われたら、真っ青にもなるよ。

「あ、すまん！　言葉が足《た》りなかったな。昨日、シャーロットも祝福を受けられる年齢になった。ただ、今年五歳になった子供だけは、ある理由から王都の教会で祝福を受けねばならない」

やった、祝福！　でも、ある理由ってなんだろうか？

五歳の子供が一人で王都に行くとなると、相当な理由があるはず。

私の疑問は、お母様が解決してくれた。

「シャーロットが生まれた年、エルディア王国内で聖女も生まれたそうなの。王は聖女を守るため、今年五歳となる女の子全員を、王都にあるガーランド教会に呼び寄せて、祝福を受けさせることにしたの。毎月、誕生日を迎えた子たちには、王都に行ってもらっているわ。まだ続けているということは、聖女は見つかっていないようね」

「私以外に何人いるんですか？」

「ここは広いから三つの区域ごとにそれぞれ移動することになっていて、この地域はシャーロットを入れて四人だ。送迎と護衛《ごえい》は王国騎士団が行う。本来なら、私たちも同行したいところだが、子供たちだけで来て欲しいという要請《ようせい》があってね。旅行日程は、往復《おうふく》八日、王都滞在《たいざい》期間は二日、合計十日間だ。心細いだろうが、我慢するんだよ」

お父様から言われた旅の日程、五歳児だと、結構キツイね。おそらく、私以外の子供たちはかなり心細いはず、フォローしておいた方が良いよね。

「十日間、長いですが頑張《がんば》ります。シャーロットは成長して帰ってきます」

私にとっては、初めての旅行だ。両親がいないからハメを外せる。子供たちの面倒を見つつ、楽しませてもらおう。

「それとねシャーロット、あなたは精霊を認識し、会話ができる『精霊視』の力を持っているわ。あまり言いたくないのだけど、これまで、『精霊視』を持っていた女の子は聖女様しかいないの。つまり、あなたが聖女である可能性が極《きわ》めて高いの。『精霊視』のことは、今後他人には絶対言わないようにね。家の者たちにもきつく言ってあるわ」

なんだって！　ここにきて、お母様からの爆弾発言！　嫌です、聖女になんかなりたくない！

「もし……聖女であった場合、私はどうなるんですか？」

「祝福を受けた後、そのまま帰ってきて私たちに報告するの。そして二日後、王都に向けて再出発し、到着後は教会に所属することになるわ。実家には、一年に一度戻ってくることが許されているだけ」

最悪だ。子供の成長の環境をぶち壊《こわ》している。五歳の段階で、親から引き離してどうする⁉

「だ、大丈夫ですよ。私が聖女のはずありません。お父様や、お母様、お兄様とも離れたくない！」

「うんうん、私もだよ。シャーロットが清らかな聖女のはずがない！」

「そうよ、シャーロットが清廉《せいれん》な聖女のはずがないわ！」

なんか、両親から貶《けな》されてるような気もするけどスルーしよう。そうだ、聖女になってたまるか！　このとき、私たち家族全員の気持ちが一つになった。


二日後――

今日、いよいよ王都へ向けての長い旅が始まる。道中、魔物や盗賊に襲われる危険性もあると聞いているけど、そこは騎士団を信じるしかない。私にとって重要なのは、これまでの修業で、どこまで魔力量が上がっているか、その一点だ。

精霊様たちは『僕たちは一緒に行けないけど、魔力より別のことで驚《おどろ》くよ』と不吉なことを言っていた。あの言い方、まさか本当に私が聖女とかないよね？　……うん、とりあえず忘れよう。

お、外が騒《さわ》がしくなってきた。どうやらお迎えの騎士団が来てくれたようだ。

マリルが私の部屋に来て、騎士団の到着を報告してくれた。まずは、今回の護衛部隊を率《ひき》いる隊長さんがいるというお父様の部屋へ向かった。

ノックをして部屋へ入ると、甲冑《かっちゅう》を着用したダンディーなおじさんが座っていた。

三十代中盤《ちゅうばん》かな？　おじさんが着用している甲冑《かっちゅう》、全身が覆《おお》われているわけではない。上半身を守る鋼鉄《こうてつ》の鎧《よろい》と、小手だけだ。脇《わき》に剣が置かれている。

「この子が五歳になった娘、シャーロットだ」

「これは、お美しいお嬢さんだな。はじめまして、隊長のガロウ・インバルだ」

はじめの挨拶《あいさつ》は肝心だ。きちんと自己紹介しておこう。

「はじめまして、シャーロット・エルバランです」

ここでは、きちんと貴族風の挨拶《あいさつ》をしておいた。

「ほう、礼儀《れいぎ》正しい女の子だ」

「そうだろう、自慢の娘だ。シャーロット、この人は子爵《ししゃく》で、私の幼馴染《おさななじみ》なんだよ」

え！　ということは、お父様と歳が近いよね。見た目よりちょっと若い……。五歳児がそれを言ったら傷つくだろうな〜。

幼馴染《おさななじみ》だから、砕《くだ》けた口調《くちょう》なんだね。

「君のお父さんは平民から凄《すご》く慕《した》われているんだぞ。俺とジークは、小さい頃から暴《あば》れまわっていたな。剣術も、隊長の俺と互角《ごかく》だ」

お父様と普通に会話できるなら、私も気兼《きが》ねなく話せるよ。

「騎士のガロウ様と互角ですか⁉　お父様、凄《すご》いです！」

「あはは、おっとガロウ、本題に入ろう」

「そうだな。私の担当区域の女の子は、シャーロット以外、もうみんな馬車に待機している」

ありゃ、私が一番最後か。王都へ出発する前に、領主のお父様と挨拶《あいさつ》しないといけないから当然か。

「お父様、聖女が見つかるといいですね」

「そうだな。シャーロットでないことを祈るよ。それで聖女についてなんだが、シャーロットに詳しく言っていない部分があった。人は重い病気や大怪我《おおけが》を負《お》ったとき、特級ポーションか回復魔法を使う。ただどういうわけか、回復魔法『イムノブースト』で回復した人間のうち、手足の切断《せつだん》などの大怪我《おおけが》を負った者のみ、三年以内に死んでしまうことが、最近の研究でわかった。誰がやってもそうなる。理由は、わからない。聖女様の回復魔法だけは、イムノブーストと違い、使用してもまったく人が死なないそうだ。聖女様がいれば、大勢の患者を救うことができるんだ」

大怪我《おおけが》からの回復の場合、三年以内に死ぬ……か。理由は前世の科学の知識で、なんとなくわかる。

回復魔法には二種類ある。一つは、『イムノブースト』。人間の自己治癒《ちゆ》力を強化することで傷を瞬時に治《なお》す魔法。二つ目は、『ヒール』系。数種類存在し、大気中にある魔素を体内に入れることで、身体に足らない部分を補強し、傷や怪我《けが》を治す魔法。同じ回復魔法でも、原理がまったく異なる。軽い怪我《けが》なら前者で問題ない。ただし、骨折などの重傷《じゅうしょう》は後者でやらないといけない。前者で行うと、細胞が弱ってしまうのだ。本来なら完治《かんち》まで数ヶ月必要とするものを、十秒ほどで無理矢理完治させたら、細胞に多大な影響を与える。というか気持ち悪い。治るところを想像したくない。

病気の場合、臓器《ぞうき》は大きくないのと、ウイルスなんかは死滅《しめつ》させるだけだから、デメリットがないのだろう。

ただ、前者は消費魔力が少ない。後者は消費魔力が高い。

そして、元々はヒール系が使われていて、後からイムノブーストが生まれ、いつしかそちらしか使われなくなり、ヒール系は忘れられていった。

「あの～お父様」

「うん、どうした？」

「精霊様に教えてもらったのですが、回復魔法は二種類あります。知っていましたか？」

「「なんだって、イムノブースト以外に回復魔法は存在するのか‼」」

二人とも、あまりに驚いたからか、大声を上げた。

「シャーロット、詳しく聞いてもいいか？」

「ジーク、シャーロットは精霊が見えるのか？」

「ああ、そうだ。『精霊視』を持っている。家の者たちは全員知っているが、領民たちは知らない。内密にしておいてくれ」

「ああ……わかった。シャーロットすまんな、話してくれ」

精霊様たちに教えてもらった回復魔法には、使用魔力が少ないイムノブーストと、使用魔力が多いヒール系の二種類あること、そして今はなぜかイムノブーストしか使用されていないこと——を、お父様たちに伝えた。

また、イムノブーストで死んでしまう原因も伝えた。前世の知識が、ここで役立つとはね。怪《あや》しまれるといけないから、全部精霊様から教えてもらったことにしておいた。

全てを話し終わると、二人は深刻《しんこく》な表情をしていた。

「ジーク、これは大変なことになるぞ」

「ああ、まず王都の図書館に行って、回復魔法の文献《ぶんけん》を調《しら》べないといけない。あと、実《じっ》証《しょう》できる医者か魔法使いを探さないといけないな。シャーロット、これからは私たちがやる」

「そうだな。よし、そちらは任せた。俺は任務《にんむ》があるから、シャーロットを王都の教会に送っていく。時間があれば、文献を調べてみよう」

うわあ、なんか大事《おおごと》になってきた。でも確かに、イムノブーストがどう危険なのかきちんと証明し、代わりの回復魔法があることを世の中に広める必要はあるね。

話がまとまり、三人で玄関に行くと、お母様、お兄様、使用人の人たちが、今にも泣きそうな顔で私を見ていた。ちぇっ、これから五歳児らしく盛大に泣こう（演技）と思っていたのに興醒《きょうざ》めだ。

「お父様、お母様、お兄様、シャーロットは祝福を受けてきます」

「ええ、気をつけて行ってきてね。心細いと思うけど、我慢するのよ。大丈夫、あなたは絶対に聖女じゃないから安心していいわ」

「そうだよ、シャーロットが聖女なわけないじゃないか。だから安心して行ってくるんだ」

お母様とお兄様がそれぞれ声をかけてくれる。

執事《しつじ》やメイドさんたちも、絶対に聖女じゃないと勇気づけてくれた。

「はい、みなさん、行ってきます！」

結局、全員から聖女じゃないと連呼《れんこ》されつつ、馬車は出発した。

5話　王都までの道程

出発してから一時間、私以外の三人の子は全員、表情が暗く、一言も喋《しゃべ》ろうとしない。両親がいなくて心細いのはわかるけど、それにしても悲嘆《ひたん》の度合いが大きい。泣いている子さえいる。全員知らない人だからか、まるで親に捨てられたかのように悲しんでいる。

聖女が重要なのもわかるけど、近くの教会で祝福して、聖女認定された子だけ王都に迎えればいいじゃない。なんで、こんな大袈裟《おおげさ》なことをするのだろうか？

とにかく、この暗い雰囲気《ふんいき》をどうにかしなければ！

「ねえ、みんなしりとりして遊ばない？」

意を決して三人の女の子に話しかけると、緑色の髪をした子がか細い声で答えた。

「私たち、これからどうなるの？」

この子も、絶望《ぜつぼう》のドン底にいるかのような表情をしていた。

親と突然離れ離れにされたことで不安が増し、祝福の件を忘れているのかもしれない。じゃあ、まずは不安を解消してあげよう。

「王都の教会に行ってガーランド様からの祝福を受けたら、家に帰れるよ。これは子供だけの旅行だよ。みんなの心を強くさせるために、あえて子供だけで行かせているんだよ」

「本当!? 私たち、売られたんじゃないの？」

三人とも目を見開いている。やはり不安が高まっていて、親から言われたことを忘れているね。

「五歳の女の子の中に、聖女がいるんだって。その子を探すために騎士団の人たちが分担して、王国全土を歩いてくれてるんだよ。ほら、みんな強そうな人ばかりでしょ？ この人たちが、私たちを守ってくれてるんだよ。売られたんなら、騎士団は来ないよ」

そこからは安心したのか、みんな笑顔で話しはじめた。お互いの自己紹介もした。

ニナは、赤色のショートボブで、少し気が強そうだ。

エリアは、茶色のセミロングで、気弱そうだった。

カイリは、緑のロングで、エリア同様、気弱な性格っぽい。

エリアとカイリは同じ村出身で、幼馴染《おさななじみ》らしい。顔立ちは全然違うけど、性格はよく似ている。ふたりの村は、私の家からかなり離れている。お別れしたら二度と会えないかもしれない。でも、ニナの村は私の家に近い。ニナとなら、毎日とまではいかなくとも、月数回なら会えると思う。私の名前を聞いて領主の娘と知り、三人ともはじめは敬語を使っていたけど、

「もう友達なんだから、敬語はなしね。気楽に行こう」

と言ってからは、緊張《きんちょう》も解《と》け、楽しく世間話ができた。

ここから王都まで、約四日の道程。三人の不安を解消してあげられたし、楽しく過ごせそうだ。そうほっとしたとき、後ろで休憩中《きゅうけいちゅう》の騎士さんが話しかけてきた。

「シャーロット様、ありがとうございます。途中、俺たちが何度言っても聞いてくれなくて、困っていたん……です」

「あの、シャーロットでいいですよ。他の子たちが気を使うと思うので」

「わかりまし……オホン……わかった、ありがとう。俺はアルと言う。今日から行き帰りの八日間、よろしくな」

四十代くらいで、口髭《くちひげ》が似合っているアルさん、頼もしそうな人だ。よく見ると、身体のところどころに傷がある。騎士だから、これまでに多くの魔物や盗賊たちと戦ってきたのだろう。

「はい、こちらこそよろしくお願いします。あの、食糧を見ていいですか？」

「そりゃ構わないけど、またどうして？」

アルさんが不思議そうな顔をしている。

「家の料理がいつも美味《おい》しくて、どんな食材で作っているのか気になっているんですが、厨房《ちゅうぼう》に入れてもらえなくて」

「ああ、公爵家の令嬢《れいじょう》ともなると、調理している場所には行かせてもらえないか。あと三十分ほどで昼食だから、そのときに見せてあげよう」

この世界に転生して五年、食材を見たいがため、何度も厨房《ちゅうぼう》に行こうとしたけど、メイドさんたちに邪魔《じゃま》されて一度も成功していない。しかし、ここには両親もいなければ、使用人もいない。危険なことをしなければ、騎士団の人たちも問題ないはず。この旅行の間に、知識を仕入れておこう。

「ありがとうございます」

私はアルさんにお礼を言い、昼食の時間までニナたちとあやとりやしりとりをした。日本の定番の遊びだけあって、どちらも好評だった。この世界の子供たちは外で走り回ったりはするけど、こういう屋内での遊び方は知らないみたいだ。

そうやって遊んでいるうちに、馬車が停まった。騎士団の人たちが、開けた場所で昼食の準備を始める。みんな手ぎわがよくて、そんなに待たないうちに食事が完成した。

昼食のメニューはポトフで、なかなかの美味だった。談笑《だんしょう》しながらポトフを食べ終わり、休憩中《きゅうけいちゅう》に食材を見せてもらった。やっぱり、地球のものと見た目が少し違う。でも、ジャガガやニンニンの味は、日本に存在するジャガイモ、人参《にんじん》と同じだった。作物の名称と見た目が、地球とは少し違うけど、覚えやすい食材ばかりだ。

そういった食材の中に、大人の拳《こぶし》ほどの大きさをした茶色い実があった。これは？　この匂《にお》い、まさか、カレー⁉

「アルさん、この固形物は何ですか？」

「ああ、王都にいる商人から買ったものだ。ペイルと言って、ここアストレカ大陸の森に自生している植物の実らしい。その商人が言うには、辺境《へんきょう》の村々では飢饉《ききん》にあった際など、非常時の食材として使っているそうだ」

「普通に、食卓に並べないのですか？」

「同じ質問を商人にしたよ。どうも、ペイルは特殊《とくしゅ》な実らしく、収穫《しゅうかく》したては白くて甘い匂《にお》いで、すぐに食べればとても美味《おい》しい果物らしい。でも、時間の経過とともに茶色に変わっていき、この独特《どくとく》な匂《にお》いを放つようになる。味も変わる。しかも、変色の仕方も実によって違うらしく、同じ茶色でも薄かったり濃《こ》かったりする。変色したペイルは、あまりにも独特な味のせいで、少量の使用でも、味が濃すぎてまずいらしく、敬遠《けいえん》されているそうだ。だがその商人は、王都にいるプロの料理人ならばこの味を克服《こくふく》できるかもと思い、一攫千金《いっかくせんきん》を企《たくら》んだのさ。でも、王都でもまったく売れず、騎士団や教会に買い取ってくれるよう頼み込んできたんだ。……ま、予算にも余裕があったから、面白半分で買ったんだけど、色々と試したが美味《おい》しくならなかった」

商人さん、頼み込む相手を間違えているよ。そして、買い取った騎士団もお人好《ひとよ》しすぎる。

ペイル……か。収穫されたことによって栄養成分を供給する根が切断され、結果、実の中で何らかの化学変化が起きたんだ。白くて甘い果物から、カレールウに化学変化するとは、どんなルートを辿《たど》ればそうなるのか極めて不思議だよ。

……地球じゃ考えられないね。

こうやってペイルを見ると、確かに実ごとに色の濃淡《のうたん》がある⁉　ん⁉　もしかして……

「アルさん、ペイルの実、色が濃いものほど辛《から》くなるのでしょうか？」

「いや、わからん。今まで気にしたこともなかったな」

「ちょっと試したいことがあるのですが、ペイルの実をほんの少し食べて良いでしょうか？」

「は？　毒はないから構わんが、本当に食べるのか？」

「はい、上手《うま》くいけば、美味《おい》しい食材に生まれ変わるかもしれません」

アルさんが呆《あき》れたように私を見ている。

だが、私の仮説が正しければ、ペイルはカレールウとして生まれ変わるはずだ。

「本気か？　俺たちも扱いに困っているから、食べてくれて構わんが、少しだけだぞ」

アルさんがペイルをほんの少しだけ切り取り、私に渡してくれた。

さて、仮説が正しいか実食といこう。

結果は……私の仮説通りだった。色の濃淡によって、辛《から》さが違っていた。色が濃くなるほど、辛《から》くなっていく。これなら、きちんと調整すればカレーを作ることができる！

「アルさん、ペイルの色の濃淡によって、辛《から》さが違います。紙にまとめたので、今後の参考にしてください。そしてペイルは、正しい手順で調理すれば、子供にも大人にも味わえる美味《おい》しい食材へと変わります。今日のポトフの残りと、パンはありませんか？」

「本当かよ⁉　わかった、残りものを持ってこよう」

アルさんに、ポトフの残りとパンを用意してもらった。幸い火は残っていたので、小《しょう》辛《から》のペイルを入れ、少しトロミをつけた。これでいい。ポトフの味は、既《すで》に調整されているし。

「これをそのまま食べるか、パンをつけて食べてみてください」

アルさんからペイルの話を聞きつけた他の騎士さんたちや、匂《にお》いに釣《つ》られたニナ、エリア、カイリもやって来た。でも茶色い料理を見て、全員が引いている。

はじめに挑戦したのは、アルさんだ。

「……なんだ、この味は！　少しピリッとするが甘くて美味《うま》い！　ジャガガやニンニンとも合う！」

アルさんの一言がキッカケとなり、みんなはパンをポトフにつけ、一口食べた。

「これは……ペイルの実をほんの少しスープに入れただけで、ここまで味が変化するのか！　パンやスープの味がまったく別物になっている！」

やった！　騎士さんたちからは好評だった。子供たちはどうかな？

「シャーロット、これピリッとしてるけど美味《おい》しい！　さっきと味が全然違う」

「「うん、全然違うよ。甘辛《あまから》くて美味《おい》しい！」」

おお、さすがはカレーだ。まさか転生してまでこの味に出合えるとはね。

全員一致で、夕食はカレーになった。

子供たちは全員甘口、騎士さんたちは中辛《ちゅうから》もしくは大辛《おおから》だった。ペイルは、日本の固形のカレールウよりも味が濃いため、全員で十二名もいるのに、少量の使用で済んだ。

夕食後、ペイルを使用した料理名をみんなで考えているとき、ついカレーと呟《つぶや》いたせいで、そのまま料理名がこの世界でもカレーになってしまったけど、別に良いよね。

カレーでお腹《なか》いっぱいとなり、ニナたちがホクホク顔で寝てしまった後。移動中に、心配事があったので、馬車の後方の馬に乗っていたアルさんに来てもらい、尋《たず》ねた。

「アルさん、ふと思ったのですが、昼食時や夕食時、魔物の襲撃《しゅうげき》に遭《あ》わなかったのは、何か理由があるのでしょうか？」

「はは、それは大丈夫だ。魔物避《よ》けの最高級魔導具があるからな。おまけに消臭機能付き！」

そこだけ近代的！

馬車での四日間、凄《すご》く楽しかった。食材の名前や料理のレシピを教えてもらったり、あやとりやしりとりで遊んでいた。しりとりに関しては、途中騎士さんたちも参加してくれた。遊んでいると時間が早い。あっという間に王都に到着した。

王都を囲む大きな壁《かべ》は、魔法も弾《はじ》いてくれるらしい。なんて優秀な壁！　大きな門を通って中に入ると、そこは別世界だった。食べものを売る露店《ろてん》が賑《にぎ》わっていたり、大道芸人のような人が見せる手品に人が集まっていたり、とにかく人が多く活気があった。子供たちも、これには驚いたようだ。私も揃《そろ》って同じことを言ってしまった。

「「「「うわ〜〜大きい〜〜〜〜」」」」

馬車がゆっくり進んでいくと、途中で景色が切り替わった。果物や野菜といった食材が販売されていた場所から、武器や防具が販売されている通りに移ったのだ。そこには冒険者と呼ばれる人たちもたくさんいた。これぞ異世界だ、転生して良かった。

街の風景をしばらく堪能《たんのう》していたら、大きな礼拝堂《れいはいどう》が見えてきた。あれが教会か〜、大きい。礼拝堂の前で馬車は停まった。そして幌《ほろ》が開けられると、五十代の神父さんが出迎えてくれた。ただ若干《じゃっかん》目付きが悪いせいか、一瞬だけ悪徳《あくとく》神父に見えてしまった。

「さあ、子供たち、お疲れさまです。私はラグト・テンピと言います。よろしくお願いしますね」

おお、笑顔を見たら、この人が優《やさ》しく温和なのがわかったよ。目付きだけで悪徳神父と思ってしまったことをお詫《わ》びしたい。

「「「ラグト神父様、よろしくお願いいたします」」」

この挨拶《あいさつ》には、ラグト神父も驚いたようだ。ふふふ、みんなには、この四日で礼儀を教えておいたのだ。次に馬車を降りて、騎士さんたちの方を向いてお礼を言った。

「「「騎士のみなさん、送ってくれてありがとうございます。お料理、美味しかったです」」」

騎士さんたちも呆気《あっけ》にとられていた。

私たちは、騎士のみなさんに手を振りながら、礼拝堂に入っていく。

6話　イザベル・マインとの出会い

礼拝堂に入ると、中央に祭壇《さいだん》があり、その上方には、二十歳くらいの綺麗《きれい》な女性の姿絵と、彼女が祭壇《さいだん》でお祈りしている絵があった。二つの絵のさらに上には、ステンドグラスがあり、光の加減からか、祭壇《さいだん》に何かが降り立っているかのようにも見える

二つの絵は、素晴らしい。特に祭壇《さいだん》でお祈りしている絵からは、神々《こうごう》しさを感じる。周囲を見渡しているニナたちに知らせてあげよう。

「みんな、正面《しょうめん》の高い位置にある絵を見て。凄《すご》く綺麗《きれい》だよ」

「「「え？　……あ、ホントだ～綺麗《きれい》な人～」」」

「あの絵は、今から三百年ほど前の聖女、メルティナ様です。当時、ある病《やまい》が世界全土で流行《はや》りました。そのときに現れたのがメルティナ様です。このお方は、アストレカ大陸全ての国を渡り歩き、五年という歳月《さいげつ》をかけて病気を駆逐《くちく》してくれました。エルディア王国だけでなく、アストレカ大陸の人々を救った英雄なのです」

「「「お～～～」」」

私を含めた全員が、拍手《はくしゅ》して聖女メルティナ様の偉業《いぎょう》を讃《たた》える。私たちも四日かけて王都までやって来たので、その偉業がどれだけ大変なことか、ほんの少しだけ理解できたのかもしれない。

ただ、当時の医者は何をしていたのかな？

「お医者様は治療《ちりょう》に参加しなかったのですか？」

「もちろん、参加しましたよ。あの恐ろしい病気を治せたのは聖女様の回復魔法だけなのですが、一回の魔法で回復できる人数にも限界があります。そこで、聖女様が重篤《じゅうとく》な患者たちを最優先に治している間、医者たちは比較的軽い症状の者たちをイムノブーストで治療していました」

聖女様が何を使っていたのかはわからないが、三百年前の時点で、既にヒール系の魔法は使われていなかったのか。お父様たちはヒール系の魔法の存在を知らなかったから、相当昔に途絶えたとは思っていたけど、最低でも三百年以上前になるようだ。一体、いつからイムノブーストがヒール系に取って代わったのだろうか？　精霊様は不死だから、そういった情報を持っているはずなんだけど、誰に聞いても曖昧《あいまい》な答えしか返ってこない。どうも政治が関係しているらしい。精霊様は人間の政治経済に関わることが禁止されているため、話せないのだ。だから、これ以上知りたい場合は、自分の力で調査するしかない。

私の知っている情報は、お父様に全て話してあるから、後は任せるしかないね。

「――さあみなさん、長旅で疲れたでしょう。今日はゆっくり休んで、明日の祝福に備《そな》えてください。祝福といっても、ガーランド様にお祈りするだけですよ。すぐに終わります」

「「「は～い」」」

話を聞いているとき、エリアとカイリが欠伸《あくび》をしていた。ラグト神父はそれを見ていたので、途中で話を打ち切り、私たちを部屋へ案内するべく、礼拝堂を出た。

ここのガーランド教会の敷地《しきち》は、非常に広い。礼拝堂だけでなく、神父やシスターさんたちの宿舎、来賓《らいひん》専用の宿舎、教皇《きょうこう》様や枢機卿《すうききょう》様たちが使う屋敷、教会関係者が仕事をする建物――その全てが用意されている。

そういえばガーランド教って、ガーランド法王国を中心に、アストレカ大陸だけでなく、ランダルキア大陸の多くの国々に教会が設置されてるって、精霊様が言ってたよね。二つの大陸に影響を及《およ》ぼすほどの強い力を持っているんだ。

だから、エルディア王国の教会全てを管轄《かんかつ》するこの王都の教会も、広大な敷地を持つのだろう。

ラグト神父にチョコチョコついていくと、一軒《いっけん》の立派な建物が見えてきた。

「さあ、ここがあなたたちが寝泊まりする宿舎ですよ」

あの……宿舎というより屋敷に近いよ！　来賓《らいひん》とはいえ、子供にここまでは必要ないのでは!?

ニナたちも、宿舎があまりに立派すぎて萎縮《いしゅく》しているよ。そのまま中に入って歩いていくと、一つの部屋の前でラグト神父が止まった。

「さあ、ここがあなたたちの部屋です。四人部屋ですから、楽しんでください。もう少ししたら夕食ですので、少し仮眠を取ると良いでしょう。あと、お風呂もありますよ」

中へ案内されると……スイートルームなんですけど！　奥にもさらに部屋があるよ！　どれだけ広いんだ！　子供にとって、この部屋は贅沢《ぜいたく》すぎる！

う～ん、この中に聖女がいるかもしれないということでの配慮なんだろうけど、やりすぎだよ！　ラグト神父が出ていっても、ニナたちは口をアングリ開けて呆然《ぼうぜん》としていたし。

「ニナ、エリア、カイリ、とりあえずベッドで寝ようよ」

「……四台もある」

「……広すぎて、落ち着かない」

「……というか怖《こわ》い」

ニナ、エリア、カイリ、言いたいことはわかる。

クイーンサイズのベッドが四台、うん要《い》らないね。

「ベッドはみんなで一つを使おうよ。あと、手前の部屋だけで遊ぼう」

三人は一斉に頷《うなず》いた。

その後、ニナたちは疲れたのか、すぐに寝てしまった。私の場合、身体は五歳だけど、心は三十五歳のため眠くならないと思っていたのだが、呆気《あっけ》なく眠ってしまった。

精神年齢とか関係なく、五歳という肉体年齢を痛感《つうかん》させられた。


ラグト神父によるドアのノックで起こされると、部屋に夕食が運ばれてきた。高位の貴族が食べるようなフルコースで、私には非常に美味だった。しかし、他の子には微妙《びみょう》だったろう。子供たちの舌には、この料理の繊細《せんさい》さは荷が重い。現にニナ、エリア、カイリは美味《おい》しいとは言っていたが、満足しているようには見えなかった。

夕食を食べ終わり、周囲に他の人がいなくなったところで、ニナは我慢できなくなったようだ。

「ねえ、カレーの方が美味しかったよね？」

ニナ、はっきり言うね。エリアとカイリは、わかってても黙《だま》っていたのに……

「うん、そうだね。でも、まずくはなかったから良いんじゃない？　せっかく作ってくれてるし、味の評価は美味《おい》しいということで」

「そうね、シャーロット……悪いもんね」

私の言いたいことが伝わったのか、ニナも苦笑《にがわら》いしている。

「……でも、私はニナの言いたいこともわかる」

「うん、カレーの味が忘れられない」

三人の言うとおり、子供にとってカレーは至高《しこう》の料理なのだ。

ここの料理人さんたち、まさか五歳児に気を使われているとは思わないだろうな～。

この日は、祝福の前日ということもあって、お風呂に入らせてもらった。この世界のお風呂は設置する大変さもあって、貴族だけに使える高級品なのだ。もちろん、私の家にはある。ニナたちはお風呂が初めてだったらしい。浴槽《よくそう》では、かなりはしゃいでいた。ちなみに、五歳児だけだと溺《おぼ》れる危険性があるからと、一人の四十歳くらいのシスターさんも一緒に入った。

お風呂を十分堪能《たんのう》した後、部屋に戻ると、私たちの寝ていたベッドが綺麗《きれい》になっていた。

本当に、至《いた》れり尽《つ》くせりだね。枕投げでもするかと思っていたけど、やっぱり疲れていたのか、私も含め全員すぐに寝てしまった。

――翌朝。

身体の疲れが取れ、全回復していた。子供の回復力って凄《すご》いと思う。

朝食を食べ終えて時間を確認すると、祝福の時間まであと一時間ほどあった。このまま部屋に閉じこもっているのも面白くない。かといって、教会の敷地を出ることもできない。そうなると――

「みんな、庭に行ってみない？　さっきチラッと見たけど、いっぱいお花が咲《さ》いていたよ」

「花！　行こう、行こう！」

私が言うと、すぐにニナが反応した。ニナも行きたかったけど、私たちに気を使って話せなかったのかな。

近くで掃除《そうじ》していた十五歳くらいの若いメイドさんに、庭に行きたいと伝えると、時間が空《あ》いていたらしく、彼女自《みずか》ら庭へ案内してくれた。到着した私たちは目を見開き、庭の美しさに声を上げることもできず、見惚《みと》れてしまった。

人の通れる小道が存在し、その小道を挟《はさ》んで、赤、黄色、紫、オレンジなど多くの花々がバランス良く咲き乱れ、存在を主張していた。

「「「は～～～綺麗《きれい》～～～」」」

神父さんやシスターさんたちが、この庭にある花々をどれだけ大切に扱っているのかがわかる。……それでも、これだけ立派な花々を見ると、花冠を作りたいと思ってしまう自分がいる。作るのは前世の子供のとき以来だ、今も子供だけど。

ちょうど、昨日お風呂に一緒に入ってくれたシスターさんが花に水をやっていたので、花冠を作っていいか聞いてみた。すると意外なことに、彼女は花冠を知らないらしく、興味を持ってくれて、人数分だけの花冠を作製する許可が貰《もら》えた。

「シャーロット、何してるの～？」

まずは、茎《くき》の柔《やわ》らかい黄色い花で作ろう。やり方次第で豪華な冠を作ることもできるけど、それをすればみんなが気に入ってしまい、花を全部摘《つ》み取られる危険性もあるから、簡単なものにしよう。茎《くき》同士を結《むす》んでいき、花の数を増やしていく。うん、こんな感じかな？　これなら可愛《かわい》いし、子供向けだよね？

「お花さんには悪いけど、花冠を作ってみたんだ。ほら、こんな感じだよ。ニナにあげる」

「うわ、凄《すご》い！　本当に花の冠だ！　お花で、こんな綺麗《きれい》な冠が作れるんだ。シャーロット、ありがとう～。私にも作り方教えて！」

「「私も～～」」

ふふふ、ニナ、エリア、カイリ、私にとってあなたたちの笑顔が、最高のお礼だよ。メイドさんとシスターさんにも作り方を教えて、全員の花冠が完成したとき、後方から大きな声が聞こえてきた。

「やっと見つけた～～～！！！」

振り向くと、知らない女の子がこっちに走ってきた。

「はあ、はあ、はあ」

誰？　長い黄色の髪、クリッとした目、少しきつい顔付きをしているけど、可愛《かわい》い女の子だ。私たちと同い年くらいだよね？

「わ、私はイザベル・マインっていうの」

「え、シャーロット・エルバランです」

「あなたの花冠、綺麗《きれい》ね。あなたの大事なものと私の大事なもの、交換しない？」

仰々《ぎょうぎょう》しい言い方だな。花冠なんて誰でも作れるのに。まあせっかくだし、交換してあげよう。

「いいよ、はいどうぞ」

「ありがとう。私は、この指輪をあげる」

なんか満面の笑《え》みを貰《もら》えたんだけど⁉　花冠程度で、大袈裟《おおげさ》ではなかろうか？　そして、交換で貰《もら》った指輪を見ると……

「え！　こんな高価なもの、貰《もら》えないよ！」

〇・五カラットくらいの赤い宝石が土台にはめ込まれており、素人《しろうと》の私が見ても値打ち

ものであることがわかる。

「いいのよ、急に大声をあげたお詫《わ》びと、素敵な花冠のお礼と思って」

え、そんな言い方をされると、返すに返せないよ!?

「……わかった、ありがとう」

渋々《しぶしぶ》ながら、頷《うなず》いておこう。でも、本当に貰《もら》っていいのだろうか?

「そうだ、ラグト神父が探してたわ。祝福の準備が整《ととの》ったそうよ」

え、もうそんな時間!? 楽しいと、時間が経つのも早い。イザベルと交換した指輪は失《な》くさないよう、お母様から貰《もら》ったポシェットに入れておこう。

「イザベル、教えてくれてありがとう。みんな行こう」

ついに、このときがやって来た。ここまで来るのに五年……長かった。やっと『構造解析』と『構造編集』が使える。あ、そういえば聖女のこともあった。

どうか聖女でありませんように、この世界の神ガーランド様に強く願っておこう。

7話　聖女は誰だ?

みんな、礼拝堂に集まった。なぜか、イザベルもいる。ラグト神父も『こいつは誰だ？』といったように訝《いぶか》しんでいる。

「君は誰かな？　エルバラン領の子ではないね？」

「私はイザベル・マインと言います。病気で、祝福を受けられませんでした。でも、病気が完治したので、今回急遽《きゅうきょ》入らせてもらうことになりました。これが許可証《きょかしょう》です」

ラグト神父がイザベルの許可証を確認すると——

「ふむ……このサインは、間違いなくヘンデル枢機卿閣下《すうききょうかっか》のもの……許可証は本物で間違いない。わかりました。今回はこの五人に、祝福を受けてもらいましょう」

イザベル、これまで病気だったんだ。数年前からイムノブーストの危険性は示唆《しさ》されていたから、きっとイザベルの両親も魔法に頼らず、お薬を服用させることで完治させたんだね。

さっきも思ったけど、イザベル自身は五歳なのにしっかりとした口調だ。今まで病気だったから、両親のためにもこれから頑張《がんば》ろうとしているんだろう。

私も見習わないと！　これからは、公爵令嬢に必要なマナーや礼儀を学んでいくことになる。今後、お父様やお母様に恥《はじ》をかかせないためにも、貴族教育というものをどんどん知っていこう。

今日はそのための第一歩、祝福を受ける！　私の新たな人生は、ここから始まるのだ！

「それでは、一人ずつこちらのお祈りする場所に来てください。まずは——」

いよいよ始まった。私は四番目、最後にイザベルだ。はあ〜さすがに緊張するね。……うん？　誰かがツンツンと私の左肩を軽くつついてきた。

左を向くと、イザベルだった。

「シャーロット、緊張するね」

「うん、聖女になんかなりたくないよ」

私は緊張してるけど、イザベルからは緊張を感じ取れない。むしろ、穏《おだ》やかな表情で、この状況を楽しんでいるようにさえ思える。

「でも、聖女になれたら将来安泰《あんたい》らしいよ。王家とも知り合いになれるし、場合によっては王子妃に、ゆくゆくは王妃かもだよ」

それはない！　現在、王子様は二人。でも、王太子様は二十歳、第二王子様は十七歳、それぞれに婚約者《こんやくしゃ》もいる。どう頑張《がんば》っても、王子妃や王妃には絶対になれないって！

とはいえ、この状況ではストレートに言えない。適当にごまかそう。

「聖女という重圧に耐えられそうにないよ」

「ああ、わかる！」

「——次、シャーロット・エルバラン」

早い！　もう私の番なの！

ニナ、エリア、カイリを見ると、みんな自分たちのステータスを確認している。

ああ、ついに私の番がやってきたんだ！

「シャーロット、頑張《がんば》って！」

言うのは簡単だけど、イザベル、何をどう頑張《がんば》ればいいのよ。

「シャーロット、ここに立ち、ガーランド様に祈りなさい」

ラグト神父の声は、穏《おだ》やかではあるけど、朝の挨拶《あいさつ》のときより凄味《すごみ》がある。今年の祝福は聖女がいるかもしれないから、真剣にもなるか。

もうヤケクソだ、やってやる！

私は祭壇《さいだん》に上がり、ゆっくり跪《ひざまず》き、両手を合わせてガーランド様に祈った。

『ガーランド様、いつも見守ってくださり、ありがとうございます。私はシャーロット・エルバランと申します。少し前に五歳になりました。どうか祝福をお願いいたします』

……あれ？

なんか上から温かい何かが降りてきたような気がする。

『君が地球からの転生者か。ミスラテルから話は聞いているよ。言い付け通りにしていたようだね。これからも期待している。君の場合、これからが大変だけど、頑張《がんば》りなさい』

え、声！　これがガーランド様！　渋《しぶ》くて良い声だ。

『はい、ありがとうございます。シャーロット・エルバラン、頑張《がんば》ります』

あ、温かな何かが消えた。祝福が終わったのかな？　これでステータスが見られる？

「シャーロット、祝福が終わりました。ここの台座に描《えが》かれている手に、右手を置きなさい。この台座は、『ステータスチェッカー』と呼ばれるオーパーツです。まずこのオーパーツに触《さわ》れ、ステータスオープンと言いなさい。ここでは私も、あなたのステータスの一部——名前、年齢、出身地、称号の四項目を見られますが、それ以外は見えないので安心しなさい」

オーパーツ、精霊様から聞いたことがある。

大昔、最低でも千年以上前、今よりも文明が発達していたらしく、超優秀な魔導具も開発されていたという。でも、なんらかの理由で文明が崩壊《ほうかい》し、当時作られたものだけが残された。そして現在、極稀《ごくまれ》ではあるものの、そういった魔導具が遺跡《いせき》や地中から見つかり、中には動くものもあるそうだ。

これらの超古代魔導具は、現在の技術では製作不可能なほど優秀なため、総称《そうしょう》してオーパーツと呼ばれている。王都の教会に、発動可能なオーパーツがあったんだ。

「わかりました。ステータスを確認します」

いよいよステータスを見るときがきた。

「ステータスオープン」

お、私の目の前に、何か大きな画面が出てきた。

名前　シャーロット・エルバラン
性別　女／年齢　5歳／出身地　エルディア王国
レベル1／HP15／MP60／攻撃5／敏捷《びんしょう》3／器用653／知力850
魔法適性　全属性／魔法攻撃45／魔法防御38／魔力量60
魔法：なし
ノーマルスキル：鑑定　Lv10／魔力感知　Lv6／魔力操作　Lv4／魔力循環　Lv4
ユニークスキル：全言語理解・精霊視・構造解析・構造編集
称号：癒《いや》しっ子

これがステータス、まずは称号に聖女があるかを確認しよう。

……やった、聖女じゃない！　これで一安心だ。

他のはどうかな？　HPから魔力量までの数値欄《らん》をチェックしよう。

う～ん、前世の記憶を引き継《つ》いでいるせいか、恐ろしくアンバランスだ。一言で言うなら最弱だよね。五歳だから当然かな。器用と知力がやたら高いのは、料理上手なのと研究者だった前世が影響していると思う。この数値から判断して、MAXは999かもしれない。

魔法適性は全属性か、私は完全に魔法使いタイプだね。ただ全属性だからといって、チートではない。エルディア王国でも、十人に一人の割合でいる。喜ぶべきところだけど、全ての属性魔法を取得できる資格があるだけで、鍛《きた》えなければ器用貧乏な魔法使いとなる場合もありうる。まあ、今は素直に喜んでおこう。

次にチェックするのはスキル欄、なにげに『鑑定　Lv10』がある。10はＭＡＸのレベルのはず。なんであるの？　女神様かガーランド様がおまけで付けてくれたのかな？　でも、確か『鑑定』スキルは多くの物品を自分で調査していくことで、スキルレベルも上がっていくと聞いている。何もしていないのに、いきなりレベルＭＡＸというのは不自然だよね？

その他のスキル、魔法の基礎ともいえる『魔力感知』『魔力循環』『魔力操作』だけど、五年間の訓練でスキルレベルは４から６になっていた。魔力感知だけは、〇歳から訓練を始めていたので、他の二つより飛び抜けている。実戦経験がないことを考えたら、これほど高くあがっていることに正直《しょうじき》驚きだ。

次は、いよいよユニークスキル。まず『全言語理解』を確認……あれ、手が勝手に動く？　あ、タップしたら詳細が表示された。

全言語理解
古代語、現代語など、これまでの歴史で使用されてきたあらゆる言語を理解できる。ま

た、魔物の種族に関係なく、どんな魔物とも会話することが可能である

注意：野生動物は魔力が微量《びりょう》しかないため、会話できない

『全言語理解』と聞いただけで、どんな機能があるのか、おおよそわかっていた。そして、ここの注意点、多分ガーランド様が書き足してくれたのかな。魔物と会話できるけど、野生動物とはできないのか。確かに、これまでに遭遇《そうぐう》した馬、ウサギ、犬、猫とは会話できなかった。ある一定以上の魔力が宿った生物に限り、会話が成立するのか。〇歳児から言葉を理解できていた理由がわかった。

さて、メインの『構造解析』にいく前に、称号の『癒《いや》しっ子』をチェックしよう。あ、また自然に手が動いて、『癒《いや》しっ子』をタップした。

う～ん、頭では理解しているけど、身体が理解していないから、違和感が半端《はんぱ》ない。

癒《いや》しっ子

周辺にいる人たちの憎悪《ぞうお》、わだかまり、ストレスなどの感情異常を軽減《けいげん》できる。抱き上げることで、軽減率が増加する

……何、この称号？

私の周囲にいる使用人たちが、いつもニコニコしているのは、これが理由か。残るは、『構造解析』と『構造編集』だけど、長くなりそうだし、後で確認しよう。

あと、ガーランド様の最後の一言が気になる。聖女じゃないことを考えると、この先の人生が大変だよと忠告してくれたのかな。私の立場は公爵令嬢、ありえる未来は、ネット小説とかでもよく見られる婚約破棄《はき》だよね。これに関しては、今考えても仕方がないか。

「残念だ、君も聖女ではない」

ラグト神父、そこまで残念そうな表情を浮かべないでほしい。聖女は、いずれ見つかるから。

「はい、残念です。ステータスの確認も終わりました。私は、魔法使いタイプのようです」

「そうですか、これからも頑張《がんば》ってください」

私の順番が終わり、最後イザベルの番になる。

「シャーロット、残念だったね」

イザベルは聖女になりたいのかな？　残念がっているけど、どこかホッとした顔をしている。

「なんで？　聖女じゃなくて良かったよ。イザベルも頑張《がんば》って！」

「うん！」

イザベルが祭壇《さいだん》に上がり、お祈りを始めた。そういえば、みんなガーランド様の声が聞こえたのだろうか？　後で聞いてみよう。

彼女のお祈りが終わり、ステータスの確認が始まった。ラグト神父の表情がおかしい。何かを食い入るように見て、目を見開いている。

「やった！　シャーロット、私の称号に聖女があるよ！」

なに⁉　イザベルが聖女！

「イザベルが聖女なの！」

悲惨《ひさん》！　イザベル、聖女なんだ、ご愁傷様《しゅうしょうさま》！

「た……た……大変だ。イ……イ……イザベル、今すぐ……き……教皇様に知らせましょう。他のみなさんは……し……しばらく部屋で待機していてください」

ラグト神父は顔色が悪いし、会話はカミカミ、足もガクガク震《ふる》えている。まず、あなたが落ち着いて。

イザベルとラグト神父は、急いで礼拝堂を出ていった。途中、ラグト神父の足が絡《から》まり、何度かこけそうになっていた。見ているこっちが、ハラハラするよ。

聖女になると、王家とも知り合いになれるらしいけど、当然マナーや礼儀も、私以上のものが要求される。イザベルは平民ぽいから、これからが大変だろう。

変なこと思っちゃったけど、心から祝福するよ。イザベル、おめでとう。

8話　『鑑定』と『構造解析』の違い

イザベルが聖女と判明し、私たちはシスターさんに連れられ、一旦《いったん》部屋へ戻った。三人とも遊び疲れたのか、もしくは緊張していたのか、すぐに眠ってしまった。

……よし、確実に寝ている！　チャンスだ！　やっとスキルが使える。とりあえず、『鑑定』と『構造解析』を使ってみよう。

「ステータスオープン（小声）」

祝福直後もそうだったけど、私の目の前にステータスが表示された後、手が自然に動いた。スキルをタップしたら説明が表示されると、頭で理解していたのだ。

そして、自分のステータスは通常他人には見えないことも、いつの間にか理解していた。祝福の効果で、ステータスに関する情報や扱い方が、頭に刻《きざ》み込まれるのかな？

当初、頭では理解していても、身体が理解していなかったから戸惑《とまど》ったけど、もう違和感はない。よし、まずはスキル『鑑定』がどういったものかをきちんと把握《はあく》しよう。

鑑定：消費ＭＰ２

外側から、物や生物の表面上のステータス画面を見ることができる。魔法やスキルの詳細は一切見られない。スキルレベルが上がるにつれ詳細な情報が表示される。だが、使用者本人の『鑑定』以外のスキルレベル、知識、器用、知力、経験、価値観などにより、表示内容は異なってくる。また、生物を鑑定したい場合、相手が偽装《ぎそう》している場合もあるので注意が必要

『鑑定』使えねー。これって日本で言う鑑定師だ。初めは見習いから始まって、多くの物品を見ることで目を鍛《きた》え、経験を積《つ》んだらプロとなる。見習いとプロの場合だと、見方がまったく異なる。当然信頼できるのは、多くの経験を重《かさ》ねたプロだ。子供が持ってても意味がない。このスキルを持っていて信頼できるのは、プロの冒険者だ。それに、表面上のステータスということは、スキルを見られても、それがどんな作用があるかまではわからないということだ。本当に使えない。

というか、生まれて五年の私に、なぜ『鑑定 Lv10』があるのだろうか？ この世界の物品を調べたことはないんだけど⁉ とりあえず、このスキルは役立たずだし、無視しよう。

それでは、お待ちかねの『構造解析』をタップ！

構造解析：消費ＭＰ５
魔力波を対象に当てることで、物や生物のあらゆる構造を瞬時に解析し、対象が持つ全ての情報を開示する力。表示された情報は、全て真実である。なお、魔力波自体は無害である

うん、ちょっと待て⁉　私は内容を読み返した。……やっぱりだ。

構造を解析して、相手のあらゆる情報を開示する力！

女神様‼　構造を解析するのはいいよ。でも私が見たいのは、解析された物質の立体構造なんだよ。情報なんか、どうでもいいよ。しまったな～。よく考えたら、女神様に立体構造という言葉を使ってなかった。だから誤解《ごかい》したんだ。この世界のあらゆる物質の立体構造を見る夢が、早くも崩《くず》れ去ってしまった。

それにしても、この『構造解析』スキルは、『全ての真実の情報を開示する』となっているけど、『鑑定』との差がイマイチわからない。『鑑定』はステータスオープン時に示される情報のみ閲覧《えつらん》できるスキル、ただしあてにならない。

構造解析だと、どう表示されるのだろうか？　チラッと寝ているニナたちを見た。

悪魔シャーロット――

『寝ているんだし、解析しちゃえよ。絶対バレないって！』

天使シャーロット――

『ダメダメ、せっかく友達になったのに。バレはしないだろうけど、裏切りに相当するよ！』

ノオォォォーーー、天使と悪魔が混在している！

クウウゥウーー、ダメだ、やっぱりできない。

数少ない友達のステータス情報なんて見られるか！　仕方ない、次は『構造編集』だ。

構造編集：一文字書き換《か》えにつき消費MP10　一文字の位置交換につき消費MP1
『構造解析』で明かされた情報を編集できる。編集された内容は、大気中の魔素を使用することで、どのような内容であっても現実となる。ただし、編集するには条件がある
一．解析された当初の文字数のまま編集すること。また、内容全ては削除《さくじょ》できない。必ず元の文字を一つは残すこととする
二．再編集不可
三．文字の一部分だけ残して編集するのも不可
四．ステータスの数値を改竄《かいざん》する場合の注意点
改竄《かいざん》できるのは0～9の数字のみ。小数点やマイナスなどへの編集は不可
129から009への編集といった場合は表記が9となるので不可

五．影響を与えるのは、編集された個人または個体のみである

嘘《うそ》！　女神様、違う意味で誤解している。私は立体構造の編集をしたいのであって、こんなチートスキルはいらないよ。まずい、これらのユニークスキルの内容が知られたら、絶対お偉《えら》いさんたちに利用される。例えば、イザベルを『構造解析』したら、聖女って表示されるわけだ。

『聖女→〇女→悪女』と編集したら、意味が全然違ってくる。今のＭＰでも、これぐらいなら簡単にできる。解析一回、書き換え一回で消費ＭＰは15だ。細かな編集はできないけど、簡単なものなら可能だ。あ～こういうのをごまかせる『偽装』みたいなスキルが欲しい。

はあ、悩《なや》んでても仕方ない。これらのユニークスキルを使って、人生を謳歌《おうか》してやろうじゃないの！

――それにしても、お腹減った。昼食の時間はとっくに過ぎている。メイドさんを呼ぼうと思ったけどいないし。神父さんやシスターさんたち、私たちのことを完全に忘れているよね。目が覚《さ》めたニナ、エリア、カイリも、お腹が減りすぎてグッタリしている。私ももうダメだ。

「我慢できない。みんな、調理場に行こう！」

「「「え、でも」」」

三人とも、驚くのはわかるよ。でも、このままだと昼食抜き、下手《へた》したら夕食も抜きの可能性だってある。

「聖女の件で急に忙しくなって、私たちのことを忘れちゃったんだよ。調理場に行けば、何かあるはず」

「エリア、カイリ、シャーロットの言うとおり、調理場に行こうよ。このままここでじっとしていたら、お腹が減りすぎておかしくなっちゃうよ？」

ニナの説得により、エリアとカイリも限界が近かったのか、頷《うなず》いてくれた。

宿舎の調理場には、案の定《じょう》誰もいなかった。みんな、聖女を一目見ようと、イザベルのもとへ行ってるのかな？　そうなると、この宿舎にいるのって私たちだけ？

クンクン、良い匂《にお》いがする。匂《にお》いを辿《たど》ると、一口サイズに刻まれたジャガガ（ジャガイモ）やニンニン（ニンジン）、タマタマ（タマネギ）などの、野菜やお肉の入ったスープがあった。人数的に二十人分くらいかな？

周囲を見渡せば、メインの料理に使う肉なんかが置かれていたけど、処理が全て中途半端《ちゅうとはんぱ》だった。

「シャーロット、この白い細長いの何かな？」

ニナに言われ、その食材を見ると――

「嘘⁉　米……じゃなくてタリネ！　しかも精米《せいまい》されてる！」

精霊様から米の存在は聞いていた。けど、この地域にはないと言っていたのに、あるじゃん！　東南アジアの米――いわゆる長粒種《ちょうりゅうしゅ》なのは、個人的に残念。でも、米は米だ。ちなみにこの世界で『米』は『タリネ』と呼ばれている。

ここにあるのは精米されているから、ご飯を炊《た》くこと自体は簡単だ。

問題はスープだよね。冷めたスープをかき混ぜてから小皿にすくって一口飲むと、騎士団の人たちが作ってくれたポトフより雑味《ざつみ》がなく、洗練《せんれん》された味だった。使用している食材が、騎士団のものより、ランクが上なんだ。よし、これなら極上《ごくじょう》のカレーライスができる！

「シャーロット、どうする？」

「私たちでカレーを作ろう」

「「「えー！」」」

三人とも、またしても驚くのはわかる。でも、ここには私たち四人しかいない。私たちが自分で作らないと、昼飯抜きになってしまう。ここは協力してもらうよ。

「大丈夫、スープは既にでき上がっているから、少しペイルを入れるだけでカレーの完成だよ」

「肝心のペイルがないよ」

ニナ、それに関しては問題ないのだよ。

「ふふふ、こんなこともあろうかと、少ないお小遣《こづか》いで騎士団から甘口のペイルを買っておきました」

「「「せっかくのお小遣いなのに、もったいない！」」」

私にとって、それだけカレーは大切なのだ。

今、ここにはタリネが十キロほどあるから、量は十分足りる。けど、計量カップらしきものがないためタリネを人数分量れない。こうなったら、分量は勘《かん》でいこう。これでも、一人暮らしの自炊《じすい》経験者、それなりに家庭料理には挑戦してきた。この世界の調理器具の扱い方も、『構造解析』があるから問題ない。

スープは約二十人分用意されているので、まずは同じ人数分のタリネを炊《た》こう。

「ふふふ、私が新たに考案した料理、その名はカレーライス！　タリネを炊《た》いて作る『ライス』をカレーにかけるんだ！　この困難を乗り越《こ》えたら、そんな極上のカレーライスを食べられるよ！　さあ、どうする？」

「「「極上……カレーライス……やる！　私たちで作る！」」」

よし、一致団結《いっちだんけつ》した！

「それじゃあ、はじめにライスを二十人分作るよ。以前、知り合った冒険者さんにライスの美味《おい》しい作り方を教えてもらったの。二十人分の調理は私一人では無理だから、四等分してみんなでやろう。私が丁寧《ていねい》に教えていくから、頑張《がんば》ろうね！」

「「うん！」」

ニナたちがカレーライスのために燃えている。

これだけやる気があれば、途中でダウンすることもないかな。

まずはタリネを五人分ずつに分ける。分量は勘《かん》だ。

「みんな、ボウルの中に入ったタリネを水で洗うよ」

当然、火や水を出す調理器具は調理場に揃っている。ここで私は、『構造解析』を調理器具に試《こころ》みようと思ったけど、消費ＭＰ５のため全てにできそうにない。そこで、火と水の調理器具の二点に使用してみた。

すると、調理器具の製作場所、製作者の名前、部品の構成、操作方法などが、ズラリとステータス画面に表示された。このとき、私個人の情報はフォルダとなって、左上に収納されていた。うーん、ステータス画面に自動で表記されるから助かる。

まず、火を出す調理器具はコンロだけど、日本のコンロと同様、火力を調整するコックツマミはあっても、扱い方が少し違う。コックツマミの内部に無属性の魔石が組み込まれていて、ツマミに魔力を入れることで魔石が反応し、連動してコンロ中央部に埋《う》め込まれているもう一つの火属性の魔石が起動する仕組みになっていた。起動後の火力の調節は、コックツマミを弄《いじ》ればいいことがわかった。

流しに設置されている水を出す調理器具は、ハンドル部分に魔力を入れることで、ハンドル内にある魔石が反応し、連動して蛇口《じゃぐち》に取りつけられている水属性の魔石から水が出てくるのだ。

コンロと水道、どちらも魔力を使用するけど、消費MPは五回の使用で1となっていた。これなら、私たちの少ない魔力でも大丈夫だ。

初めて使用してわかったけど、『構造解析』はかなり便利だ。調理器具の全ての情報が一つ一つ丁寧《ていねい》に記載《きさい》されていた。これなら、調理器具の扱い方を丁寧《ていねい》に教えることができる。

タリネも構造解析したら、生産国、生産地域、タリネの特色、タリネの美味《おい》しい食べ方などの情報がズラリと記載されていたので、情報通りの方法で炊《た》こう。

まずはみんなに水道の扱い方を教えて、タリネを研《と》がないとね。

「あのね、このハンドルを少し捻《ひね》って、そこに魔力を入れると、水が出てくるよ。手に意識を集中させれば、自然と魔力が集まるよ。こうやるの」

私がゆっくり魔力を手に移動させ、ハンドルを捻《ひね》ってそこに魔力を入れた。すると水が出て、流しに置いたボウルに溜《た》まっていく。この間、私の魔力を目で見えるようにしておいた。

「「「オオオォォォーーー凄《すご》い」」」

凄《すご》く簡単な作業なんだけど、興奮気味《こうふんぎみ》に拍手《はくしゅ》してくれた。

私の動きを見よう見まねでやった結果、三人とも『魔力循環』と『魔力操作』に成功した。通常の『魔力感知』ができなくても、目で見れば、視覚から同じように魔力の動きが掴《つか》めるのだ。

その後、タリネの研ぎ作業に移る。

「シャーロット！　研いでたら白くなっちゃったよ⁉」

「カイリ、それで良いんだよ。その白さがある程度なくなるまで、何回も水を捨てて、ゆっくり丁寧《ていねい》に研がないといけないの」

私たちの力でタリネは砕けないと思うけど、それでも丁寧《ていねい》にやった方が良い。もちろん、研ぎ終わったタリネは鍋《なべ》に入れて、水を加える。ここは重要だ。三人に、最後のこの作業がいかに重要であるか、『入れすぎると、タリネが柔《やわ》らかくなりすぎる。かといって少ないと、固すぎて食べられたものではない』ことをしっかり教えておいた。納得してもらった後、構造解析のデータを基《もと》に水を入れていく。三人にも同量の水を入れてもらった。

「さあ、ここからは火をつけて、タリネをライスにしていくよ～～」

「「「は～～い」」」

この火加減も重要なんだよね。私のＭＰがもっとあれば、構造解析しながら最高のライスを作れるんだけど、それができない以上、さっきのデータを基に火加減に注意してタリネを炊《た》いていく。

……よし、タリネの炊《た》き方と火加減の調節をエリアとカイリに教えて、私とニナはカレー作りをしよう。二十人分のポトフを温め、沸騰《ふっとう》してきたら、少量ずつペイルを入れる。

「ニナ、やってみる？」

「やるわ！　ここに来るまでシャーロットのやり方を見ておいたから、多分できると思う。ペイルを少しずつ入れていく！」

おお、ニナ、きちんと私の作り方を見ていたんだね。ペイルを細かく刻んだ後、少しずつ鍋に投入していった。ペイルは日本のカレールウよりも味が濃縮《のうしゅく》されているから、今回の使用量は大人の親指二つ分かな？　一気に入れると溶《と》けきらないものが出てくるので、注意が必要だ。焦《こ》げないように、私が掻《か》き混ぜておこう。

みんなで協力し、一時間ほど経過した頃、やっと料理が完成した。

カレーがコポコポと音を立て煮立《にた》ち、香ばしい匂《にお》いが調理場に漂《ただよ》っている。

「みんな、涎《よだれ》が出てるよ」

慌《あわ》てて三人とも口を拭《ふ》いた。まずは、タリネを試食しよう。うん、タリネが立ってるということは、研ぎと火加減が上手くいった証拠《しょうこ》だ。ライスを満遍《まんべん》なく掻《か》き混ぜた後、お茶碗に少し載《の》せた。

「みんな、ライスを試食しよう！」

「「「ついに、食べられる！」」」

私たちはスプーンでライスをすくい、口の中に入れた。

甘くて美味《うま》い！　固すぎず、柔《やわ》らかすぎず、絶妙《ぜつみょう》な味わいになってる。それに、日本の米と味が似ている。くう～～久しぶりの米だ！

三人を見ると、あまりの美味《うま》さのせいか、顔がとろけている。

だが本番はこれからだ！　私は楕円形《だえんけい》のお皿を出した。

「「「シャーロット、ここにカレーを入れるの？」」」

「そうだよ、ニナ。お皿の半分にライスを入れるの。そして、残りの半分に極上カレーをかけたらカレーライスの完成だよ！」

「「「おおおーーーー」」」

ふふふ、三人の目が輝いているね。それでは、お皿にライスを入れて、ルーをかけよう。……ついに、カレーライスの完成だ‼　調理場に隣接《りんせつ》している料理人たちの食事部屋に行き、後は、実食あるのみ……！

「みんな、スプーンで少しずつカレーとライスを混ぜて食べてね」

「「「うん！」」」

さあ、実食！　……おおおお‼　日本で食べていた昔懐《なつ》かしいカレーだ！　みんなも一口食べて、目を見開いた。そして、お互いに目を見合わせた。

「「「美味《おい》しいー！」」」

本当に……美味《おい》しい。日本にいた頃を思い出す。

「あれ？　シャーロット、なんで泣いているの？」

エリアに言われて確認すると、確かに泣いていた。前世の記憶のせいか、懐かしい家庭料理に出合って、思わず泣いちゃったよ。

「あははは、美味しすぎて涙が出ちゃったよ」

「「「ああ、わかる！」」」

カレーの威力《いりょく》は凄《すご》いね。食べた瞬間、前世の記憶が走馬灯《そうまとう》のように流れてきたよ。

みんな、お腹が減っていたので、猛烈《もうれつ》な勢いで食べている。一杯目をすぐに完食し、二杯目を食べきったところで、お腹いっぱいになったせいか、私も含めウトウトしてきた。

「みんな、あそこのソファで寝よう。後片づけは目覚めてからということで」

「「「賛成〜〜」」」

あ、まだレシピを書いていない。せめてレシピを書き終わるまでは、私の身体よ、もってくれよ……

9話　ワイバーンとの初遭遇《はつそうぐう》

昨日は大変だった。

カレーライスを食べて、レシピを書き終えた後、力尽きてそのまま寝てしまった。そして日暮れ前に起きたら、周りは人で溢《あふ》れかえっていた。しかも、大声で議論している。私とほぼ同時に起きたニナたちも、その光景に圧倒され、一発で目が覚めてしまったようだ。

すぐそばにいたラグト神父が、こうなった事情を説明してくれた。

どうやら多くの人たちがカレーライスを食べて、味の虜《とりこ》になったらしい。料理人さんたちは、教皇や枢機卿《すうききょう》に提供する新たな創作料理を模索《もさく》し合い、メイドさんやシスターさんたちは、カレーライスの単価をどこまで落とせるか相談し合っているうちに、どんどんヒートアップしていったそうだ。

私たちが起きたことで、今度はレシピの詳細を色々と聞かれた。

そのときにニナ、カイリ、エリアが、

「「「シャーロットに言われた通りに動いただけ」」」

と言ったせいで、私がレシピを一から説明する羽目《はめ》になった。ペイルの実の辛《から》さは色の濃淡でわかることや、タリネの炊《た》き方を詳しく教える。カレーは、料理人さんたちのスープにペイルを適量入れただけと伝えると、それだけで全員がひどく驚いていた。

パンがタリネの代わりにもなると話したところ、料理人さんたちは目を見開き、

「「「そうか、タリネとペイルをセットにして考えていた。単体でも美味いのだから……」」」

と全員がハモった。

一通り説明すると、五十歳くらいで口髭《くちひげ》の立派な男性料理長さんから、調理場に保管されているペイルが使われていなかったことから、誰のものを使用したのか聞かれた。そこで、自分のペイルを使ったと伝えたら、料理長が新品の拳大《こぶしだい》のペイルをくれた。

これは嬉しかったね。せっかくなので、新品のペイルを四等分にしてもらい、匂《にお》いが漏れないよう包んでもらい、三つをニナたちにプレゼントした。

「私一人では完成しなかったからね。そのお礼だよ」

と言うと、三人とも満面の笑みで受け取ってくれた。

その後、夕食ができ上がるまで、私たちは部屋に戻り、今後のことを話し合った。明日は、行きと同じ騎士さんたちが、私たちをエルバラン領へ連れていってくれる。みんなは、いち早くペイルとタリネのことを両親に教えたいらしく、早く帰りたくてウズウズしていた。料理長からカレーに合う安価なスープのレシピも貰《もら》っているし、念のためタリネの炊《た》き方レシピも三人に渡してあるので、帰る準備は既に整っている。

なんか、この宿舎内では聖女発見の知らせよりも、新作料理の話で盛《も》り上がっているけど、良いのだろうか？　そんなことを考えているうちに、夕食の準備が整ったと言われた。

夕食後は、私だけが、教会の方々によるカレーライスの質をできるだけ落とさずどこまで単価を落とせるかという話し合いに強制参加させられた。話し合いの結果、なんと貧民層の人たちでも安価で作れるレベルにまで落とせることが判明する。タリネとペイルの流通経路は完成しているらしく、どちらも比較的安価で購入《こうにゅう》可能らしいのだ。

メインとなるタリネは少し高いが、ペイルの一回の使用量が少ないため、一人前の単価に換算《かんさん》すると、貧民層でも十分手が届く値段になる……という。あとは、どうやって王都に広めていくかだけど、そこは完全に専門外なので、『後は任せた』という感じだ。

話し合いの後、シスターさんと二人でお風呂に入り、さあ枕投げでもしようかと思って部屋に戻ると、みんな既に熟睡《じゅくすい》していた。ぶっちゃけ、私もかなり疲れていたので、すぐ眠りに落ちていく……


「ファ〜、みんなーおはよう」

昨日の疲れのせいか、盛大な欠伸《あくび》をしてしまった。

「「「シャーロット、おはよう」」」

あ、そうだ、忘れないうちに渡しておこう。

「みんなに、これあげる」

一人ひとりに渡したのは、五人分ずつのタリネだ。

「「「え、シャーロット、いいの？」」」

「うん、昨日、話し合いに参加してくれたお礼にって、料理長さんから追加で貰《もら》ったの。これだけでも家族との夕食一回分の量があるはずだよ」

「「「やったー、ありがとう！」」」

うんうん、子供たちの笑顔は、いつも眩《まぶ》しいね。

今日で、王都とお別れか。凄《すご》く楽しかったな。疲れも取れたし、馬車の中でみんなと遊ぼう。コンコンと、ドアのノックが聞こえた。現れたのは、ラグト神父だ。

「みなさん、おはようございます」

「「「ラグト神父、おはようございます」」」

「昨日は本当にすみませんでした。さて、今日みなさんは、エルバラン領に帰ります。朝食を食べ終わったら、礼拝堂入口に来てくださいね」

「「「はーい」」」

あ、そうだ。イザベルには会えそうにないから、ラグト神父に指輪を渡しておこう。

「ラグト神父、この指輪をイザベルに渡しておいてくれませんか？」

「これは？」

「イザベルが私に物々交換でくれたものなんですけど、高価だと思うので受け取れません。イザベル自身わかってないと思うんです」

構造解析しても良かったけど、プライバシー的なこともあるし控《ひか》えておいた。

「ふむ、そういうことなら仕方ありませんね。私から彼女に渡しておきましょう」

「ありがとうございます。お願いします」

ふー、これで一安心だ。

朝食を食べ終え、礼拝堂入口に行くと、既に騎士団の人たちが来てくれていた。もちろん、ガロウ隊長も来ている。……あ、あの人は行きに私が子供たちを諭《さと》した後、話しかけてくれた騎士さんだ。アル・シュバイツさんだったかな。

「「「騎士さん、今日から私たちの家まで、よろしくお願いします」」」

またもや、騎士団全員がポカーンとしていた。

普段、子供からお礼を言われたことがないのだろうか？

私たちの用意が整った頃、ラグト神父が来てくれた。

「シャーロット、ニナ、エリア、カイリ、カレーライスを教えてくれてありがとう。気をつけて帰ってくださいね」

イザベルはどうしたのかな？

「ラグト神父、イザベルはどうなったんですか？」

「彼女は聖女なので、これから式典や多くの行事に参加しなければなりません。それに、彼女の出身地は、この王都なんです」

なら、両親にも会えるよね。お別れの挨拶《あいさつ》をしたかったけど、忙しそうだし無理かな。

「イザベルに、聖女頑張《がんば》ってと伝えてもらえませんか？」

「ええ、構いませんよ」

「ありがとうございます」

ラグト神父にお別れを言い、私たちを乗せた馬車はエルバラン領へと出発した。今回の王都の出来事は、心温まる良い経験となった。

王都を出発してから街道《かいどう》を六時間ほど進み、もう少しで今日のお泊り場所に着く。今は三人とも遊び疲れて寝ており、私だけ早めに起きてしまった。それにしても、行きといい帰りといい、魔物がまったく出てこない。さすが最高級魔導具。騎士団の人たちものんびりと進んでいる……いや、え、今、『魔力感知』に反応があった。場所は、ここから後方だ。

幌《ほろ》を少し開けて外を見ると、かなり遠くの空に何かいた。あれは何？　魔物だよね？試しに『鑑定』と『構造解析』の両方を使ってみよう。

名前　ワイバーン
性別　オス／年齢　１２５歳／出身地　竜峰山脈
レベル25／ＨＰ１５６／ＭＰ90／攻撃　すごく高そう／防御　すごく高そう／敏捷　翼があるから速そう／器用　こういう奴に限って不器用そう／知力　馬鹿そう
魔法適性　火とか水を使うのかな？／魔法攻撃　魔法は、ブレスとかがメインなのかな～／魔法防御　風系統に弱そう／魔力量　絶対私より多いね
スキル　一応竜種なんだから、色々と持ってるんだろうな～

『鑑定』の結果は見たまんまじゃん！　まともなのは、レベルとＨＰとＭＰくらいか。私の思ったことが、そのまま表示されている。これはあかん、信用できない。
次、『構造解析』にいってみよう。

名前　ワイバーン
性別　オス／年齢　１２５歳／出身地　竜峰山脈
レベル25／ＨＰ１５６／ＭＰ90／攻撃１３８／防御１２０／敏捷１５９／器用98／知力80
魔法適性　風・火／魔法攻撃１３４／魔法防御70／魔力量１２３
火魔法：豪炎《ごうえん》のブレス

風魔法：ウィンドプレッシャー
ノーマルスキル：鍵爪《かぎづめ》　Lv５／気配察知　Lv４／気配遮断《しゃだん》　Lv４／魔力循環　Lv３／魔力感知　Lv３／魔力操作　Lv３／身体強化　Lv３／威圧　Lv３

魔法詳細
豪炎のブレス：消費ＭＰ20
口から激《はげ》しい炎を吐き出し、周囲一帯を焼き尽くす。範囲は口から扇形《おうぎがた》に、横の最長10ｍ、縦の最長20ｍ
ウィンドプレッシャー：消費ＭＰ５
巨大な翼を羽ばたかせることで、風圧を前方の相手に叩《たた》きつける

スキル詳細
鍵爪：鋭《するど》い爪で獲物《えもの》を引き裂《さ》く

備考
竜種の中でも、最弱に近い。弱いくせに、自分は高位の竜だと勘違《かんちが》いし威張《いば》り散《ち》らしていたため、仲間からボコボコにされ見放された挙句《あげく》、縄張《なわば》りとなっている竜峰山脈を追い

出された。ただのアホ。現在、縄張りを持たず、手当たり次第に弱い相手を食べていく無法者となっている。昔の出来事を完全に忘れている。腹ペコで獲物を捜索《そうさく》中。恋人募集《ぼしゅう》中——

このスキル、優秀すぎる。はじめはステータス情報だったけど、下にスクロールしていくと、どんどん詳細な情報が出てきた。しかも、わからない単語をタップすれば、一つ一つの単語を丁寧《ていねい》に説明してくれる。

たださ、内容が多すぎる。ワイバーンの日常生活や愚痴《ぐち》、昔の縄張り争いの顛末《てんまつ》など、ほとんどどうでもいい内容だった。もう少し簡潔《かんけつ》に表示されるように見直す必要があるね。

気になる点は、現在腹ペコで獲物を捜索中であることかな。恋人募集中はどうでもいい。

とにかく最悪だ。絶対、こっちに気づく。

竜種の最弱であっても、腐《くさ》ってもワイバーン。人間にとっては脅威《きょうい》となる。

よし、ここは『構造編集』を試そう。ワイバーンの攻撃で最も危険なのが『豪炎のブレス』だ。

「構造編集（小声）」

あ、ステータス画面が表示された。

《構造編集する相手を選択してください》

選択可能な相手は、ワイバーンのみか。そのワイバーンをタップすると、今度はワイバーンのステータス情報が改めて表示された。

《どの部分を構造編集しますか？》

ここで、『豪炎のブレス』をタップする。

《編集箇所《かしょ》を指定してください》

豪炎のブレス↓○○のブレス

《この内容で、構造編集しますか？》豪炎のブレス↓癒《いや》しのブレス

はいをタップ、と！　さあ、どうなるかな？　**はい／いいえ**

《……構造編集が終了しました。今後、この個体の『豪炎のブレス』は『癒《いや》しのブレス』となります》

癒《いや》しのブレス：消費ＭＰ20

口から癒《いや》しのブレスを吐く。ブレスを受けたものは、およそ２００ポイント前後のＨＰとＭＰを回復させ、過去に負った古傷を完全回復させることも可能。ワイバーンの魔素で回復させるため、人体に悪影響はない

やったー！　成功ー！

「シャーロット、さっきから何をブツブツ言っているんだ？」

あ、少し声に出てたか？　馬車後方の守りを任せられているアルさんに怪しまれてしまった。

「いえ、後方に茶色い何かが浮いていると思って、試しに『鑑定』を使ったんです」

「お、『鑑定』か。子供の頃に取得しているのなら鍛《きた》えておいた方が良いぞ。それで、なんて表示されたんだ？」

良かった、『鑑定』と聞いて、引かれると思ったよ。

「ワイバーン、レベル25と表記されました」

「は？　ワイバーン、レベル25⁉」

「はい、かなり遠いんですけど、鑑定に成功しました」

「そりゃあ良かった……って、そうじゃあねえよ！　茶色のっていうとあれか！　この感覚、間違いない、ワイバーンだ！」

あれ？　……さっきより近くなってない？

「アルさん、さっきより距離が近くなってます！」

「くそ、やばい！　なんでこんなところにワイバーンが⁉　まさか、はぐれ⁉　シャーロットたちは、そこでじっとしていろ。まだ距離はある。今から隊長に伝えてくるから静かにしててくれよ」

大事《おおごと》になってきた。アルさんが、前方にいるガロウ隊長に報告に行ってしまった。

「ガロウ隊長、後方からワイバーンが接近中です。あれは、完全にこちらを狙《ねら》っています」

「なんだと！　急いで、子供たちの馬車を林の中へ避難《ひなん》させるんだ。全員、戦闘態勢に入れ！」

ワイバーン出現で慌《あわ》ただしくなってきた。騎士団は臨戦《りんせん》態勢をとり、馬車はワイバーンから見えない位置に移された。もうすぐ、こちらに接敵《せってき》する。今更《いまさら》になって、危機感が芽《め》生《ば》えてきた！

騎士団とワイバーンの戦い——騎士さんたちお願いします、どうか勝ってください。

10話　VSワイバーン

ワイバーンが、どんどん近づいてきている。

竜種は、鋼鉄よりも硬《かた》い鱗《うろこ》——竜鱗《りゅうりん》で覆われていると精霊様から聞いている。その硬度《こうど》は、竜種にもよるけど、ミスリルに匹敵《ひってき》するらしい。また、多くの魔法に耐性があるため、戦うには最低でもミスリル以上の武器が必要だ。この竜種、本来は竜峰山脈のような、緑に覆われた山の奥深くに群《む》れで生息しているが、稀《まれ》に『はぐれ竜』と呼ばれる単体行動を取るものもいるらしい。

ただ今回の敵は、竜種の中でも下位に相当するワイバーン。下位のためか、竜鱗には覆われておらず、地肌《じはだ》が露出《ろしゅつ》している。それでも、強靭《きょうじん》で弾力性のある肌《はだ》を持つので、やはりミスリルやアダマンタイトの武器が必要だ。

《グワァァァ〜〜〜〜》（強い獲物見〜〜っけ！）

まだ距離があるのに、低く地鳴りのような声が、こちらまで届いた。ただ、それと一緒に変な言葉も聞こえてきた。あのワイバーンが発した言葉？　『全言語理解』の効果か！

《グウゥゥウーーー》（ガキの匂《にお》いがする。全員、いただくか……ガキは甘くて美味い）

あのワイバーン、私たちを食う気満々じゃないか！

ああ……ついに、騎士団とワイバーンが接敵した。

私のすぐ近くに巨体のワイバーンが来る。全長十メートル、茶色い筋肉質の身体、五本の指と足に付いている尖《とが》った鍵爪、鋭い目と牙。威圧感《いあつかん》が半端ない。スキルに『威圧』があるせいか、私自身、震えて身体を動かせない。

見つかったら確実に食われる！

ニナたちが寝ていて良かった。もしあれを見ていたら、泣き叫《さけ》んで一発で居場所がバレるところだった。ただ、距離が離れていても、私たちの匂《にお》いを察していたから、意味はないかもしれない。

私たちの命は、騎士団に託《たく》されてしまった。私にできるのは、『構造編集』でワイバーンのステータスを編集することのみ。

考えろ！　少しでも騎士団を有利にするには、どうしたら良いのか考えろ！　残りＭＰは33。そうだ！　あのワイバーン、敏捷の数値が高いから低下させよう。

ワイバーンのステータスの敏捷をタップして……

敏捷159↓1〇9↓109
これでどうだ！

《あの個体の敏捷数値を159から109に編集しました》

やった！　50も低下させたら、明らかに動きが鈍《にぶ》くなるはずだ。

騎士さんたちはさすがだ。ワイバーンと対峙《たいじ》しているのに、誰も『威圧』に圧倒されていない。だが、ワイバーンが空から一気に下りてきて、その勢いのまま鍵爪攻撃してくるせいで、攻撃ができない。しかもワイバーンは、地上には着陸せず、高度十メートル付近まで、再び駆《か》け上がっていく。

とはいえ、さすがは百戦錬磨《ひゃくせんれんま》の精鋭《せいえい》騎士団だね。三度目のワイバーンからの攻撃で、完全にタイミングを理解したらしく、ガロウ隊長が各自に攻撃命令を出している。

《グアアアアァァァーーー》（お遊びは終わりだ。一人ずつ、俺の鍵爪で串刺《くしざ》しにしてやる！）

ワイバーンも本気になったのかな？　次の四度目の攻撃、狙われたのはアルさん。アルさん自身も、それがわかったのか身構えている。ワイバーンの鍵爪がアルさんを刺すギリギリのところで、アルさんは回避《かいひ》すると同時に、右足の第二関節あたりを斬《き》り裂いた。完全に切断してはいないけど、半分ほど斬れて垂《た》れ下がっている。

《ギャアアァァァーーー》（くそ、足が～～～）

ワイバーンのバランスが崩れて、地に落ちた。ここで騎士さん全員が一気に詰《つ》め寄った！

『あれ？　はぐれのワイバーンと戦ってるの？』

後方から声が聞こえたので振り向くと、光の精霊様がいた。

「あ、精霊様！　はい、騎士団が優勢《ゆうせい》ですよ」

『そうみたいだね。隊長のガロウはレベル45もあるし、他の人たちも平均レベル32だから、ブレスが直撃でもしない限り死なないでしょ。ところで、祝福はもう終わった？』

騎士さんたちのレベル、そんなに高かったんだ！　それなら安心して見ていられる。

「はい、終わりました。ガーランド様の声を聞いたときは焦《あせ》りましたよ。一瞬、自分が聖女なのかなと思っちゃいました。ステータスを確認したら、称号欄に聖女が表記されていなかったので安心しましたけど」

『え、聖女じゃないの？　おかしいな？　聖女は誰？』

珍しく、光の精霊様が感情を表に出している。普段、精霊様は、驚きや焦《あせ》りといった感情を外に出さないはず。私が聖女ではないことが、そこまで意外なのだろうか？

「聖女は、イザベルという女の子ですよ」

『誰、それ？　そんな子、知らない。おかしい。ガーランド様に報告してくる』

あ、行っちゃった。あの言い方だと、本来なら私が聖女ということになるんだけど……

おっと、ワイバーンはどうなったかな？　お〜〜、ワイバーンの右足が完全に切断されていて、息も絶え絶えだ！　頑張《がんば》れ、あともう少しだ！　あれ？　アルさんの動きが、どこかぎこちない。別段、ワイバーンから攻撃を受けたわけではないのに。

「アルさん、下がってろ！」

「ガロウ隊長、悪い」

やはり、怪我《けが》でもしたのかな？　左足を押さえながら、ゆっくりと移動している。

《グウーーーー》（クソッタレーーー）

あ、ワイバーンの最後の足掻《あが》きか、長い尻尾《しっぽ》を振り回した！

騎士団さんらも、これには驚いたのか、一旦《いったん》後方に下がった。

しかもワイバーン、ブレスを吐くつもりだ！

「おい、アルさん早く下がれ！　奴がブレスの態勢に入ったぞ！」

他の騎士さんはいち早くブレス射程内から移動したけど、アルさんだけは間に合わない。

《ガアァァァーーー》（遅い！　せめて、貴様を道づれにしてやる！）

ワイバーンの口から、緑の清浄《せいじょう》な炎が吐き出された！

お～～、ブレスとは思えないほどの綺麗《きれい》な炎がアルさんを覆っていく。

「しまった！　うわーーーー‼」

このとき、騎士団の誰もがアルさんの死を覚悟しただろう。だがこんなときのために、ついさっき構造編集しておいたのだ！　緑の炎が消えてから、ガロウ隊長がアルさんに駆け寄った。

「アルさん、大丈夫か！」

当のアルさんは、自分が死んでいないことに気づき、口をアングリと開けていた。

「……あれ？　俺死んでない。え、なんで？」

「馬鹿な⁉　アルさん、直撃だっただろ！　大丈夫なのか？」

ガロウ隊長たちだけでなく、ブレスを放ったワイバーン自身も、この光景に呆然としている。

《グワワワ？》（どうして？）

ふむ、構造編集してもステータスを確認しない限り、相手は編集されたことに気づかないのか。

「ああ、直撃を受けたはずだが？　ダメージを受けるどころか、むしろ回復してる」

「は、そんな馬鹿な!?　と、ともかく魔法部隊！」

ワイバーンから二十メートルほど離れた位置にいる三人の騎士さんは、先ほどからずっと魔法の準備を整えていた。その魔法が、今、解き放たれた！

「ライトニングボルト‼」

おお、雷の中級魔法『ライトニングボルト』が、呆然としていたワイバーンに直撃！

そして、そのまま崩れ落ちた。

やった、騎士団の勝利だ！　構造編集しといて良かった〜。脅威《きょうい》が去ったため、騎士団全員がアルさんのもとへ向かった。アルさんのダメージが完全回復していたことに驚きはしたものの、とにかく生きていることに安堵《あんど》していた。そして、今度はワイバーンのところへ行き、何かを確認すると、ガロウ隊長が叫《さけ》んだ。

「よし、この程度の傷ならば、皮も問題ない。全員、今からワイバーンを解体するぞ！」

「「「よっしゃ〜〜〜！　今晩はワイバーン祭りだーー」」」

は？　何が始まるのだろうか？

あれから騎士団総出《そうで》で、ワイバーンの解体に取りかかっていた。サボってるアルさんに聞いたところ、ワイバーンの皮や骨は武器防具の素材になるらしく、またこの周辺にはいないことから、かなり重宝《ちょうほう》されているらしい。それと、主に魔導具に使われる、魔物の心臓とも言える魔石も、比較的大きいという。そして、騎士団が騒いでいる一番の理由が肉だ。ワイバーンの肉は絶品《ぜっぴん》だとか。解体が中盤に差しかかったところで、ニナたちが起き出した。

「うっわ、大きい！」

「なに……これ？」

「ドラゴン？」

ニナ、エリア、カイリの順で驚いている。ワイバーンを見るのは、初めてだよね。

「起きたんだね。三人が寝ている間に、ワイバーンが現れたの。すっごく大きかったけど、騎士さんたちが討伐してくれたんだよ。みんな軽傷《けいしょう》で大きな怪我《けが》もなかったんだけど……唯一アルさんだけが、ブレスの直撃を受けたの」

ここは一つ、ちょっと悪趣味《あくしゅみ》だけど、いたずらでシュンとした表情になろう。

「「「え⁉　アルさん、死んだの⁉」」」

「コラ、シャーロット！　俺を勝手に殺すな！　ピンピンしてるよ！　むしろブレスを受けたことで、長年悩んでいた古傷が見事に完治して、疲れも吹っ飛んだわ！」

「「「シャーロット、アルさんは元気だよ。本当にドラゴンのブレスの直撃を受けたの？」」」

三人とも、首を傾《かし》げて、頭の上にクエスチョンマークを出している。

「ニナ、エリア、カイリ、本当にワイバーンのブレスの直撃を受けたぞ。だがどういうわけか、この通り無傷だ。まるで、回復魔法を受けたかのようだ」

当然。『癒《いや》しのブレス』だからね。

「アルさん、サボってないで、解体手伝ってよ」

「お、悪い悪い、今行くよ。夕食までは、まだ時間がかかるから、子供たちはその辺で少し遊んでおいてくれ」

別の若い騎士さんに呼ばれ、アルさんはそのままワイバーンのところへ行った。

「あれが、ワイバーンの死体。生きているワイバーンを見たかったような見たくなかったような……」

「ニナに同意。ちょっと複雑《ふくざつ》」

「ニナ、エリア、もし見てたらあまりの怖さで、気絶《きぜつ》してたと思う。でも、シャーロットが少し羨《うらや》ましい」

騎士団の活躍も目の前で見れたしね。一歩間違えば死んでたけど。

解体が終わったのは日暮れ前。幸い街道近くの森の中に開けた空間があったので、そこで野宿することになった。

「みんな、ガロウ隊長から聞いたんだけど、今日の夕食はワイバーンづくしだって。ステーキ食べ放題らしいよ！」

「「「ステーキ⁉　やったーーーー！」」」

夕食が用意された場所に行くと、鉄板の上に肉がいっぱい焼かれていた。

ジューッと音を鳴らしながら、食欲を刺激する香ばしい匂《にお》いが漂っている。あの肉の焼き色具合、地球のステーキとそっくりだ。私たち全員が、焼かれた肉を見て、ゴクっと唾《つば》を呑《の》み込んだ。

「ねえ、シャーロット、私たちがこんな豪勢《ごうせい》なお肉を食べていいのかな？」

こらニナ、昨日も来賓《らいひん》宿舎にいる間、フルコースだったでしょうが！　といっても、子供たちからすれば、フルコースが最高級のおもてなし料理であることはわからないよね。あれらの料理よりも、こっちのステーキの方がご馳走《ちそう》に見えるか。食べ放題と聞いてはいるけど、本当に食べて良いのだろうか？　あ、アルさんがみんなの分を持ってきてくれた。

「シャーロット、ニナ、カイリ、エリア、さあ、召《め》し上がれ。美味《おい》しいぞー」

私たちは顔を見合わせて頷《うなず》き、ステーキを食べた。――なにこれ！　少し噛《か》んだだけで肉が溶けていったよ！　肉の味が身体全体に広がっていく！

「「「はあ〜〜〜肉が溶けた」」」

あ、全員の意見が一致した。

「わかるか！　俺も初めて食べたとき、同じことを言ったな。今日の料理は、ワイバーンづくしだ。あらゆる部位の肉を食うことができるぞ」

あらゆる部位！　もっと食べたい。でも、このステーキの余韻《よいん》をもっと味わいたい。

「ニナ、エリア、シャーロット、早く食べよう。肉がなくなるよ！」

うお‼　あのおとなしいカイリが饒舌《じょうぜつ》になっている。食に目覚めたのか？

「待ってよ、カイリ。私も行くよ！」

エリアとカイリの食べる速度があがった。

「ニナ、私はこの肉をゆっくり味わってから、次に挑《いど》む」

「私も、この味を楽しみたい」

私とニナ、エリアとカイリ、ここで食事を楽しむ方法が分かれた。

それにしても、このワイバーンのステーキ、日本で言う最高級霜降《しもふ》りステーキの味だ。この世界で、この味に出会えるとはね
私は野菜も口にしつつ、一人前のステーキを完食した。

そしてニナとともに、違う部位のステーキを少しずつ貰《もら》い、その味を堪能《たんのう》した。私の横では、エリアとカイリが猛烈なスピードでステーキを頬張《ほおば》っていた。

「シャー……ロット、ニナ、ぼっどばやくだべ……ないど……だく……なるよ？」

「どうどう」

エリア、カイリ、二人とも、口にステーキを入れすぎ。

「あはは、私たちはこのペースで良いかな」

「エリア、カイリ、そんなに急いで食べたら、すぐにお腹いっぱいになるよ？」

「う……だじがに」

エリア、まずは口の中のものを呑《の》み込もうね。

あれ？　アルさんが何かを運んでいる。

「アルさん、そのお肉、捨てるんですか？　もったいないですよ」

「あー、ここはワイバーンの中でも固くて筋《すじ》が多い部分なんだ。それにワイバーンの中で、唯一まずいんだ。肉全体から雑味を感じるのさ。ワイバーンだけでなく、多くの魔物には、美味《おい》しい部位とまずい部位がある。俺たちはまずい方を総称して屑肉《くずにく》と呼んでいるんだ。通常、この部位は王都にいる貧民層の住民たちにあげるんだが、ここでは火魔法で焼却だ」

むむ、地球のセオリーでは、こういうのが結構美味《おい》しいはず！　焼却するのは惜《お》しい。

筋が多いってことは、その部分を削《そ》ぎ落とし、肉だけにすればいい。

雑味を感じるのならば、タレに漬《つ》け込んで、雑味を消せばいい。

「この屑肉《くずにく》もらっていいですか？　ちょっと試したいことがあるんです」

「いいけど、どうするんだ？」

早速、私は肉を貰《もら》ってテーブルで、調理を始めた。まずは筋の部分に沿《そ》って、包丁を入れていく。分割した肉を急ごしらえしたタレに漬け込む。そしてよく揉《も》んでタレを染《し》み込ませ、あとは一口サイズに切って焼いていく。これで完成だ！

来賓《らいひん》宿舎の料理長さんから、簡単なタレの作り方を学んでおいて良かった。

「できました。食べてみてください」

「前から思っていたが、公爵令嬢なのに手付きが慣れている。しかも、厨房《ちゅうぼう》に入ったことがないはずなのに、なんで調理器具の使い方がわかるんだ？　まったく危ない感じを受けなかった」

アルさんが訝《いぶか》しげな顔をした。そこは当然の疑問だよね。

「え～と、お父様からいつも言われていることがあるんです。公爵令嬢という身分に甘えるな。いつ、どこで何が起こるかわからない以上、最低限の生きる術《すべ》を身に付けておくんだ、と。だから、厨房《ちゅうぼう》には入れてもらえなかったのですが、こういったことを一通り学んではいたんです。タレの作り方は、来賓《らいひん》宿舎にいる料理長さんから学びました」

前半は強引な大嘘、後半は真実だよ。

「エルバラン公爵様はさすがだ。貴族の最高位である公爵にもかかわらず、常に平民や貧民と同じ目線で語り合い、領民からの支持率も六十パーセントを超《こ》えているだけある」

え、そうなの⁉　初耳なんですけど⁉　あ、全員が私の焼いた肉を凝視《ぎょうし》していた。

「アルさん、どうぞ！」

「よ……よし、食うぞ」

そんなおそるおそる食べなくてもいいのでは？　それだけ、この肉がまずいのかな？

「……嘘だろ、あの固くてゴッゴツした肉が、ここまで柔《やわ》らかくなるなんて。それに、肉自体からエグ味や雑味が消えている。ステーキのような上品さはないが、エールに合う味だ。今すぐ、エールを飲みたいぞ～～‼」

なんで最後、叫《さけ》ぶ必要があるの⁉　アルさんの評価を聞き、ニナ、エリア、カイリ、そして他の騎士さんたちも、こわごわと一切れずつ食べていく。

――よほど美味《おい》しかったのか、あっという間になくなってしまった。

「あ、まだお肉は残ってますから、作りますね」

「シャーロット、ちょっと待て。いくらなんでも、五歳の子に何度も作らせるわけにはいかない。作り方は、さっき見ていたから、ここからは俺が作る」

アルさんや他の騎士さんたちが私のやり方を真似《まね》て、肉炒《いた》めを作ってくれた。私も食べたけど、ステーキのような解《ほぐ》れる柔《やわ》らかさはなくとも、くせになる味だった。

……今日はワイバーンとの戦いでビックリしたけど、その後のパーティーが凄《すご》く楽しかった。久しぶりにいっぱい笑わせてもらった。ニナ、エリア、カイリも楽しそうに笑っている。

11話　我《わ》が家に到着

ワイバーンの肉、美味《おい》しかった。あの味が忘れられない。早くまた味わいたい。

翌日、私たちも騎士さんたちも食事時間が近づくにつれ、ソワソワしていた。そう、巨大なワイバーンの肉を一日で食べきれるわけがない。ガロウ隊長が『マジックバッグ（時間停止機能付）』という高級魔導具を持っていたおかげで、余った肉はそこに入れられ、少しずつ堪能《たんのう》していこうということになった。これを聞き、全員が「よっしゃーーーー！！！」と叫《さけ》んだよ。

マジックバッグ自体はポシェットくらいの大きさで、その中は亜空間になっているという。どれだけ入るかは、所持者の魔力量によるらしい。

帰りの旅路《たびじ》は、新たにステーキ、肉炒め、カレーライスがメニューとして追加されたので、みんな楽しそうだった。食事がまずければ、それだけでストレスが蓄積《ちくせき》し、疲労の回復も遅くなる。今回、そういったストレスを一切感じなかったため、体調を崩す者もいなかった。

『ワイバーンとの遭遇《そうぐう》』という不運には遭《あ》ったけど、ご馳走《ちそう》をゲットできたこともあり、帰りの道中は行きよりも楽しく過ごせた。でも、こういった楽しい時間というのは、あっという間に過ぎてしまうんだよね。気づけば、エリアとカイリが住んでいる村に到着してしまった。

二人とも、これまでの旅の楽しい思い出や、私とニナとの別れを思ってか、目から大粒《おおつぶ》の涙を流していた。村の人々が騎士団の到着に気づき、二人の両親らしき人たちが迎えに来てくれたときには、二人とも私たちや騎士さんたちと離れたくないと駄々《だだ》をこねていた。

私やニナと別れたくないのは理解できるけど、騎士さんたちとも別れたくないという言葉に、騎士さんたちだけでなく村の人々も驚いていた。でも、ガロウ隊長が道中のこと——私が来賓《らいひん》宿舎での出来事を話すと、村の人々は納得してくれた。特に、ワイバーンのステーキのくだりは、全員唾《つば》を呑《の》み込んでいた。だってね、エリアもカイリも、ステーキの美味しさをこれでもかというくらい喋《しゃべ》りまくるんだもん。どんな味なのか想像しちゃうよね。

私が領主の娘ということで、村長やエリアとカイリの両親と少しお話しした後、いよいよお別れの時間がやってきた。結局、私もニナも泣きながらエリアとカイリと抱き合い、「いつか、また会おうね」と誓《ちか》い合った。せっかくできた友達とのお別れは、私としても辛《つら》い。

そして、そこから三時間後、ニナが住んでいる村に到着した。アルさんがニナの家を知っているらしく、ニナの両親を迎えに行った。その間にガロウ隊長が、駆けつけてきた村人たちにこれまでの旅路を説明していた。

「あ～あ、楽しい旅行もこれで終わりか。ねえ、シャーロット、たまには私の村にも遊びに来てね」

うーん、さっき散々泣いたからか、感傷的《かんしょうてき》な気分になれない。

「もちろん、行くよ。ニナの村は、私の家から比較的近いし、月に何度か行けると思う」

「ホント!?　それまでに、屑肉《くずにく》とカレーライスを村の名物にしておくよ」

ニナはとびきりの笑顔だ。お父様にお願いすれば、月に一、二度くらいなら行けるよね？　屑肉《くずにく》に関しては、ワイバーンではなく、他の魔物の肉を使えば、本当に名物になるかもしれない。

「あはは、うん、頑張《がんば》ってね。なんか、涙が出てこないよ」

「わかるわかる。エリアやカイリと別れたとき、大泣きしたもんね～」

ここでガロウ隊長が、大人の男女を連れてきた。

「あ、お父さん、お母さん！　旅行、楽しかったよ！」

ニナの笑顔を見て、旅行を楽しんだことがわかったのか、両親たちの顔が綻《ほころ》んでいた。

ニナのお父さん、多分三十代前半なんだろうけど、風貌《ふうぼう》にどこか貫禄《かんろく》がある。同い年くらいのお母さんは、どこか色気《いろけ》がある。ニナはお母さん似だね。髪や顔の輪郭《りんかく》、目の形がそっくりだ。

私はまた、村長やニナの両親たちとも挨拶《あいさつ》をした。そして、エリアとカイリと別れたように、ニナともお別れする時間がやってきた。

「……もう行かないと。……じゃあね、ニナ」

あ、やっぱ泣けてきた。また会えるとわかっていても、お別れするこの瞬間は辛《つら》い。

「うん……さようなら、シャーロット」

ニナもわかったのか、二人で抱き合い、泣きながらお別れした。


ニナと別れて一時間、日が暮れてきた頃、ついに我が家に到着した。

本当に楽しい時間というのは、あっという間だよね。到着したとき、屋敷の門付近を掃除していたマリルが、私に気づいた。

「お嬢様〜！　お帰りなさいませ！」

「マリル〜ただいま〜。旅行、楽しかったよ。聖女が誰かも判明したしね」

そう言うと、マリルが心底焦《あせ》りました。

「えーーー！　まさか、お嬢様ですか⁉」

「違うよ〜、飛び入り参加したイザベルっていう女の子が聖女だったよ。今、教会は大忙しだろうね〜」

「よかった〜。あ、旦那《だんな》様たちに知らせてきます！」

他の使用人たちも気づいたのか、仕事を放り出して、みんなこっちに来た。すぐに、お父様、お母様、お兄様もやって来た。

「「「シャーロット〜〜」」」

「お父様、お母様、お兄様、私は聖女じゃないよ」

そう告げると——

「「「よし！！！」」」

全員が喜んでくれた。

そして出迎えそうそう、称号『癒《いや》しっ子』のせいでお父様やお母様に抱《だ》っこされた。使用人たちはその光景を微笑《ほほえ》ましく見ている。

さあ、楽しい旅行は今日でおしまいだ。明日からは、魔法使いの修業をやっていこう。

なお、ここまで送ってくれた騎士さんたち八名には、疲れを癒《いや》してもらうため、急遽《きゅうきょ》うちに泊まってもらうこととなった。合計十日間、うち二日は休息を取れたとしても、疲労が蓄積してるだろうからね。お風呂にでも入って、寛《くつろ》いでもらおう。

お父様の執務室《しつむしつ》で、ガロウ隊長が今回の旅の報告をすると、お父様たちはとても驚いた。

ちなみにガロウ隊長はラグト神父から、カレーライスの一件を聞いている。

「シャーロット、いつ料理を覚えたの？」

お母様から、予想通りの質問がきた。

「家の料理長が作るところを隠《かく》れて見てました。あとは、騎士さんたちの調理方法も見てました。カレーライスは、以前お父様から見せてもらった東方の国の資料を参考にしています。内容は全然わからなかったのですが、絵がすごく綺麗《きれい》だったので覚えてました」

東方の国の資料を出したのは、今思い出すと確かにペイルやタリネの絵があったからだ。ただ、実際にはペイルをおやつとして食べ、美味《おい》しく食べている子供と、辛《から》さでぺっと吐き出している子供、口直しに炊《た》いたタリネで食べ辛《から》さを誤魔化している子供の、三人が描かれていた。とはいえ、あれならば言い訳になるだろう。

本当は絵だけでなく、言葉も全部理解しているんだけど、さすがにそこまでは言えない。

この内容なら、ギリギリ大丈夫のはずだ。

あとは、ガロウ隊長がアルさんから私の話を聞いていなければいい。アルさんには屑肉《くずにく》のときに、違う嘘をついているからね。

「まったく大した女の子だよ。他の子供たちが初めての旅行で萎縮《いしゅく》していたのをほぐしてくれたし、ペイルとタリネの調理方法や、廃棄処分されていた屑肉《くずにく》の調理方法も考えてくれたんだからな。全てが画期的《かっきてき》だ。食文化の革命が起こるかもな」

よかった。ガロウ隊長は知らないようだ。というか、そこまでのことはしてないと思うけど。それに、屑肉《くずにく》は貧民街で食べられていたのでは？　……あ、ということは！

「もし屑肉《くずにく》をみんなが食べるようになってしまったら。今後貧民層の人たちにお肉が回ってこなくなってしまいませんか？」

それはダメだ。貧民街の人たちにとって、貴重《きちょう》な食糧源なんだから。

「いや、大丈夫だ。屑肉《くずにく》は、ワイバーンだけじゃない。他の魔物からも取れる。それに王都の法律で、入荷した屑肉《くずにく》に関しては貧民層に優先権がある。市場に出回るのは、それで余ったものだけさ。まあ、売れないからほとんどが貧民層に逆戻りだ。そうなったものが廃棄処分されるんだが、今後はそれもなくなるだろう。シャーロットは、それだけのことをしてくれたんだ。貧民層には俺の知り合いもいるから正直助かったよ……と、五歳児には難《むずか》しい話だったかな」

じゃあ、貧民街の食糧事情がかなり改善されるのかな。食材自体は変わらないけど、味が大幅《おおはば》に向上したからね。それに、今後はカレーライスも追加される。みんな、喜んでくれると良いけど。

「一度食べてみたいが、屑肉《くずにく》はないからな」

「はは！　ジークならそう言うと思って、ワイバーンの屑肉《くずにく》をくすねておいた。五人分あるから、今日の夜にでも食べてくれ」

「本当か!?　ガロウ、気がきくじゃないか！」

「お礼は、シャーロットに言ってくれ。今回の護衛は、俺たちも楽しかったしな。久しぶりだよ、あんなに笑って飯を食ったのは」

「あらあら、シャーロット、よくやったわ」

お母様が頭を撫《な》でてくれた。えへへ。

「さあ、シャーロットも疲れただろう。ラルフと一緒に部屋でゆっくり寛《くつろ》いでいるといい」

お父様の好意に甘えさせてもらおう。ところで、さっきからお兄様がソワソワしている。私の口からワイバーン戦やステーキのこととかを聞きたいのかな？

「はい！」

執務室を出た後、私の部屋に戻り、お兄様に旅行の話を事細《ことこま》かく最初から話した。ワイバーン戦のくだりでは、お兄様の目が輝いていた。貴族とはいえやっぱり男の子、騎士団の活躍を聞くと、お兄様は凄《すご》く興奮した。将来は、騎士になりたいとも言ってたな。三十分ほど話したら、お兄様は満足して自分の部屋に戻っていった。私が疲れていることを察して、気を使ってくれたのかもね。

そういえば、ワイバーン戦のとき、精霊様が聖女の件でガーランド様に報告に行くと言っていたけど、あれからどうなったのだろうか？　まさか、

『イザベルは間違いで、本当はシャーロットだったよ。今から修正するね』

とかはやめて欲しい。屋敷の周囲に、風の精霊様がいるから聞いてみよう。

「風の精霊様〜、イザベルが聖女で間違いないですよね？」

『あ、シャーロット、おかえり～。……うん……一応……イザベルという女の子が聖女かな……』

「よかった～。今更『間違いでした』とかなら、イザベルが可哀想《かわいそう》だもん」

『シャーロット、聖女になりたくないの？』

「はい、絶対嫌です！」

『え、即答⁉　そうか、そんなに嫌なら、別の方法を考えよう』

あ、どっか行っちゃった。別の方法ってどういう意味？

まあ、いいや。明日からは、いよいよ魔法の修業を開始しよう。最優先課題は、魔力量のアップだ。今のままだと燃費《ねんぴ》が悪すぎる。ワイバーンの書き換えだけで、ＭＰを半分以上使ってしまった。

あ、そういえば、レベルは上がったのだろうか？

「ステータスオープン」

名前　シャーロット・エルバラン
性別　女／年齢　５歳／出身地　エルディア王国
レベル３／ＨＰ17／ＭＰ65／攻撃５／防御３／敏捷３／器用６６０／知力８５０
魔法適性　全属性／魔法攻撃45／魔法防御38／魔力量65

魔法：なし
ノーマルスキル：鑑定　Lv10／魔力感知　Lv6／魔力操作　Lv4／魔力循環　Lv4
ユニークスキル：全言語理解・精霊視・構造解析・構造編集
称号：癒《いや》しっ子

レベル3になったけど、ほとんど変化していない。そりゃそうか、ユニークスキルを使っただけで、身体をまったく動かしていないもんね。HPが2ポイント、器用が7ポイント、魔力量が5ポイント上がっただけでも嬉しい。もっと基礎訓練をしていこう。

魔法に関しては、精霊様たちに協力してもらって、まず二種類の回復魔法――イムノブーストとヒールをゲットしよう。

この日、レシピをガロウさんに教えてもらった料理長は、ワイバーンの屑肉《くずにく》を調理してくれた。私が作ったものより、数段美味《おい》しかった……！

12話　七歳になりました

私、シャーロット・エルバランは七歳になった。

時が経つのは早いよね。この二年、私はガムシャラに頑張《がんば》った。お父様には軽い体術（受け身程度）と剣術（素振り程度）、お母様には魔法を習った。そのおかげもあって、ステータスの数値が少し上がっている。

ちなみに、ユニークスキルのことは話していない。

名前シャーロット・エルバラン
性別　女／年齢　7歳／出身地　エルディア王国
レベル3／HP23／MP90／攻撃10／防御9／敏捷9／器用660／知力850
魔法適性　全属性／魔法攻撃67／魔法防御60／魔力量90
回復魔法：イムノブースト・ヒール・ハイヒール
火魔法：ファイヤーボール
水魔法：アイスボール
ノーマルスキル：鑑定　Lv10／魔力感知　Lv8／魔力操作　Lv8／魔力循環　Lv8
ユニークスキル：全言語理解・精霊視・構造解析・構造編集
称号：癒《いや》しっ子

そう、物理的に最弱なのは変わらない。しかも、あれだけ頑張《がんば》っているのに、ステータス欄には剣術も体術スキルもなしときた！　まあ、素振り、受け身、軽いランニング程度で、そんな簡単にスキルを習得できるわけないよね。

　剣術や体術に関しては、年齢的なこともあるのでなんとも言えないようだけど、魔法に関しては、かなりの才能があるらしい。七歳で六つの魔法を覚えるのは極めて異例だそうだ。特に回復魔法はイムノブーストだけでなく、精霊様たちのおかげもあって、忘れられていたヒールを一年前に、そしてハイヒールを三ヶ月前に覚えることができた。

　二年前に私からヒール系の存在を聞いて以来、お父様は回復魔法に関する研究をしている。ただ当初は、王都にいるガロウさんが図書館で色々と調査したにもかかわらず、資料を見つけることはできなかった。また、肝心の回復魔法も使える人もいなかったため、研究は進まなかった。しかし一年前、私がようやくヒールを覚えることができたので、研究は加速度的に進んでいる。

　まず始めたのが、ヒールの使い手を増やすことだ。

　エルバラン家にいる使用人を含め、光属性を持つ人に、私がヒールを教えた。その結果、現在では私だけでなく、お父様、お母様、お兄様、マリル、その他二名の使用人、合計六人がヒールを習得している。中でもお父様とお母様は、なんと上位のハイヒールの習得にも成功した。

　多くの人たちがヒール系を習得したことで、お父様の研究は飛躍的《ひやくてき》に進み、あと少しで学会発表ができるレベルにまで至った。現在までに判明しているのは、消費ＭＰの違い、回復速度の違いだ。

イムノブースト：消費ＭＰ２
回復速度　傷の度合いに関係なく10秒で完治
ヒール：消費ＭＰ10
回復速度　一回の治療時間は30秒　一回の使用で、ＨＰ１００回復、簡単な骨折なら治療は可能
ハイヒール：消費ＭＰ30
回復速度　一回の治療時間は30秒　一回の使用で、ＨＰ３００回復、どんな骨折でも治療は可能

　これだけ見たら、イムノブーストがいかに優秀かがわかる。それに対して、ヒールやハイヒールは使いにくい。一回の使用で三十秒かかるし、消費ＭＰが多い。これは戦いにおいて、大きなデメリットだ。でも、イムノブーストと違い、身体に負荷《ふか》は一切かからない。う〜ん、どうしてヒール系が消えたかわかる気がする。多分、大昔の人がヒール系の不便さに疑問を持って、新たにイムノブーストを開発したのだ。それがあまりにも優秀すぎたため、ヒール系は忘れられたにちがいない。

現在でも、お父様たちは文献を探しているのだけど、イムノブーストの文献はあっても、どういうわけかヒール系の文献は王都だけでなく、どの街にも見当たらなかった。まあ、ないものはしょうがないので、自分たちでこまめに実験をしている。ちなみに回復速度を調べる際は、当然誰かに怪我《けが》を負ってもらう必要がある。人体実験はさすがにまずいので、魔物でやった。

私もお父様の研究を手伝っているけど、ここ最近悩んでいることがある。

それは、私の燃費の悪さだ。MPがすぐに尽きてしまう。『構造編集』で、ハイヒールの消費MPを書き換えてやろうかとも思った。けど、スキル説明では、影響するのは編集された者のみとなっているので、自分だけ消費MPが低かったら、後々怪しまれる気がする。それに、文献がどこかに現存していたらまずいよね。当面は、現状維持で訓練や研究をしていこう。ああ、早く大きくなって、魔物たちを討伐してレベルを上げていきたい。基礎訓練だけでは効率が悪すぎる。早く、物理的な最弱を卒業したいよ。

あと、忘れてはいけないのが、聖女イザベルだ。

国王自らがイザベルを聖女として発表した。すると、聖女イザベルの肖像画《しょうぞうが》が多くの画家によって描かれ、各街や村に無料で配布されることとなり、イザベルの名が全国民に知られるようになった。イザベルは聖女として、今後怪我人《けがにん》に回復魔法を使っていくわけだけど、聖女の回復魔法ってなんだろうかと、純粋《じゅんすい》に疑問が湧《わ》いてしまった。精霊様に聞いたら『色々とややこしくなるから、今は言えない』とのこと。

う〜ん、精霊様は人間の政治や経済の情報を話してはいけないから、私の質問もそれに引っかかるのかな？　私の推測では、聖女の回復魔法は、『ヒール系』か『別の何か』だと思うのだけど……。とりあえず、イザベルにヒール系を使えないのなら万一のために教えてあげてと言ったら、私の周囲にいた精霊様全員が、一気に不機嫌になった。なぜ！

イザベルには『精霊視』がないので、精霊様自身が姿を現してあげないといけないようだが、聖女専用の回復魔法が、仮に『別の何か』であった場合、使用できないときだってきっとある。それなら、緊急《きんきゅう》用としてヒール系を教えておいた方がいい。イザベルがイムノブーストで治療したら、後で大変なことになる。それとも、聖女ならイムノブーストの欠点をカバーできるのだろうか？　そのあたりのことはよくわからないけど、知っておいて損《そん》はないよね。

精霊様たちは私の必死のお願いにより、渋々ながらイザベルにヒール系を教えに行ってくれた。

なぜ、そこまで嫌がるのか不思議だ。

あれから二年、イザベルとは一度も会っていない。上手く聖女をやれているのだろうか？

イザベルとはともかく、あのときの仲間であるニナとは二十回以上、エリアとカイリとも五回ほど会っていて、今では、親友だ。現在でも、身分に関係なくタメ口で話している。さすがに、大人たちのいるところでは敬語だけどね。

そういえば、お父様やお兄様と領地の視察という目的でいくつかの街に行ったとき、食事処《どころ》とかに行くと、毎回お礼を言われた。どうやらどの街でも、屑肉《くずにく》フィーバーが起こったらしい。そして、ガロウ様経由で、私が屑肉《くずにく》の調理方法の開発者であることが広まったようなのだ。私の肖像画《しょうぞうが》まで飾《かざ》ってある店もあった。

この二年で食糧事情が大いによくなり、現在のお父様の支持率は、なんと九十パーセントを超えていた。これはエルディア王国の歴史の中でも、過去最高らしい。それだけ領民の人たちが食糧に関して色々とストレスを抱《かか》えていたんだね。

〇〇〇

よし、五歳から書きはじめた日記を再度読み返したことで、考えがまとまった。今日から頑張《がんば》ろう。気合《きあ》いを入れ直したところで、ドアのノック音が聞こえた。

「お嬢様、お客様が来られました。隣の領主であるハロルド様と娘のリーラ様です。ジーク様の執務室におられます」

「わかりました。ご挨拶《あいさつ》に行きましょう」

「ラルフ様は先にご挨拶《あいさつ》を済ませており、お部屋に戻られました」

ハロルド様のことはお父様から聞いている。ガロウ様含めて三人は、学生時代からの仲だそうだ。それって、二十年近い付き合いだよね。お父様が公爵、ガロウ様が子爵、ハロルド様が伯爵《はくしゃく》だったはず。身分がそれぞれ違うのに、プライベートでは今でも互いにタメ口らしい。

そして、お父様たちが通っていた王都にある学園、十歳から入れるけど、試験が凄《すご》く難しいらしい。競争率約十倍の名門中の名門で、お兄様も今年受験のため、今必死に勉強しているところだ。試験内容は筆記と魔法実技、いつかは私も受験する日が来るだろう。

あ、そういえば、リーラちゃんは私と同い年のはずだ。ということは、上手くいけば私と彼女もその学園に入学して、一緒に勉学に励《はげ》むことになるはず。ここは、絶対に友達になっておきたいよね。

私はお父様の執務室のドアをノックする。

「お父様、シャーロットです。入ってもよろしいでしょうか？」

「シャーロット、入りなさい」

中に入ると、お父様とお母様とハロルド様が、部屋の中央に置かれているソファに座っていた。お父様は薄いベージュのカッターシャツに紺色《こんいろ》のスーツ用のズボン。お母様は薄い緑を基調《きちょう》とした、フワリとした細やかなデザインが施《ほどこ》されているドレス。ハロルド様だけが、今から王家に会いに行くのかというぐらいの、貴族特有の綺麗《きれい》な正装《せいそう》をしていた。

……あれリーラちゃんは？　おっと、先に自己紹介しなきゃ。

「ハロルド様、初めまして。シャーロット・エルバランと申します」

「初めまして、ハロルド・マクレンだ。行儀《ぎょうぎ》のいい娘さんじゃないか、ジーク」

「はは、まあな。シャーロット、私の隣に座りなさい」

お父様は爽《さわ》やかハンサム系、それに対してハロルド様は、ワイルドなハンサム系といったところか。茶色で少し乱れている髪、うっすら出ている口髭《くちひげ》と顎鬚《あごひげ》、おしゃれでそうしているのかは謎《なぞ》だけど、笑顔が良いね。

ソファに座り、もう一度ハロルド様を見ると、ある違和感を覚えた。近くで見ると、どこか切羽詰《せっぱつ》まった雰囲気を感じる。それに、頬《ほお》が少し痩《こ》けている。

「あの、ハロルド様、どこか具合が悪いのですか？　とても辛《つら》そうに見えます」

「凄《すご》いな、わかるのか」

「ああ、シャーロット、私が説明しよう。ハロルド自身は疲れているだけだから大丈夫だ。問題は、娘のリーラちゃんだ。彼女は二年前からある病気になっていて、今では筋力も衰《おとろ》えて、立つこともできない。隣の客室で、眠っているよ」

「え、ちょっとお父様！　それじゃ、どうして連れてきたんですか？　危険ですよ！」

おいおい、寝たきりの病人をここまで連れてきたの？　確か聞いた話だと、ハロルド様はワイバーンより上位の竜種であるライダードラゴンと主従契約《しゅじゅうけいやく》していたよね。これはお父様も同じなんだけど。

でも、それで来たとしても、一時間はかかるよ⁉

「理由があるんだ。シャーロットは占い師を知っているかい？」

占い師？　日本でならともかく、ここでの占い師は知らない。

「いえ、知りません」

「スキル『未来視』を持った人たちのことで、そのスキルを使って商売しているんだ」

マジですか！　日本の占い師より信頼度が高いじゃん。

「ただし、占い師といってもピンキリだ。スキルもないのに名乗っている奴もいるし、スキルレベルが低くても当てにならない。また、スキルが高くても、『未来視』で見える未来は数限りなくある。その中で、依頼主が求める未来を見つけ出すことは困難を極める」

ふむふむ、当然だよね。私が何をやるかによって、未来はその都度《つど》変化する。依頼人が求める未来を見つけるのは、並大抵のことではないだろう。

「ハロルドは、王家が支持している有名占い師と接触《せっしょく》することに成功した。そして『未来視』によって数多《あまた》ある未来の中から、娘を救ってくれる人物を探し出すことに成功した」

うん？　この流れは、まさか⁉　ハロルド様も、じっと私を見つめている。

「それが……シャーロットだそうだ」

やっぱりか～～～！

13話　打ち明けました

話の流れ的に、私かな～と思ったら見事に当たった。

『構造解析』と『構造編集』を使えば、治療できると思う。ただ、二つのスキルを三人に話さないといけない。正直、話したくない。話せば、化物と呼ばれて捨てられるかもしれない。五歳のとき、カレーライスと屑肉《くずにく》の調理法を開発したけど、かなり騒がれた。今でも尾を引いているほど。あのときは料理で、ニナたちもいたから、将来有望な子供たちと呼ばれるだけで済んだ。

私のユニークスキルは、大人でも恐怖するほどの完全なチートスキルだ。リーラちゃんを救うには、それを使うしかない。でも、スキルの詳細な説明を一切せず、リーラちゃんを助けると、前世と同じか、それ以上の恐怖をお父様たちに与えてしまうかもしれない。

もう、前世の二の舞はごめんだ。

持水薫だったときの小学生時代、基本どの科目でもほぼ満点を取っていたため、周囲からは神童《しんどう》と呼ばれていた。高学年になると、同級生と遊ぶよりも勉強の方に興味があったので、中学レベルの書籍を読みはじめ、小学校を卒業する頃には高校レベルのものを読んでいた。

どんどん賢《かしこ》くなっていく私に対して、両親は少しずつ距離を取りはじめた。

あのとき、両親がなぜ私を避けるのか、理由がわからなかった。だから相変わらず、興味を持ったものは、手当たり次第に本を読み、知識を吸収していった。中学生になると、大学生レベルの勉強をしていたこともあり、両親がどんな仕事をしているのかさえ、ハッキリ理解できるようになっていた。

そんなある日、両親が仕事のことで悩んでいた。二人は同じ会社で働いていて、家でも時折仕事について相談し合っていた。私は家にある資料を見て、悩んでいる内容をおおよそ理解した。そして、つい解決策を言ってしまった。すると二人は複雑そうな笑みを浮かべ、私の頭を撫《な》でてくれた。期限が迫《せま》っていたこともあって、二人は徹夜《てつや》で仕事を仕上げ、そのまま会社に向かった。私自身、両親の仕事を手伝っていたから、よく覚えている。

両親が出ていってから一時間後、家の電話が鳴った。内容は、両親が居眠り運転で事故を起こし、亡くなったというものだった。目の前が真っ暗になった。私が仕事を手伝ったことで、締《し》め切りギリギリに間に合った。だから、早めに会社に行ったのだ。私が手伝わなければ、締め切りには間に合わなかったかもしれないが、父も母も死ななかったに違いない。

祖父母《そふぼ》は既に亡くなっており、他に身内がいなかった私は、中学三年生、十四歳で、天涯孤独《てんがいこどく》の身になった。

遺品《いひん》の整理をしているとき、母の日記を見つけた。そこには、私の育て方に関しての悩みが記載されていた。

【赤ちゃんの頃から夜泣きも少なく世話のかからない可愛《かわい》い娘だったけど、小学生になるとそんな娘を見るのが怖くなり、だんだん避けていく自分が許せない。なぜ、避けてしまうのか。それは娘が優秀すぎるせいだ。どんどん賢くなっていく娘を見て、二つの考えが頭の中で葛藤《かっとう》していた。

《可愛《かわい》い娘》と《化物》

中学生になるとその才能に拍車《はくしゃ》がかかり、娘の知性、感性、閃《ひらめ》きを、一人の女として嫉妬《しっと》してしまう自分がいた。一時期、殴《なぐ》りたいと思うときもあった。夫ともよく話し合い、少し距離を置くことで、私、いえ私たちが感じた娘への嫉妬心《しっとしん》を抑えることができた】

この日記を読んだとき、私は愕然《がくぜん》とした。両親が私のことでそこまで悩んでいたとは、全然知らなかった。私は馬鹿だ、大馬鹿だ。自分のことばかり考え、身近にいる人たちを救うことができなかったのだから。私は泣いた。初めて泣いた。

両親の墓を建《た》て、遺品整理、遺産整理を全て終わらせた後、今後のことを考えた。幸い、お金の心配はなく、私が高校と大学に進学するのは可能だった。でも、将来何をしたいのか思い浮かばなかった。中学の先生に、私の家庭のことを相談したら、『まずは高校生活を楽しめ！　多くの友達を作り、一緒に学び遊ぶんだ。その上で、友達と話し合い、何をしたいのか探《さぐ》るんだ』と言ってくれた。

その日以降、私は勉強をほどほどに抑え、クラスのみんなが話題にしているファッション、バラエティ、ドラマ、アニメなどを調べていった。私は、そういった方面に疎《うと》かったので、調べれば調べるほど面白いことがわかった。少しずつクラスのみんなと話し、中学では、多くはないが友達ができた。高校に入ってからも同じ生活を続けていくうちに、オタク化した反面、大学レベルの勉強でわからないところがあった場合は、隠れて先生に質問した。物理や化学の先生とも深く議論していく中で、生物の構造解析に関する学問を知り、その方面の道に進むことを決意する。

そして、大学でそれを学んでいく中で、生きる上で一つの指針を立てた。それは、自分は前に出ず、周囲の人間をフォローするというものだ。私には、それだけの力がある。

現に、高校でも大学でも、利用されていることは百も承知《しょうち》で、知り合いを助けていった。製薬会社に入っても、同僚を助けた。周囲には立体構造フェチで、成果を出したら他人にあげる変人扱いされていたけど、周りがどう思おうと構わない。私にとって一番嫌なのは、自分が原因で周囲の人間が傷付くことだ。それだけは、絶対に嫌だ。

この思いは、転生した今でも変わらない。

「――シャーロット、どうして泣いているの？」

え？　お母様に言われて、初めて自分が泣いていることに気づいた。ユニークスキルのことを言ってしまえば、家族間で確実に変化が起こる。私は、その変化が怖い。でも、リーラちゃんの生死が関わっている以上、勇気を出して言うしかない。

身体が震えるけど……

「……私のユニークスキルを使えば、リーラちゃんを救えるかもしれません」

「「「ユニークスキル‼」」」

三人が大声を上げた。お父様が私を詰問《きつもん》しようとしたが、ハロルド様が止めてくれた。すぐにお父様も落ち着いたようだ。

「シャーロット、すまない。でも、どうして言わなかったんだい？　ユニークスキルは、普通のものと違って強力なんだ。扱い方次第で、人の生死にも大きく関わる」

お父様がそう言うのも、当然だよね。

「ジークの言う通りよ。ユニークスキル所持者は、王国内でも数人しかいないわ。それに、強力なスキルであれば、一人で抱え込まずに信頼できる仲間とその有用性を考えないといけないの。シャーロット、話してみて。たとえ、どんな強力なスキルであっても、私たちは怖がらないし、裏切らないわ」

お母様！　私の心を見透《みす》かしているかのようだ！

私自らが望んだユニークスキルだけど、女神様が色々と誤解して、完全にチートスキルと化してしまった。前世のこともあり、この二年、ユニークスキル、特に『構造編集』はほとんど使用していない。『構造解析』は、相手の情報を知るだけでなく、スキルの扱い方を完全に把握《はあく》するために、時々使用していた。このまま何事も起きなければ、両親にも打ち明けず、少し優秀な大人びた子供で通そうと思っていた。これまでの過ごし方ならば、お父様、お母様、お兄様から変な目で見られず、仲睦《なかむつ》まじい家族で過ごせると思った。

ここは、私にとって人生の岐路《きろ》だ。話し方次第で、未来が変わる。焦《あせ》るな、慎重《しんちょう》に言葉を選んで話していこう。

「お父様、お母様……すみません。怖かったんです……このことが知られたら、みんなに嫌われて捨てられるんじゃないかと思ったんです。ユニークスキルの説明を見て、興味本位でワイバーンに試したら……」

「「「ワイバーン！」」」

「あ！　まさか、あのときの!?」

お父様はワイバーンと聞いて、すぐに勘《かん》づいたようだ。

「ジーク、何か心当たりがあるのか？」

「ああ、祝福の帰りに遭遇《そうぐう》したワイバーンのことか？」

ガロウ様が、ワイバーン戦での違和感をお父様に話していたのだ。その正体を教えてあげよう。

「はい。私のユニークスキルは、『構造解析』と『構造編集』という名称です。『構造解析』は、魔力波を対象に当てることで、生物無生物にかかわらずその対象に刻まれた情報を解析し、これまで経験してきた全ての情報を、私のステータス画面に開示させます。なお、開示された情報は全て真実です。次に『構造編集』は、『構造解析』で得られた情報を一部書き換えることが可能です。かなりの制限が設《もう》けられますが……ハッキリ言いますと、私自身のイメージが明確であれば、どんな内容でも、現実の事象《じしょう》に書き換えられます」

「「「な‼」」」

「私はワイバーンに『構造解析』を行い、魔法欄にあった火魔法『豪炎のブレス』を『癒《いや》しのブレス』へ、ステータス欄の敏捷値159を109へと書き換えたんです。敏捷値に関しては、きちんと機能したのかはわかりませんが、『癒《いや》しのブレス』が騎士団のアルさんに直撃したことで、アルさんのHP、MP、過去の古傷の全てが完治したんです」

三人とも、大きく口を開けて驚いていた。当然だろう。

「ジーク、その癒《いや》しのブレスの直撃を受けたアルという人は大丈夫なのか？」

「ああ、ガロウから聞いた話だが、ワイバーンと戦ってから古傷が全て完治したそうだ。八年ほど前にイムノブーストの危険性が学会で指摘されて以降、アルはイムノブーストを使わなかった。かといって、特級ポーションを買うお金もないから、傷はどんどん増えていき、隊長職だったのが外されていたそうだ。それが、あのワイバーンのブレス一発で完治したと聞いたときは驚いたよ。二年経った今でも、まったく問題ないらしい。今では、隊長職に復帰《ふっき》している」

「そんな馬鹿な！」

うう、これからどうなるんだろう？　嫌だ、捨てられたくない！

「そうか、シャーロットが編集した通りの現象が、目の前で起きてしまった。それは良い事象ではあったものの、扱い方次第では化物にもなりうる危険なスキルと理解したからこそ、怖くなって言えなかったのか……。シャーロット、こっちにおいで」

私は震えながら、お父様のところへ行った。すると、優しく抱きしめられた。

「話すのは怖かっただろう。大丈夫だ、確かにユニークスキルの内容は驚異的《きょういてき》だが、それだけで自分の娘を怖がったり、ましてや捨てたりするわけないだろう。きっとラルフも同じことを言うよ」

「ふふ、そうよ。私たちはあなたを裏切らないわ。あなたは、私たちの大切な娘なんですからね」

お父様とお母様の目は、真実を言っている。『構造解析』を使用しなくてもわかる！

「……お父様、お母様、ありがとう」

その言葉を聞いて、私は盛大に泣いてしまった。もちろん嬉し泣きだ。

お父様とお母様は、私の抱え込んでいる全てを受け入れてくれた。


落ち着いてから、私は『構造解析』と『構造編集』の欠点を言った。

「――そうか、消費MPが高いのか」

「はい、今の私だと、病気の内容を大きく変えられないでしょう。ですが、病気の名前自体を変更すれば治療可能だと思います。ただし、私のイメージが大きく関わってきますので、編集予定の名称が本当に私のイメージ通りのものになるのか、こういうことは初めてのため、自信がありません」

これまで病気の『構造編集』をしたことがない。

イメージが不足していれば、新たな病気となりうるかもしれない。

「ジーク、シャーロット、それでも構わない。一度、見てもらえないか？」

ハロルドさんの目が、『君に全てを懸《か》ける』と物語っている。この思いに応《こた》えなければ！

「はい、わかりました」

このスキルで人を救えるのなら、やれるだけのことをやってみよう。

客室に行くと、リーラちゃんはベッドで静かに眠っていた。私の身長だと位置的に見づらく、マリルに踏み台を用意してもらった。踏み台に乗ると、彼女を見下《みお》ろせるようになったので、改めて全身を見渡した。彼女は、セミロングの金髪で凄《すご》く可愛《かわい》い女の子だった。でも、病気のせいで顔色が悪く、顔や手足のあちこちが黒ずんでいた。

まずは『構造解析』を行い、彼女がどんな病気に侵《おか》されているのかをハッキリさせよう。

「それでは始めます」

このスキル、使った当初は情報を制御しきれなかった。ワイバーンのときは、要らない情報が多すぎた。だからこの二年、『構造解析』を詳細に調べた。すると、解析した情報の一番下に小さくタップするところがあった。そこをタップすると、なんと検索機能が表示された。普通、一番上に付けるだろうに！　なぜに一番下なのよ。とにかく、この検索機能のおかげで、必要な情報のみすくい取れるようになった。ただこれだと、いちいち情報欄の一番下までスクロールさせないといけない。ハッキリ言って面倒くさい。そこで、一番上の欄に何かないか探したところ……見事に何もなかった。それでつい独《ひと》り言《ごと》で――

『ちょっと待ってよ！　欲しいのは、この人の一週間前からの情報で、その中でもこの資料に関する部分だけ見たいんだよ！　それ以外の情報はいらん‼』

と言ったら、本当に一週間前からのその資料だけの情報が出てきたのだ。

『音声認識機能があったんかい！』

と自分のステータスにツッコミを入れてしまった。この最新機能がわかってから、『構造解析』の扱いがかなり楽になった。

そんな、これまでの訓練を活《い》かすべく、まずはリーラちゃんのステータスを構造解析だ。

「リーラちゃんを構造解析、病気の詳細について知りたし」

名前リーラ・マクレン
性別　女／年齢　7歳／出身地　エルディア王国
レベル1／HP3／MP0／攻撃1／防御1／敏捷1／器用1／知力20
魔法適性　なし／魔法攻撃0／魔法防御0／魔力量0
ノーマルスキル：なし
ユニークスキル：なし
状態：病気　余命あと3日

なんじゃこりゃあーーーーーー！　酷《ひど》すぎる。しかも、余命あと三日!?　嘘でしょ……

今すぐ治療しないと、絶対死ぬ！　次は、病気の情報だ。

病名：瘴気病《しょうきびょう》

身体が大気中のわずかな瘴気に反応し、徐々に蝕《むしば》まれていく病。先天的な疾患《しっかん》であるが、生まれた時点で発症《はっしょう》するわけではない。なんらかの過程で免疫《めんえき》機能が低下すると、発症するリスクが大幅に高まる。そのため、発症年齢は人によって異なる

瘴気はリーラのあらゆる臓器に侵入《しんにゅう》し、機能を50％ほど低下させている。このままだと、3日後に多臓器《たぞうき》不全となり、リーラは死亡する。イムノブーストを使用した場合、臓器間のバランスが崩れて、即座に死亡する。ヒールを使用した場合、一時的に回復するが、すぐに大気中の瘴気が侵入し元に戻る。なお、この病気は空気感染《かんせん》や接触感染はしない

げ、最悪だ！　回復魔法が効かない……こんな病気があったんだ。

二年前に病気になったって言ってたよね。原因はなんだろうか？

原因：王都で遊んでいるとき、同年代の女の子と知り合い、スキルでこの病気を移された

なんですと～病気を移された⁉　そんなことが可能なの？　いや、ユニークスキルがあれば可能か。一体誰がこんなことを！　自分も生きたいというのはわかるけど、病気を移すなら、魔物とかにしなさいよ。う～ん、女の子の名前を検索しても出てこない。リーラちゃん自身が、その子の名前を知らないんだ。ムカつく～～！

14話　治療完了

リーラちゃんに病気を移した女の子がいる。この事実は許せないが、まずは一つ一つ落ち着いて話していこう。振り向くと、お父様、お母様、ハロルド様がじっと私を見ていた。緊迫《きんぱく》した空気が伝わってくる。

「『構造解析』が終了しました。落ち着いて聞いてください。リーラちゃんの病気は、瘴気病です。余命は、あと三日です」

「なんだと、瘴気病！　しかも、余命があと三日‼」

うわあ！　ハロルド様が瘴気病と聞いた瞬間、私の両肩を掴んできた！　顔からは絶望感が漂っている。

「ハロルド、落ち着け！　シャーロットが怖がっている」

「あ、すまん。シャーロット、続けてくれ」

ハロルド様の鬼気迫《ききせま》る表情を間近《まぢか》で見て、本当に怖かった。

「二年前、リーラちゃんは王都に行きましたよね？」

「ああ、そのときは本当に元気だったんだ。遊んでいる途中、急に倒れたと聞いている」

……非常に言いづらい。

「リーラちゃんと遊んでいた女の子は、瘴気病に侵されていました。その子が何らかのスキルを使って、リーラちゃんに病気を移したんです」

「「なんだと（ですって）⁉」」

三人とも、心底驚いている。スキルで病気を移すという行為自体が珍しいのかな。

「シャーロット、空気感染や接触感染で病気を移されたわけじゃないのね？」

お母様の質問、専門用語が交じってるよ⁉

「解析結果によりますと、この病気は……えーと先天的なもので……空気感染や……接触感染はしないそうです。意味がよくわからないのですが、スキルで移されたとハッキリ記載されています」

七歳で、空気感染や接触感染の意味を理解していたら怖い。

「私の娘の病気は、元はその女の子が持っていたということか？」

「そうなります」

ハロルド様の顔が、どんどん真《ま》っ赤《か》になっている。当然だよね。

「くそ！　どこのどいつだ！　私の可愛《かわい》い娘に……許さん‼」

ハロルド様の拳が壁に叩《たた》きつけんばかりに震えている。

問題はここからだ。解析結果が出たので、構造編集しないといけない。

「それでシャーロット、治療できそうかい？」

お父様、さすがだ。拳をきつく握りしめているけど、怒りを奥深くにしまい、冷静さを保っている。

「やれるだけやってみます」

「頼む、シャーロット。娘を治してくれ！」

ハロルド様も我に返り、私に懇願《こんがん》してきた。物凄《ものすご》くプレッシャーがかかる。

でも、どうやって治療する？

瘴気病の症状を変更しても、意味がない。というか、編集する箇所が多すぎる。そうなると、ワイバーンのときと同じように、名称を編集するしかない。ただあのときは、『癒《いや》しのブレス』と良い意味で書き換えられたけど、今回もそうできるとは限らない。

これは、危険な賭《か》けだ。『構造編集』は、その単語や内容の全てを削除はできない。必ず一文字は残さないといけない。この場合、残すとしたら『気』しかない。位置は変更できるから、ここから二文字を考えないといけない。例えば『成長気』とかにしたら、多分リーラちゃんは一気に大人になって、おかしなことになるだろう。

勝ち気？　うーんイマイチ。二文字なら色々あるけど、三文字で適当な言葉を見つけないといけないから大変だ。この二年、瘴気で苦しんできたんだから、その真逆の言葉、浄《じょう》化《か》関係にしたいところだ。水浄気《すいじょうき》だと、意味がわからない。

だったら、聖浄気《せいじょうき》はどうだろう？　聖なる属性で浄化する気。周囲に潜《ひそ》む悪感情を大幅に軽減する。……うん、これなら危ない意味にならないし、病気でもない。よし、これにしよう！

「お父様、お母様、ハロルド様。瘴気病という病名を、聖浄気という名前にしようと思います」

「「「聖浄気？」」」

さっきから三人の喜怒哀楽が激《はげ》しい。今度は、困惑した表情となっている。

「はい、聖なる属性で浄化する気ですね。これなら病気ではありませんし、危険な内容にならないと思います。私としては、周囲に潜む悪感情を大幅に軽減できるような効果を持たせたいです」

「確かに、そんな効果になれば、私としても嬉しいが……可能なのか？」

「ハロルド、ここはシャーロットに懸けるしかない」

「……そうだな！　シャーロット、私はそれで構わない。病気でないのなら大丈夫だろう。リーラを治療してくれ」

「わかりました。やります！」

ふう、緊張する……どうか治りますように。

瘴気病↓○気○↓○○気↓聖浄気

消費MP21、うん問題ない！

《構造編集しますか？　はい／いいえ》

く、指が震える。ここで『はい』をタップしたら、構造編集開始だ。二度と元に戻らない。失敗できない、雑念を捨てろ！　強いイメージを持て！　よし、タップだ！

《構造編集が完了しました。瘴気病は聖浄気へ編集されました》

よし、完了！　その瞬間、リーラちゃんの身体が光り輝いた。

「なんだ、この綺麗《きれい》な光は！」

ハロルド様がリーラちゃんに抱きついたのはわかったけど、そこから眩《まぶ》しくて見えなくなった。

――光が収まると、そこには健康になったリーラちゃんがいた。くすんでいた金髪は輝き、顔や身体のところどころ黒ずんでいたところも綺麗《きれい》になり、見違えるような姿だ。そして、なぜかリーラちゃんの周囲から、キラキラしたものを感じる。

聖浄気の効果はどうなったのかな？　よし、もう一度『構造解析』だ。

名前リーラ・マクレン

性別　女／年齢　7歳／出身地　エルディア王国
レベル1／HP10／MP50／攻撃6／防御5／敏捷6／器用6／知力20
魔法適性　水・土・風・光／魔法攻撃10／魔法防御8／魔力量50
魔法：なし
ノーマルスキル：魔力感知　Lv5／魔力循環　Lv3／魔力操作　Lv3
ユニークスキル：聖浄気
このスキルを持つ者は周囲に光属性の魔力を放射し、毒、麻痺《まひ》などの状態異常を全て完治、憎悪やわだかまりといった感情異常を大幅に軽減することができる。なお、大気にある魔素を聖属性の魔力に変換しているため、本人の魔力量に影響はされない

えーーーー、私がイメージした以上の内容になっとる!?　これはこれで違った騒ぎになるのでは？　ある意味、聖女以上の存在だよ。

「ハロルド様、リーラちゃんの病気は完治しました」

「本当か!?　……あ、顔色が……髪が……身体が……リーラー!!」

抱き上げたリーラちゃんの顔を見て、本当に完治したとわかったのだろう。ハロルド様は号泣《ごうきゅう》している。

「くうう、シャーロット……ありがとう……本当にありがとう。それで、聖浄気というのは？」

ハロルド様、涙と笑顔が入り混じっているよ。今度は違った意味で言いにくいな〜〜。

「瘴気病がユニークスキル『聖浄気』へと編集されました。その効果は――」

『聖浄気』の効果を聞いた途端、三人は唖然《あぜん》とした。まあ、そうなるよね。

「ハロルド、リーラちゃんが完治したんだ。それで良いじゃないか！」

「あ、ああ、そうだな。シャーロット、ありがとう。娘を助けてくれて、本当にありがとう」

あ、リーラちゃんが目を開けた！

「う、ううん、ふふあ〜〜。よく寝た。あれ、お父様、どうしたの？　なんで私、抱っこされてるの？　お父様、泣いているの？　あれ、私は病気で、あれれ？」

目覚めたら知らない家で、父親が号泣していて、自分はその父親に抱っこされている。こんな状況ならば、誰だって混乱するよね。

「リーラちゃん、落ち着いて聞いてね。私はシャーロット・エルバランていうの。あなたのお父様であるハロルド様が、あなたの病気を完治させるために、ここに連れてきたんだよ。そして、リーラちゃんの身体から、病気はなくなったの」

「え、本当！　ステータスオープン……ああ！　ない、ない、病気の欄《らん》がない！　本当に治ってる！　うう、うわああ〜〜、お父様〜〜!!」

リーラちゃんの目から、大粒《おおつぶ》の涙が溢《あふ》れてきた。ずっと辛《つら》かったもんね。病気の辛《つら》さから解放されて嬉しいよ。

「リーラ、これまでよく耐えたな。偉いぞ、偉いぞ～～」

リーラちゃんとハロルド様が、再度抱き合って喜びを噛《か》みしめている。うう、こういう親子愛、良いよね～～。チートスキル、持ってて良かった～～。

しばらくして二人は、ひとしきり泣いてスッキリしたのか、顔を晴れ晴れとさせていた。

「お父様、歩きたいよ、おろして」

「ああ、すまん、すまん。病《や》み上がりだから、走らないように」

「うん！」

リーラちゃんの顔が、猛烈に明るい！　本来は天真爛漫《てんしんらんまん》な性格なんだろう。

「ねえ、シャーロット、私のことはリーラって呼んで。一緒にお庭に行って遊ぼう！」

「うん、わかった。リーラ、私が案内するね。行こう！」

「ほらほらリーラちゃん、走ってはダメよ。私は、シャーロットの母親でエルサというの。あなたのお母様とは親友なのよ。さあ、三人でお庭に行きましょう」

「はい、エルサ様、気をつけます。リーラ・マクレンです！　よろしくお願いします！」

この日、リーラという新たなお友達ができた。

私が思っていた以上に、リーラは優しくお転婆《てんば》な女の子であることが、その日のうちにわかった。あまりの変わりように、私だけでなく、お父様たちも戸惑っていたほどだ。

15話　魔導具、作っちゃいました

「あはは、楽しい～！　歩ける、走れる～‼」

リーラ、病気が治って舞い上がっているね～。あちこち、走り回っている。二年間寝込んでたもんね、そりゃそうなるよね。屋敷の壁際《かべぎわ》、日陰《ひかげ》の部分に、パラソル付きのテーブルと椅子《いす》が設置されているけど、そこに座っているお母様も、満面の笑みでリーラを見ている。

「病気が治って良かったね」

「えへへ、ありがとう。なんか動き回って、喉《のど》が渇《かわ》いちゃった」

かれこれ二十分くらい、庭の花壇《かだん》を見たり、庭園を散策《さんさく》していたもんね。

「お嬢様方、レントンジュースをお持ちしました」

「「ありがとう」」

マリル、ナイスタイミングだよ。

レントンは、直径十五センチくらいの果物。外側は薄い黄色の皮に覆われていて、内側にはピンク色の柔《やわ》らかな果汁たっぷりの実が詰まっている。実から果汁を搾《しぼ》り出したレントンジュースは、ピーチとオレンジが混ざったような爽《さわ》やかな味がするのだ。エルディア王国の中でも、エルバラン領はレントンの生産高がナンバー一で、今が収穫時期なのだ。

ゴクゴクと喉《のど》に流し込むと、爽《さわ》やかな味わいが身体を潤《うるお》していく。

「はあ～～美味《おい》しい。久しぶりの味だ」

あれ……もうリーラのコップが空《から》になってる⁉　一気飲みしたの⁉　それに、久しぶりの味⁉

「え……リーラ、まさか味覚も麻痺《まひ》していたの！」

「うん、病気になって数ヶ月経過したとき、急に鼻が利かなくなって、半年後には味もわからなくなったんだ。でも、目と耳だけは大丈夫だった。お父様とお母様が私の部屋にいるとき、いつも私を励ましてくれた。でも、たまにお母様のすすり泣く声が聞こえてきたんだ。だから、早く治したいって、ずっと思ってた」

リーラの話を聞いていくうちに、私の中に怒りと悲しみが込み上げてきた。お母様とマリルを見ると、表情から私と同じ気持ちであることがわかった。マリルはお母様からリーラの事情を聞いたようで、感情が表に出ていた。

「リーラちゃん、もう大丈夫。シャーロットが、リーラちゃんの病気を治療したのよ。これからは、楽しく生活できるわ」

お母様がリーラの頭を撫《な》でながら、優しく伝えた。

「え、シャーロットが治療してくれたんですか⁉」

「ええ、そうよ」

リーラが目をパチクリさせて驚いている。そりゃあ、驚くよね～～。

「そっか……シャーロット、ありがとう！　また、お父様やお母様、オーキスとお話しできる！」

オーキスって誰？

「うん、ただね、病気と引き換えに、新しいスキルが発生したの」

「スキル？　なんだろう？」

あ、ステータスを確認してる。本当ごめんね。そんな強力なスキルになるとは思わなかったんだ。

「何これ！　病気が消えて、ユニークスキル『聖浄気』がある。これって私がそばにいるだけで、周りの人の状態異常や感情を治していくっていう意味だよね？」

リーラは天真爛漫《てんしんらんまん》だけど、きちんと自分の状態を把握《はあく》している。『聖浄気』の効果も理解しているね。ただ、私のスキルもそうだけど、今後王侯貴族に利用される可能性が高いことまではわかってないか。七歳でわかっていたら怖いけどね。

「うん、そうだよ。私のユニークスキルで、リーラの病気を書き換えたの」

「シャーロットすご〜い。シャーロットなら、なんでも治せるよ」

「えへへ、ありがとう。あ、リーラのお母様に病気が治ったことを伝えた方がいいよ」

「あ、そうだった。エルサ様、通信機をお借りします」

お母様から許可を貰《もら》い、リーラはマリルと一緒に、屋敷の一階にある大型通信機のところに向かった。

魔導具『大型通信機』、見た目は地球の古い電話に似ている。細かい紋様《もんよう》が描かれた長方形の金属箱、左側には受話器が設置されていて、金属箱の中央には円形のミスリル板が取りつけられている。箱の中には、空間魔法『テレパス』が付与《ふよ》された上質な魔石が一つ入っている。テレパス自体の通信範囲は二十メートルだけど、大きくて上質な魔石に付与させることで、効果範囲がかなり広がる。正確な範囲は知らないけど、各貴族ごとに一台所持しており、魔石自体がアンテナの役割を果たし、全部合わせるとエルディア王国を覆えるほど広くなると聞いた。

この通信機の受話器を取って、ミスリル板に手を置き魔力を通すことで、それが内部の魔石に伝わり、通信機が起動する。後は、通信したい相手を強くイメージすれば、相手が持つ大型通信機の魔石が反応して通話可能となるんだけど、誰にでも通信できるわけではない。通信するためには、互いの通信機に入っている魔石に自分の顔と魔力を登録させないといけない。当然、リーラも登録してから通信してもらう。

ちなみに、登録の際に使用する小さな魔石は、俗《ぞく》に無属性魔石と呼ばれている。

魔物から取れる魔石は、人間でいう心臓に相当する。魔物には多くの系統がいるけど、どの系統でも最下層であるFランクは弱く、持つ魔石も無属性だ。ランクが上がると魔石に属性が宿り、上質なものへと変化していく。属性魔石は、主に魔導具に使用される。無属性魔石は非常に小さく質も悪いが、属性がない分、どんな用途《ようと》にも使用できる。ただし魔石に加えられる機能は、一つか二つのシンプルなもののため、主に魔導具の補助として使用されている。大型通信機には、この無属性魔石が登録人数分必要だった。なお、一回の通信につき、消費MPは1である。

この魔導具に関して、私がどうしてここまで詳しいのか。それは、精霊様が魔導具の作り方に関する知識を教えてくれたからだ。

ふと思ったけど、ここまで知識を身につけているなら、簡単な魔導具くらい自分で開発できるんじゃないかな？　材料さえ揃えば、技術的には作れると思う。

あ、マリルとリーラが戻ってきた。試しに、何か困っていることがあるか聞いてみよう。

「リーラ、お母様はどうだった？」

「お母様、凄《すご》く喜んでくれた。病気のときは声も出なかったから、私の声を聞いた途端、泣いちゃった。お母様とまたお話しできた。……夢が叶《かな》ったよ。本当にありがとう、シャーロット」

声も出なかったの⁉　構造解析で検索したとき、病気の説明と原因しか調べなかったから、症状のことまでは記載されてなかった。今後、検索するときは注意しないといけない。

「喜んでくれて嬉しい。リーラ、私ね、魔導具に興味があるの。何か作って欲しいものあるかな？」

言った瞬間、お母様とマリルの目が見開いた。

「ゴホゴホ！」

「奥様、大丈夫ですか⁉　こちらをどうぞ」

ちょうどジュースを飲んでいるときに言ったからか、お母様が咽《む》せてしまった。マリルからハンカチを貰《もら》い、口元を拭《ふ》いている。

「うーん、あ、魔導具かはわからないけど、病気になる前、領内のドワーフさんが困っていたの。ミスリルでアクセサリーを作りたいけど、どうしてもできないって言ってた」

ミスリルでアクセサリーか～。できたら素敵だね。確か、精霊様から教えてもらった内容にあったよ。

「ねえマリル、要らなくなった魔石やミスリル金属はないかな？」

「そうですね……少ないですが、あったはずです。それらをどうするんですか？」

「うん、リーラが言っていたものを試しに作ってみようと思ってね」

「え、ミスリルのアクセサリーをですか‼　……わかりました、持ってきます」

なぜか、マリルがお母様と視線を合わせた。

お母様が頷《うなず》いた後、マリルが屋敷に入っていった。

ミスリルのアクセサリー、精霊様の教えが正しいなら、理論上可能なはずだ。絵画《かいが》のような複雑なデザインとかは無理でも、簡単なものならできる……と思う。

マリルが、少し大きめの箱を持ってきた。中を覗《のぞ》くと——

無属性魔石が十個と、ミスリルの屑《くず》が一キロ入っていた。『構造解析』を使うと、正確な残量もわかるから便利だよね。

ミスリルの屑《くず》　1キロ
ミスリル鉱石からミスリルを製錬《せいれん》すると、鉱石の質によって、できるミスリルの大きさは変わる。現在、ある一定以上の大きさを持つものは、武器・防具に使用されているが、小さすぎる場合は廃棄処分されている。他の金属ならば、小さいものはアクセサリー用に使われるのだが、武器防具の加工と異なり、ミスリルのアクセサリー加工の変形技術は、現在失伝している

……やばい、どうしよう？　アクセサリーへの加工に必須《ひっす》とされるイメージ変形技術は失伝していると記載されてる。その技術を精霊様から教わっているよ。このまま作ったら、確実に騒がれる。

「シャーロット〜、その様子だと『構造解析』で、アクセサリーへの加工技術について何かわかったのね〜〜」

げ、お母様の顔が怖い！

「ミスリルの屑《くず》と記載されていて、アクセサリーへの加工技術に関しては失伝していると……」

「ふ〜〜ん、それだけじゃあ〜ないわよね〜〜？」

心を読まれてるよ！

「その技術を私……精霊様から……教わってます」

「……本当に？」

「……はい」

お母様とマリルが移動して、なにやらコソコソと話している。

あ、戻ってきた。

「シャーロット、ミスリルのアクセサリーはドワーフでも作れない。ドワーフたちにとって、ミスリルのアクセサリー加工は長年の夢なの。それを七歳のあなたができるとなると、大変なことが起こるわ。ただとにかく、まずは本当にできるかやってみて。全てはそれからよ」

ここまでお母様が真剣な口調で語るということは、もしできてしまったら、アクセサリー分野で革命が起こるってことだよね？

とにかく、言ってしまった以上、精霊様から教わった通りにやるしかない！

そうしたら……イヤリングなんてどうかな。手軽そうだし。

でも、普通に作っても面白くないから、別の機能もつけてみようかな。うん、短い距離の通信機なら、今の私でも作れるかもしれない。やってみよう！

まずは、ミスリルをイヤリングの形にしないとね。

ミスリルは、魔力とイメージがしっかりしていれば変形できると、精霊様が言っていた。

テーブルに、マリルから貰《もら》った無属性魔石二つと、二十個ほどの小さなミスリルの屑《くず》を置く。大きさは、全てバラバラだ。最初に、二つの魔石に空間の属性を付与させる。ここに魔法を付与させると魔石が壊れてしまうけど、属性付与だけなら大丈夫。魔石自体は透《とう》明《めい》のガラスのような色合いだから、ミスリルの白銀の色とどこか似ている。

次に、大きさがバラバラのミスリルの屑《くず》を、イメージで一つに結合させる。イヤリング自体は非常に小さいので、使用する分だけをさらに分ける。分けたミスリルに魔力を通し、イヤリングのイメージに変形させる。形は三日月状《みかづきじょう》のものと、魔石を一つ埋め込むための円形の土台を作製。土台に三日月の両端を結合させる。ここに魔石を入れる。

後は、円形の土台に小さなミスリルの鎖《くさり》をイメージで結合させて、鎖の先に耳たぶに固定する器具を作製する。

――これと同じものをもう一つ作製して、一セット完成だ！

これと同じものを、あと四セット作製する。

大型通信機の場合、遠距離だから空間魔法のテレパスを入れないといけないけど、魔力を感知できる範囲内なら、空間の属性を付与させるだけで、短距離ではあるけど通信ができるはずだ。私とマリルが持つ『魔力感知』はレベル8だから、家の敷地内なら問題なく通信できる……はず。リーラに関しては、『魔力感知』レベル5を持ってたから問題ない。多分、病気のせいで敏感《びんかん》になったんだ。魔力量も50になっていた。さて、『構造解析』でどう表示されるかな？

簡易型《かんいがた》通信機
製作者シャーロット
ミスリルを通して、装備《そうび》者の魔力を空間の属性が付与された魔石に伝えることで、近距離の通信会話が可能。なお、通信距離は『魔力感知』に依存する
魔力感知
Lv１～２　通信範囲　半径50ｍ
Lv３～４　通信範囲　半径１００ｍ

Lv5～7　通信範囲　半径150m
Lv8～10　通信範囲　半径200m

「ミスリルのアクセサリー完成です」

「シャーロット、凄《すご》く綺麗《きれい》だよ！」

「……まさか……ミスリルに魔力を与えて、イメージだけで大きさがバラバラの屑《くず》たちを一つにまとめ上げるなんて。しかも、一部だけ分けて、そこからイヤリングに変形させる……こんな短時間で、ここまでのレベルのものを製作……」

「奥様……これって……もう少し手直しすれば、販売できるレベルでは？」

リーラは褒《ほ》めてくれたけど、お母様とマリルは、じっと完成した簡易型通信機を見ている。う～ん、頭の中でイメージしただけだから、少し形が歪《いびつ》かな？

「お母様が仰《おっしゃ》ったように、ミスリルに魔力を与えて頭の中で強くイメージすれば、ミスリルは変形可能です。これが精霊様から教わったことなんです。ちょっとしたコツはいりますが」

「へえ、それなら私でもできそう！」

お母様とマリルは、開いた口が塞《ふさ》がらない状態になっている。失伝されていた技術が、そんな簡単なことでできるとは誰も思わないよね。

「……お嬢様、この魔石は何のために入れたんですか？」

よくぞ聞いてくれました！

「マリル、このアクセサリーには、もう一つ別の機能があるの。まずは三人とも、耳につけて」

三人は、言われるがまま耳につけてくれた。私もつけよう。

「次に、イヤリングに魔力を通して。そして、お互いの声が届かないくらい離れましょう。あ、マリルだけは屋敷に入った後、私たちの魔力を感知して、そばに私たちがいると思って喋《しゃべ》ってみて」

三人は『？』を浮かべながら、互いに距離を取る。マリルも屋敷に入ったね。完全に視界から消えた。大体、十メートルくらい離れたかな？

『お嬢様、これって何の意味があるのでしょうか？』

『やった成功！』

『あれ？　シャーロットとマリルの声がすぐ近くで聞こえるよ？』

『シャーロット……これって……まさか』

『構造解析したところ、簡易型通信機と記載されていました』

『『簡易型通信機！』』

のお！　お母様とマリルの大声が聞こえてきた！　相当、驚いているね。

『マリル！　ジークとハロルドに、この画期的技術を急いで伝えて！　これから忙しくなるわよ！』

『あ、はい、かしこまりました！』

『お母様、マリル、この簡易型通信機の通信範囲は最小五十メートル、最大二百メートルだよ。みんなの魔力感知のレベルだと、屋敷内ならどこでも通じるよ』

『『え⁉』』

二人の驚きよう、そしてさっき画期的技術と言っていたから、簡易型通信機も凄《すご》い発明になるんだろうな。大型通信機があるなら、小型も王都にあるんじゃないかと思って、思い付きで作ったけど……ないんだね。

「「シャ～～ロッ～～～ト～～」」

え、何、この声？　声が入り混じっていて、誰かわからない。通信機からも聞こえるし、普通に屋敷内からも聞こえてきた。え？　え？　なに？

大人二人がえらい勢いでこっちに来てる！　あれはお父様とハロルド様だよね？　ヒイイィイーーー、二人とも凄《すご》い形相《ぎょうそう》だ！

私の作った二つの技術は、お父様たちの人相を変えるほどのものなの？　後ろから、マリルも慌《あわ》ててこっちに来ている。お母様もリーラも、私のところへ戻ってきた。通信機をオフにしておこう。

「『ハアハアハアハア』」

二人とも、怖い。

「ジークもハロルドも、まずは落ち着きましょう。あなたたちの表情で、シャーロットもリーラちゃんも怯《おび》えているわよ」

お母様の言葉で二人はハッとなり、三回ほど深呼吸し落ち着いたところで、外したマリルのイヤリングを、マジマジと見た。

「シャーロット」

「はい、何でしょうか、お父様」

どんな質問がくるのだろうか？

「まず、このミスリルのイヤリング、凄《すご》く綺麗《きれい》で丁寧《ていねい》に作られているのがわかる。ただ、一つだけ疑問がある？」

「疑問とは？」

「マリルから聞いてはいるが、この短時間でどうやって作った？」

「お母様にも話したのですが、精霊様から教わったことを実践《じっせん》しただけなんです」

そこから、『精霊視』のスキルがあることをハロルド様とリーラに教え、ミスリルの魔力伝導率がオリハルコンの次に高く、ちょっとしたコツをつかめば、魔力を通して深くイメージするだけで、結合、変形、成形が可能であることを話した。すると、ハロルド様が崩れ落ちた。

「ジーク、俺とドワーフたちの長年の夢が叶《かな》ったのは、嬉しい、嬉しいよ。だが、まさかミスリルに魔力を通してイメージするだけで可能とは、今までの苦労はなんだったんだ?」

「まあ、わからないものの理由が判明したときは、大抵そういうものだと思う」

お父様が片膝をつき、四つん這《ば》いになったハロルド様の肩に手を置いて慰《なぐさ》めている。

「これでドワーフのみんなが喜ぶよ！　長年の夢だったんでしょ？　私も元気になったし、お父様の仕事を手伝いたい！」

このリーラの発言を聞くと、ハロルド様は目をカッと見開いて、勢いよく立ち上がった。

「リーラ、そうだな！　リーラの病気も治り、長年の夢だったミスリルのアクセサリーへの加工技術もわかったんだ。これから忙しくなるぞ！」

「うん、リーラ、頑張《がんば》るよ！」

おお、リーラのおかげで、感動的な場面になった！　なぜか泣けてこないけど。

「ふう～、次は簡易型通信機か。シャーロット、『構造解析』ではどう記載されていた?」

ここで作製法と『構造解析』で得られたデータを、お父様たちに詳しく話した。

「無属性魔石に空間の属性だけを付与したのか。その発想はなかった。そこに、ミスリルの技術と魔力伝導性を応用したことで、簡易型通信機ができ上がったのか」

いや、そこまで考えてない。ただ、そこに材料があったから、思い付きで作っただけ。

「ねえ、ジーク、ハロルド、アクセサリーや簡易型通信機に関しては、二人の共同事業にすれば良いんじゃないかしら?」

「エルサの言う通りだな。私の領内ではミスリルの産出量が多い。しかし、ミスリルを加工する技術者がいない。ハロルドの領内では、ミスリルは産出されていないが、優秀な技術者であるドワーフたちがいる。シャーロットが彼らに加工技術を教えれば、より洗練されたミスリルのアクセサリーができるし、簡易型通信機もアクセサリー兼《けん》魔導具として使用可能になる」

「ジーク、やるか!」

「ああ!」

その話から察するに、私もリーラのいるマクレン領に行ける!

これまで王都しか行ったことがないけど、今度は家族旅行で友達の領に遊びに行ける!

16話　精霊の加護《かご》

ミスリルに関しては翌日詳しく話し合うことにし、その日は食堂でリーラの回復記念パーティーが開催《かいさい》された。この二年間、味覚と声が失われた中、頑張《がんば》ったリーラを褒《ほ》め称《たた》えつつ、パーティーが始まった。そこには、私のユニークスキルやリーラの事情を知ったお兄様もいた。お兄様は、数時間前に客室で見たときと今のリーラがあまりにも違うので、彼女を見たとたん、指を差して口をパクパクさせた。

「あははは、ラルフ様、お魚さんみたいだよ」

とリーラが笑ったため、パーティーの雰囲気が一気に和《なご》やかになった。

用意された料理には、見た目が牛の魔物――バーンバウのステーキ、その屑肉《くずにく》の炒め物や照《て》り焼き、サンドイッチ、カレー、タリネなど多種多様だった。

中でもリーラの興味を引いたのは、ステーキと屑肉《くずにく》だ。屑肉《くずにく》の新規調理法を編《あ》み出してから二年、現在ではエルディア王国全土にまで広がり、さらに味が改良されて、料理としても立派なものになった。

特に王都では屑肉《くずにく》を利用した新規料理が数多くあるらしく、どれも非常に美味なのだそうだ。全部、お父様から聞いたことなのでその料理を見てはいないけど、少なくともここに用意された屑肉《くずにく》料理は、どれも絶品だった。

その屑肉《くずにく》料理の開発者が私と聞いたとき、リーラは私を尊敬《そんけい》の眼差《まなざ》しで見たよ。そして、美味《おい》しい美味《おい》しいと連呼しつつ、猛烈な勢いで食べていった。そんなリーラの元気な姿を見たハロルド様も、泣きながら料理を食べていた。私はリーラを治療できたことにホッと胸を撫《な》でおろし、二人の姿を堪能《たんのう》した。

翌朝、受験勉強で忙しいお兄様に、リーラを半強制的に任せた後（正確にはリーラがお兄様の部屋に突撃訪問した）、私はお父様、お母様、ハロルド様のいる執務室に行った。執務室に入ると、昨日の楽しい雰囲気と打って変わって厳《きび》しい顔付きをした三人が、ソファに座っていた。

アクセサリー加工技術や簡易型通信機の詳細を話す前に、現在のミスリルの技術がどの程度なのかを聞いてみた。すると、武器や防具といった大型の器具を製作する場合、ミスリル専用の器材を使用すれば、変形、成形することが可能だという。また、細部のデザインを施すことも可能であるが、大型のものに限られる。この技術では、アクセサリーなどの小型なものをミスリルで製作した場合、必ず変形の段階で壊れるらしく、名工ぞろいのドワーフたちでさえ成功させた者はいない。

長年のドワーフたちの研究により、原因はわかっていた。ミスリル自体は鉄よりも、遥《はる》かに硬度が高い。しかし、小型のミスリルを変形させるときに限り、硬度が極端《きょくたん》に低下するのだ。大型の武器防具を製作する際も、硬度は低下するが、それでも鉄以上のレベルを維持している。小型のミスリルは、銅以下まで低下するらしく、些細《ささい》な衝撃《しょうげき》で壊れるらしい。原因がわかっているものの、現在まで打開できていなかったのだ。

人間は、アクセサリーへの使用を完全に諦《あきら》めたものの、各国に点在しているドワーフは諦《あきら》めきれず、現在でも挑んでいるらしい。

今回、七歳の少女である私が、そんなドワーフたちの長年の夢をいとも簡単に実現してしまったわけだ。この技術が中途半端な形で世間に知られると、技術を独占《どくせん》するために、私を誘拐《ゆうかい》する不届き者が必ず現れるということだ。

それを阻止《そし》するため、今日以降、情報規制されることになった。現時点で知っているのは、私、お父様、お母様、お兄様、マリル、ハロルド様、リーラの七人だ。この中で一番情報を漏らしそうな人物は、リーラ、私、お兄様の順になるのかな。

私がミスリルの現状を理解したところで、アクセサリー加工技術と簡易型通信機の製作方法の細部について話した。加工技術に関しては、精霊様から教わった内容に私のアレンジも加えて、わかりやすく伝えた。簡易型通信機の方は、材料がないため新たに製作できないけど、こちらは割合簡単だったので、みんなすぐに理解してくれた。昨日言ってないことといえば、『魔力感知』で通信を把握《はあく》した人が複数いたとしても、任意の個人とだけ会話することも可能ということくらいかな。当然、驚いていたけどね。

話がまとまったところで、性能テストも兼ねて、庭へ移動した。簡易型通信機は、銀の綺麗《きれい》なイヤリングに見えるので、身につけているだけでは、これがミスリルとは誰も思わないだろう。

庭に行くと、リーラとマリルがいて、私たちが来るのを待っていた。リーラ、さすがにお兄様の部屋から追い出されたかな？

私とリーラがテーブルでまったり世間話をしている中、お母様とマリルが庭の左端に、右端にお父様とハロルド様がそれぞれ立ち、イヤリングをつけて通信している。男性が耳にイヤリングをつけてたら、変な意味で疑《うたが》われるよね。お母様とマリルは自然体だけど、お父様とハロルド様は耳に手を当てているため、やっぱりどこかおかしい。一応、何かあったときのために私も耳につけている。

「シャーロットは凄《すご》いな～。あんな魔導具、作れるんだもん」

「うーん、私というより、精霊様たちが凄《すご》いよ。全部、教えてもらったものだから」

「魔導具は無理でも、私でもミスリルのイヤリングくらいなら作れるかな？　お父様とお母様にいっぱい迷惑《めいわく》かけちゃったから、お詫《わ》びに何かプレゼントしたいよ」

リーラ、良い子だよ！　応援したくなるね。シンプルなデザインなら、彼女でも作れるはずだ。

「大丈夫、簡単なものなら今でも作れるよ。それに、これからドワーフさんたちと訓練していけば、もっと綺麗《きれい》なものも作れるようになる。リーラなら、きっと優秀なデザイナー兼アクセサリー職人になれるよ」

「デザイナー！　アクセサリー職人！　なんか、良い響《ひび》き！　今から作りたい！」

リーラがやる気になってくれた。アクセサリー製作には、高い集中力が要求される。試しに作らせてみよう。まずは、お母様とマリルだけに通信だ。

『マリル～、お願いがあるんだけど？』

『お嬢様、どうなさいました？』

『リーラにアクセサリー加工技術を教えたいから、ミスリルの屑《くず》を持ってきて欲しいの。自分がデザインしたアクセサリーを、両親にプレゼントしたいんだって』

『あら、それは良いわね。娘からのプレゼントだったら喜ぶわよ～。私も、シャーロットから貰《もら》ったイヤリング、気に入ったもの』

お母様、ありがとう。そう言ってもらえると私も嬉しい。

私が作ったイヤリングは合計五セット、一つは自分用、二つはお母様とマリルにプレゼント、残る二つはリーラとリーラのお母様だ。お父様とお兄様だけないから嘆《なげ》いていたけど、誕生日に埋め合わせをしますと言ったら、盛大に喜んでいた。

『わかりました。すぐにご用意しますね』

五分ほどで、マリルがミスリルの屑《くず》を持ってきてくれた。

教える内容としては、ミスリルの変形方法、『魔力循環』と『魔力操作』の効率的な方法だ。普通に教えていたら、子供にとってはチンプンカンプンなので、動物を登場させたりと、子供の興味を引かせるようなやり方で教えていった。幸い、リーラは呑《の》み込みの早い子供であったため、三十分ほど練習させたら『魔力循環』と『魔力操作』にも慣れた。というか、病気治療後に二つのスキルレベルが3になっていたため、すぐに慣れたのかもしれない。

「リーラは、何を作りたいの？」

「うーん、そこなんだよね。絶対に失敗したくないし、何か記念になるようなものにしたい」

「それならシンプルな指輪とかどうかな？　指輪なら、ハロルド様が身につけても問題ないよ。簡単な指輪を作った後、外側と内側に何か記念になるようなデザインをイメージすれば良いと思う」

「なるほど、指輪か！　うん、それでいく！」

ミスリルの色は白銀だから、結婚指輪っぽくなるけど、別に良いよね。あと必要なのは二人の薬指のサイズだけど、ハロルド様を『構造解析』したら、リーラのお母様のも含めてすぐにわかった。

「リーラ、まずは小さな輪《わ》っかを作ろう。二人の指のサイズは私が調べておいたから、綺《き》麗《れい》な輪っかを作った後、サイズ調整して最後に何かデザインしよう」

「うん、シャーロット、おかしいところがあったら言ってね」

「任せて！　ここからは、驚かせたいから私の部屋でやろう」

「あ、そうか！　庭だと丸見えだもんね」

さあ、場所を移して、指輪作りの開始だ。

――ふふふ、私とリーラ、渾身《こんしん》の作が完成しました。

と言っても、シンプルな指輪だけどね。リーラとしても、両親には常時身につけてもらいたいはず。だからこそ、妥協《だきょう》せず『構造解析』を使いながら、見栄《みば》えも良くフィットする指輪を作った。製作時間は一時間。普通に考えたら、一時間で作れないだろうと思われるけど、魔法でイメージしてやると、簡単なものならばできちゃうんだな。

「シャーロット、ありがとう。綺麗《きれい》な指輪ができた！　これなら喜んでくれるかな？」

「大丈夫、こっそり仕掛けもしてあるし、それに気づいてくれれば喜ぶし、泣いちゃうかもね」

お父様たちは執務室か。『魔力感知』、便利だ。屋敷内のどこにいるのか、大体わかる。

「ハロルド様たちは執務室にいるから、これを見せて驚かせよう」

「私は居場所までわからないよ」

「私とマリルは、精霊様から教わった訓練を毎日してるからね。『魔力感知』はレベル8もあるんだ。リーラもこれから訓練を続ければ、察知できると思うよ」

「レベル8か〜、まだまだ遠いな〜」

私たちは部屋を出て、意気揚々《いきようよう》と執務室に向かった。

執務室には思った通り、お父様、お母様、ハロルド様の三人がいた。どうやら簡易型通信機の機能チェックも終わり、資料としてまとめている段階のようだ。

「シャーロット、この簡易型通信機は凄《すご》いわ。通信範囲はシャーロットの言う通り、私たちの『魔力感知』に依存していたわね。ただ、使用する魔石をもう少し上質なものに変更しないといけない。距離が限界近くに到達すると、雑音がして聞き取れないときがあるのよ」

なんですと！　あの魔石は、ゴブリンという最弱の魔物から取れたものだったよね。う〜ん、あまりに弱すぎて魔石も貧弱だったか〜。

「昨日も言ったが、私とハロルドが共同で、この通信機を製造販売していくことになった。エルサの言う通り、無属性魔石の改良が必要だろう。そして男性用と女性用のデザインを再設計し製作していくことも考えれば、安定して販売できるようになるまで数ヶ月はかかる。まずは、王都にいる国王陛下にご高覧《こうらん》いただかねばならない。これは警備《けいび》にも使えるからね。そして、悪用される危険がある以上、販売方法も陛下や宰相《さいしょう》と話していかないといけない」

確かに、盗聴《とうちょう》とかには使えないけど、敵国に知られれば絶対に悪用される。販売するにしても、秘密裏《ひみつり》に始めるかもね。

「リーラを治してもらったばかりか、私とドワーフたちの長年の夢も実現しそうだ。今日の夕方に帰った後、彼らと相談するつもりだ。シャーロット、ありがとう」

お、これはタイミング的に良いかもしれない。

「いえ、お役に立てて良かったです。――リーラ、今渡しちゃおうよ」

「う、うん！　お父様、いつも私を見守ってくれてありがとう。これ、私が作ったの！　お母様と一緒に使ってほしい。受け取って！」

リーラがモジモジしつつ、一つの小箱をハロルド様に差し出した。ハロルド様は、リーラが作ったと聞いて、既にワナワナと震えている。娘からの初めてのプレゼント、絶対に嬉しいはずだ。

「こ、この小箱はミスリル？　中に何が……こ……こ……これはミスリルの指輪、それも二つ……指輪も小箱も……リーラが？」

リーラが作ったのは、少し波打ったような形の、シンプルで綺麗《きれい》な白銀の指輪だった。

「うん、さっきシャーロットに作り方を教えてもらったの。まだまだ歪《いびつ》で汚《きたな》いけど、今はそれが限界。私も、お父様やお母様と一緒に、ミスリルのアクセサリーを作る仕事をしたい！」

ハロルド様の身体の震えが激しくなっているんですけど？

「指輪のサイズは、私が『構造解析』で調べたので、ピッタリと合うはずです」

すると、ハロルド様は震えながらも、指輪を左手の薬指にはめた。

「ピ…ピッタリだ。違和感を感じない。これをリーラが……う……う……うおお～リーラー～!!」

おお、ついに我慢しきれずに号泣したよ。このままだと、内側の仕掛けに気づかないか。

「ハロルド様、指輪を外して内側を見てあげてください。リーラが苦心《くしん》してデザインしたもので、世界に一つしかないものです」

お父様もお母様も、私たちが何か作っているとは知っていただろうけど、指輪を見て言葉を失っている。ハロルド様が小箱をテーブルに置き、そっと指輪を外して内側を覗き込んだ。

「内側？　……え、これは……俺と妻の名前が!?」

ハロルド様が絶句《ぜっく》した。うんうん、ドッキリ成功かな？

「ハロルド？　名前がどうしたんだ？」

お父様とお母様が、もう一つの指輪の内側を見た。ふふふ、三人とも驚いているね。そう、内側にはたどたどしいけど、リーラ、ハロルド、マーサと名前が彫《ほ》られているのだ。

「こ、この内側の名前……これをリーラが思いついたのか？」

「ただのミスリルの指輪だとつまらないから、どうせなら世界に一つしかないものを作りたかったんだ。もう一個がお母様の分。お父様とお母様にはずっと笑っていてほしいから」

よく、このアイデアを思いついたよね。本当にデザイナーの才能あるよ。

「う、うおお～～、リーラ～、ありがとう～！」

おお、ハロルド様は指輪をはめ直した後、リーラを抱き上げて回転している。よほど、嬉しかったんだろうな。うん、視線を感じ……る？　う、お父様とお母様から期待の視線が⁉

「あの……お父様、お母様」

「「うん、何かな！！」」

これは言うしかない。

「すみませんでした‼　ミスリルの屑《くず》がなくなって作れませんでした」

おそるおそる二人を見ると、この世の終わりのような残念な顔をしていた。ごめんね……

「でも、二週間後の結婚記念日に、素敵なプレゼントを考えてます。それまで待ってください」

そう言った途端、表情が明るくなった。

「そうか、結婚記念日、覚えていてくれたのか。私たちの誕生日はかなり先だが、結婚記念日があったな！」

「ええ、プレゼント、期待しているわね」

なんかプレッシャーを感じる。咄嗟《とっさ》に言ってしまった。本当に、何を作るか考えておこう。

　夕方、リーラとのお別れの時間がやってきた。正直、もっとお話ししたかった。でも、リーラも早くお母様に会いたいだろうから仕方ない。マリルを含めた使用人全員が後方に控えて、リーラを見送る。

「シャーロット、絶対また遊びに来るからね！」

「うん、あ、お母様、落ち着いたら、私もリーラの家に行ってみたい」

「ふふ、シャーロット大丈夫よ。ジークとシャーロットは、三日ほどしたらリーラちゃんの家に行くことになるわ。ミスリルの技術を教えられるのは、シャーロットしかいないもの。いくらドワーフたちでも、イヤリングや指輪を見ただけでは作れないでしょう」

　三日で行けるんだ！　私が思っていたよりも、早い！

「やった！　今度は、私の家にシャーロットが来るんだ！」

早く、三日後が来て欲しい！　あ、隣でラルフお兄様が心底残念そうな表情をしている。

「いいな〜、シャーロット。僕も行きたいけど、受験勉強があるから我慢するよ。一ヶ月後に受験があるからね」

　そうだった。あと一ヶ月で、入学試験なんだ。さすがに行けないよね。

「ラルフ様、試験頑張《がんば》ってくださいね」

「リーラ、頑張《がんば》るよ。どうせなら、首席《しゅせき》入学を目指す。実はさ、水の精霊様の加護をもらって、水精霊様だけ見られるようになったんだ。今は、勉強を手伝ってもらってるんだよ」

「え、ラルフ様は精霊様の加護を貰《もら》えたんですか！　凄《すご》い、羨《うらや》ましい！」

そうなのだ。一ヶ月ほど前、水精霊様がお兄様のことを気に入り、加護を与えてくれたのだ。私がおねだりしたわけではない。お兄様の行動が、水精霊様の心に響いたらしい。加護を貰《もら》えたことで、お兄様は、水属性の精霊様だけは常時見ることができるようになった。

「ラルフお兄様、頑張《がんば》ってください」

「そうだ！　ラルフ様が首席合格したら、私とシャーロットでキスしてあげるよ」

大胆発言がきたよ。でも、それも面白いかも？

「そうですね。ご褒美《ほうび》で、私とリーラが両方のほっぺたにキスしてあげますよ」

「「なに！！！」」

キスと聞いた途端、お父様とハロルド様が、ラルフお兄様に殺意を向けたんですけど！

「キス～、本当か二人とも！　よし、頑張《がんば》るぞ～！　やる気が漲《みなぎ》ってきた～～」

「ふふふ、ラルフ、キスのために頑張《がんば》りなさい」

お母様は笑顔で許してくれているけど、お父様たちが……

「ラ、ラ、ラルフ君、首席合格ともなると、かなり大変だから無理しないようにね」

「そ、そうだぞラルフ。首席合格ともなると、満点近い点数が必要だ。身体を壊しては元も子もない。決して、無理はするなよ」

お父様とハロルド様、コメカミがピクピク動いてますよ。私とリーラの手前、相当我慢してるね。

「大丈夫です、任せてください！　必ず、首席合格してみせます」

「ふふふ、面白いことになりそうね〜。それじゃあ時間も遅くなるから、そろそろお別れね」

あ、そうか、帰りが遅くなっちゃうもんね。

『ちょっと待ったーー！』

え、精霊様の声が聞こえた！　空中に、体長十五センチほどの女の子が突然現れた。あれは――

「光精霊様、具現化《ぐげんか》するなんて珍しいですね」

『精霊視』や特定の加護を持たない人は、精霊様を見ることができない。でも、例外が存在する。それは今回のように、精霊様の意志で、人間たちに姿を見せたときだ。

「私、リーラのことが気に入ったわ！　あなたに光の加護を与えます。よって、私もついていくからね。異論は認めません」

おー、リーラ凄《すご》い。光の精霊様は、滅多《めった》に人前で姿を現さない。相当気に入られたのね。

「リーラ、凄《すご》いよ！　これで、光の精霊様を常時見られるし、お話もできるよ」

「わ、わ、私、精霊様を初めて見た！　精霊様、こちらこそよろしくお願いします」

リーラだけでなく、ここにいる全員が驚いている。

「よろしくね、リーラ！」

光精霊様の乱入もあって驚いたけど、いよいよお別れだ。

「来い、我が友、ライダードラゴン！」

おお、ハロルド様の前方に大きな魔法陣が現れて、そこから立派な竜が出てきた！　あれがライダードラゴン。全長十五メートル、全身鱗に覆われている。スピード特化型の竜だけあって凄《すご》くスリムだけど、筋肉質でもある。無駄な脂肪《しぼう》が一切ないって感じだね。あ、背中に大きな馬車のような籠《かご》が付いてる。あそこに乗るんだね。

「それじゃあね、シャーロット」

「うん、必ず近いうちに行くからね！」

みんなでお別れの挨拶《あいさつ》をした後、ライダードラゴンの風魔法で、リーラとハロルド様と光精霊様が籠《かご》に入っていった。そして、ライダードラゴンがゆっくりと上空に上がっていき、ハロルド様の領地がある方向へ飛び去っていった。

リーラ、必ず行くからね。

17話　技術を教えに行きましょう！

私は今、ライダードラゴンの背中に取りつけられた籠《かご》の中にいる。約束通り三日後に、お父様と一緒に、リーラの家へ向かっているのだ。このライダードラゴンは、お父様の従《じゅう》魔《ま》で、名前はガイだ。

リーラたちが帰った後、お父様のエルバラン領とハロルド様のマクレン領について教えてもらった。エルバラン領は四方を山に囲まれており、大気中の魔素濃度《のうど》も高いことから、山全体に含まれる銀に魔力が宿りやすく、純度《じゅんど》の高いミスリルが産出される。対してエルバラン領から南東に位置するマクレン領は、海に面した土地で、魚介類が豊富に採《と》れることで有名らしい。そのマクレン領から東に行くと、ドワーフの国がある。ハロルド様は、外交面でドワーフの国と大きく関わっており、また貿易も盛《さか》んに行われているため、マクレン領には多くのドワーフが住んでいる。

一応、光の精霊様が、リーラやドワーフたちにミスリルのアクセサリー加工技術を教えはした。でも、リーラたちのイメージがあまりにも稚拙《ちせつ》で上手くいかないらしい。

ミスリルのイヤリングとリーラが作った指輪を見たドワーフたちは、その完成度の高さに驚いていたそうだ。でも、いざ自分たちがアクセサリーを製作してみても、何度挑戦しても稚拙《ちせつ》なものしかできなかったという。原因はイメージ不足。

イメージは、言葉で言っても伝わらない。私の場合、前世の経験があったからこそ、イヤリングの製作に成功したのだ。そこで私は、頭の中のイメージをより明確にする一つのアイデアを思いついた。前もって紙に製作したいアクセサリーのデザインを描いておくのだ。紙に描いておけば、イメージしやすくなるはずだ。今後の参考として、私は、子供用の稚拙《ちせつ》なものから大人用のオシャレなものまで、前世で見たデザインを覚えている限り紙に描いた。

あ、そろそろ、山を越えそうだ。籠《かご》には窓があり、そこから絶景《ぜっけい》が望める。緑に囲まれた山々の頂上を抜けると、景色が開け、遠方に青くきらびやかな海が見えた。

「お、どうやら到着のようだな」

あれがリーラの家なんだ。おー、私たちの家よりも少し小さいけど、凄《すご》く風格《ふうかく》のある家だ。それに、海から近い。

リーラの家から少し離れた空《あ》き地に着陸すると、リーラとハロルド様、そして綺麗《きれい》な女性がいた。この人がリーラのお母様、マーサ様か。髪の毛はリーラと同じ金髪で、どこか勝気《かちき》な容貌《ようぼう》をしている。

到着時刻通りだから、待っててくれてたんだね。

「シャーロット～、やっと会えたー。今日は、いっぱい遊ぼう！」

「コラ！」

リーラが言った瞬間、マーサ様がリーラの頭をゴンとチョップした。

「痛いよ～、お母様」

「まだ、シャーロットちゃんに私の紹介が終わってないでしょ！　シャーロットちゃん、ごめんなさい。私は、リーラの母のマーサというの。話はハロルドから全て聞いているわ。リーラの病気を治してくれて、本当にありがとう。こうやって、今までみたいに娘を叱《しか》ることができるようになったのも、シャーロットちゃんのおかげよ」

「はじめまして。シャーロット・エルバランと申します。リーラが元気になって、私と友達になってくれて嬉しいです。ハロルド様、マーサ様、今日から三日間よろしくお願いします」

滞在期間は三日、その間にドワーフたちに技術を叩《たた》き込む！

「ハロルドから聞いていたけど、礼儀正しい子ね。完全にエルサ似ね。全然ジークに似てないわ」

そういえば、お父様とお母様とハロルド様とリーラ様は、本音で語り合える間柄だと、お父様が言ってたっけ。これまでに訪れた貴族たちは、公爵であるお父様の機嫌を窺《うかが》いなながら仕事の話をしていた。父方のお祖父《じい》様とお祖母様は、私が生まれる二年前、病気で他界したから、お父様が若くして公爵を継いだんだよね。領地の経営と王城での仕事、どちらも見事にこなしているから、どの貴族からも一目置かれている存在だと、お母様が言ってた。

「おいマーサ、気にしていることをハッキリ言うなよ。だが、エルサに似て可愛《かわい》いだろ」

「親馬鹿なところは相変わらずね」

あはは、マーサ様はわかっている。

「ハロルド、マーサ、今日から三日間、よろしく頼む」

「ああ、ジーク、忙しくなるぞ。俺の家で、ドワーフたちがワクワクして待っているからな。早くアクセサリーを作りたいそうだ」

ドワーフさんたちはやる気のようだね。こちらも負けていられないな。

「わかりました。私も色々と用意しましたので、お役に立てると思います」

お互い自己紹介を済ませ、リーラの家に移動することになった。

家に到着すると、玄関手前で、五人のドワーフさんが出迎えてくれた。

「「「「「おー、師匠《ししょう》がついに到着したぞ～！」」」」」

「……リーラ、もしかして師匠というのは？」

「そんなのシャーロットに決まってるでしょ！」

やっぱりか～。一人のドワーフさんが前に出てきた。

「師匠、儂《わし》はバーキンと言います。ご指導のほど、よろしくお願いします」

ドワーフさんを、初めて見る。

バーキンさんの身長は百四十センチくらい。茶色の長髪で、口髭《くちひげ》と顎髭《あごひげ》がくっついている。目に少しキツイ印象を受けるけど、全体的には優しそうだ。他の人たちも、身長はバーキンさんと同じくらいだけど、みんな顔に個性がある。これなら、すぐ名前を覚えられそうだ。

「え、あ、その、こちらこそよろしくお願いします。あの、シャーロットでいいんですけど」

「とんでもない。あなたのお作りになったミスリルイヤリングの素晴らしい曲線美《きょくせんび》、我々ドワーフの技術を超越《ちょうえつ》しています。そしてあなたが監修《かんしゅう》し、お嬢が製作した指輪も見事です。ぜひ、師匠と呼ばせてください」

凄《すご》い気迫《きはく》だ。目がギラギラしている。私は子供なのに、そんなの関係なく師匠と仰《あお》ぎ、技術を盗もうとしている。その向上心が凄《すご》い。ここは、それに応《こた》えなくては。

「わかりました。私が持っている全てを教えます」

「「「「うおーーーーーー！」」」」

残り四人の自己紹介も済ませ、早速リビングに移動した。リビングに入ると、明らかに改装した形跡《けいせき》があった。だって、三十畳《じょう》くらいあるリビングが学校の教室のようになっているのだ。壁際に教壇《きょうだん》、人数分の机と椅子もきっちり用意されている。多分、今日のために用意してくれたんだ。

お父様、ハロルド様、マーサ様、ドワーフさん五人、リーラ、全員が席に着いた後、私は強制的に、踏み台が用意された教壇《きょうだん》に立った。なお、この家にいる使用人たちは、ここで何が行われるのか知らない。窓にカーテンが、ドアも内側からロックされているし、誰にも聞かれないようにもしている。みんなから見つめられて、凄《すご》く緊張する。

「――知っての通り、ミスリルを変形させるには、イメージが重要です。ですが、作ったこともないものを頭の中で細かくイメージするのは不可能。そこで重要になってくるのが、デザインです。前もって、こんなものを作りたいなーと頭で思ったことを絵にするんです。デザインした絵を見ることで、頭に細かなイメージが思い浮かび、理想に近いものができるでしょう」

「「「「おーーーー」」」」

問題は、そのデザインを誰が描くかなんだよね。

私の絵を見れば、デザインがどれだけ重要なのかを理解してくれるはずだ。

「ちなみに、私はこんなデザイン画を描いてきました」

正直、この後なんて言われるかわかっている。でも、この過程が最重要であることをハッキリと自覚してもらうには、こうするしかなかった。

鞄《かばん》からデザイン画を取り出し、一人一人に絵を見てもらった。

すると、リーラが想定通りの感想を言ってくれた。

「シャーロット、雰囲気はわかるよ。たださ、……絵が下手すぎるよ！」

どうせ、私の絵は下手だよ！　気にしていることをハッキリ言ってくれてありがとう！

「と、とにかく、このデザイン画がアクセサリー製作の肝《きも》なんです！　デザイン画を基に製作したのが、この十字架のネックレスです。ミスリルの屑《くず》から十字架を作成し、十字が交わる場所に、小さな赤色の宝石を付けました」

見本として十字架のネックレスをあらかじめ作ってきたのだ。ふっ、どうよ？

絵の評価は最低だったが、ネックレスを見せると、全員ウットリしている。これで、デザイン画がどれだけ重要なのかわかるだろう。では、ネックレスをマーサ様に渡して評価してもらおう。

「す……凄《すご》く綺麗《きれい》で上品なネックレスだわ。これがミスリルの屑《くず》からできているの⁉」

よし、マーサ様から良い評価をもらった。次は、ハロルド様だ。

「し、信じられん。ただの十字架じゃない。外側の輪郭全体が細かく装飾《そうしょく》され、表裏には小さな紋様がデザインされている。ただ……さっきの絵とまったく一致しない！　あの下手くそな絵から、どうやってこんな見事なネックレスができるんだ？　だが、デザイン画がアクセサリーに重大な影響を及ぼすことはわかったぞ」

ぐはっ！　ハロルド様、ハッキリ言ってくれますね！　わかってるよ、そんなことは！

「ねえねえ、シャーロットの絵を綺麗《きれい》に修正したよ。バーキン、どうかな？」

「どれどれ……お嬢の方が断然《だんぜん》上手い。これを基にイメージしたら、俺でもできるかもしれない」

この野郎、どこまで人の絵をボロクソに言うかな。……でも悔《くや》しいけど、リーラの方が上手だ。天と地ほどの差がある。

「ねえリーラ、一応私なりにデザインしたのが三十枚くらいあるんだ。ただ、絵が下手すぎるから修正してくれない？」

リーラに絵を見せてみた。

「うわ～可愛《かわい》くデザインされたのが、いっぱいある。でも、絵が残念だ」

「リーラ、シャーロットちゃんも一生懸命《いっしょうけんめい》描いたんだから、下手下手言わない」

あのマーサ様、フォローになってませんよ。

「シャーロット、この絵を修正するから見てくれないかな？」

「もちろん」

まあ、私の絵の下手さとネックレスを見せたことで、通常とは異なる意味で、デザイン画というものがどれだけ重要かわかってくれただろう。

「お嬢がデザイン画を描いてくれている間、儂らはこのネックレスと同じものを製作してみよう。実物を見ながら製作すれば、デザイン画同様、イメージが補完《ほかん》されるだろう。お前ら、早速取りかかるぞ！」

「「「おー！」」」

とりあえず、第一段階はクリアだね。あとは、どれだけイメージを補完できるかだ。あ、そうだ、言うのを忘れるところだった。

「バーキンさんが持っている私製作のネックレスは、マーサ様に差し上げます」

「え、こんな高価なものをいいの⁉」

マーサ様の喜びと驚きの表情で、このネックレスを気に入ってくれたのがわかる。ただミスリルの屑《くず》だから、高価なものと言えるのだろうか？　価値がイマイチわからない。

「はい、これからもよろしくお願いします」

「あはは、わかった。よろしくね」

『これから長いお付き合いになるので、よろしくお願いします』という意味でのプレゼントを、理解してくれたようだ。旅行一日目から、楽しい思い出ができたよ。

18話　海の街ベルン

全員から私の絵が酷評《こくひょう》されたけど、デザイン画の重要性についてはわかってもらえた。

今、私はリーラの子供部屋にいる。私の部屋より一回り小さいけど、それでも広いね。十二畳くらいかな？

可愛《かわい》い動物のヌイグルミがあちこちに置かれているし、壁に設置されてる本棚《ほんだな》には、子供用の絵本とかが並べられていた。本来の子供の部屋って、こんな感じなんだろうね。私の部屋には、動物のヌイグルミが数体置かれているけど、本棚は見えるところには子供用の絵本が並べられつつも、奥にはお父様の書庫からお借りした貴族概論《がいろん》、魔法概論、初級魔法の習得、剣術の初歩、体術の初歩の本などが置かれているのだ。う〜ん、子供と偽《いつわ》っているような感覚に陥《おちい》る。

そんな子供部屋で、リーラが私の下手なデザイン画を基に、新たなものを描いてくれている。時折、私がアドバイスすると、リーラの感性も加わって、デザインの細部が明確になり、私のイメージ通りのデザイン画ができ上がっていく。これならドワーフたちも、足りないイメージを補完することで、私と同等かそれ以上のものを製作できるはずだ。

一時間ほどで、三枚のデザイン画が仕上がった。

ドワーフさんたちは現在、屋敷一階の仮作業場（十畳の元物置き部屋）にいる。

今後、アクセサリー専用の作業場を敷地内に新たに建設するらしいが、当然まだ完成していない。ゆくゆくはミスリルのアクセサリー製品を学会で発表し、大々的に販売していくつもりだけど、まずは焦《あせ》らずに地盤《じばん》を固めていくようだ。情報が漏れたらまずいからね。自分たちにしかできない技術を確立してから、本格的に動く。簡易型通信機が第一号の商品となるものの、販売に漕《こ》ぎ着けるまでが大変だろう。

仮作業場にはマーサ様もいたので、バーキンさんと一緒に絵を見てもらうと、二人して修正されたデザインにウットリしていた。

「リーラ、絵の才能があるわ。見ていて惚《ほ》れ惚《ぼ》れするデザインだもの」

デザインに関しては、『地球の人間が製作したものを、私が模倣《もほう》しました』とは言えない。とはいえ、アクセサリーの細部まできっちり覚えているわけではないので、半分は私のオリジナルでもある。

「やった！　お母様に褒《ほ》められた！　いつか、自分で一からアクセサリーをデザインするね」

リーラなら絵も上手いし、優秀なデザイナーになれる気がする。

「師匠、お嬢、一度これらの絵を基に製作してみます。どこまでできるかわかりませんが、まずは自分たちの現状の技術レベルを把握《はあく》しておきます」

そこは重要だね。アクセサリー加工技術は、これまで培《つちか》ってきたものと、方法がまったく異なる。まずは、現状を認識することは大切だ。

「あの〜バーキンさん、師匠は良いんですけど、敬語とかは要らないですよ」

「私もいらなーい」

「お、そうしてくれると……助かる。と言っても、公式の場では、これまで通り敬語を使わせてもらうぞ」

身分が違うから、そこは仕方ないよね。

バーキンさんが同じ作業場にいる四人のドワーフたちにもデザイン画を見せた後、いよいよ作業開始となった。今は、十五時くらいか。夕食まで時間があるし、休憩《きゅうけい》がてら散歩できるかな？

「マーサ様、リーラと一緒に海の街を散歩しても良いでしょうか？」

海の街の名前は、確かベルンと言っていたよね。どんな食材があるのか気になるんだよね。

「そうね。今は、バーキンたちも教わったやり方を試しているところだし、良いわよ。ただし、メイドのソニアと一緒に行くこと！　今、彼女はリビングにいるわよ」

やった、許可が下りた！

「お母様、ありがとう！　街の散策に行ってくるね」

リーラも集中力が切れた頃だし、休憩《きゅうけい》にちょうど良いよね。デザイン描きで少し疲れた表情から、一気に明るくなった。

リビングに入ると、さっきの教室のような雰囲気は一変し、大きな楕円形《だえんけい》のテーブルと十脚ほどの椅子が並べられていた。その模様《もよう》替えを一人のメイドさんだけでやっていて、ちょうど最後の椅子をテーブルに設置したところのようだった。

この人がソニアさんだね。長い黒髪を一本にして後ろに束《たば》ねた、どこか清楚《せいそ》で控えめな人物に見える。年齢は二十から二十五歳くらいかな？　ただ……なんというかスキがないというか、威圧感を感じる。

「ソニア、これからシャーロットにベルンの街を案内するから、護衛お願い！」

あ、護衛兼メイドなのね。どうりで他のメイドさんと雰囲気が違うわけだ。

「リーラお嬢様、かしこまりました。シャーロット様、私はソニアと申します。今から、お二人の護衛兼案内係として、お供させていただきます」

声も綺麗《きれい》で、凛《りん》とした話し方だな。この人の護衛なら、不思議と安心できる。

「シャーロット・エルバランです。案内、お願いします」

お父様たちからも許可をもらい、私たちは外出した。ああ、食材が見たいな。

リーラの家は少し高台にあって、ここからでも海が見える。

あれ？　海のすぐ近くに大勢の人たちが集まってる。もしかして、魚市場かな？

人々が着ている服は、日本でも見たような普段着ばかりだ。これなら、私もリーラも目立たないよね。まあ、メイドを連れた子供二人という時点で目立つかな？

「リーラ、あそこに大勢の人たちが集まってるよね？　あれって何？」

「ああ、あそこが魚市場だよ。行ってみる？」

今回の目的地が決まったね。

「行こう、食材が見たい！」

「魚や貝とかが、い〜っぱい並べられてるよ！」

「刺身とか試食できるかな？」

あれ？　リーラとソニアさんが苦笑いしてる。

「シャーロット様、魚の刺身は大変美味なんですが、私たち地元の人間はほぼ毎日食べていますので、少々飽《あ》きてしまっているんです」

なんですと!?　前世では私だって魚をほぼ毎日食べてたけど、飽きることはなかったのに。

「私もここ三日間、ずっとお魚を食べてたんだ。焼いたり蒸《む》したりする料理は、凄《すご》く美味《おい》しくて全然飽きないんだけど、刺身だけは飽きちゃった。ショウセっていう液体に付けて食べるんだ。はじめはすっごく美味しかったの。でも、何回か食べていくうちに味を覚えちゃって、少し生臭《なまぐさ》いこともあって、今は食べたくない……」

生臭い？　海が目の前にあるんだから、鮮度《せんど》は超新鮮《しんせん》だよね。そうなると、ショウセの匂《にお》いが独特なのかな？　そもそも、ショウセって醤油《しょうゆ》なのだろうか？

「ソニアさん、マヨネーズや山葵《わさび》はないの？」

あ、しまった。地球の食材のまま言ってしまった。

「マヨネーズ？　……ああ、マヨネーゼのことですね。それなら市場でも販売されています。山葵《わさび》という食材は、聞いたことがありませんが？」

マヨネーズはマヨネーゼとして販売されてるのね。山葵《わさび》とかがあれば、もっと味が引き立つんだけど、山間にある清涼《せいりょう》な水辺でしか生育できないって聞いたことがある。

「山葵《わさび》を食べると、鼻が猛烈にツーーーーンときます！」

「「は？」」

うーん、どこか呆《あき》れられたね。

「ソニア、そんな食材あったかな？」

「……確か……以前、知り合いの方が、山で面白い根っこを見つけたとか……それをほんの少し摘《つま》んだらツーーーーンとなったと聞いたことがあります」

それ、山葵《わさび》っぽいけど、危険なことをするね。根っこに毒がある植物だって存在するんだから、無闇に食べちゃダメだよ。

あ、話している間に、魚市場に到着した。うわ～～凄《すご》い凄《すご》い、色取り取りの魚介類が並べられている。市場も、なかなか広い。昼すぎのこの時間帯で、百人はいるよね。

どの店も、お客さんに魚を見やすくするためか、三つくらいの段を作って、それぞれに魚を並べている。お客さんたちの中には、魚を触って、考えている人もいるね。魚の良し悪《あ》しを選別しているのかな？

「リーラ、見たこともない食材がいっぱいあるよ」

私の場合、この世界では川魚しか知らない。やはり、海の魚となると、種類も豊富だ。

「ほら、シャーロット、刺身の試食をできる店を探そう」

「うん！」

周囲を見渡すと、試食できる店が何軒かあった。どの店に行こうか。

「お、ソニア、リーラ様、買い物か？」

ソニアさんに声をかけたのは、三十歳くらいのオジ……お兄さん。リーラ様ということは、伯爵令嬢であることを知っているようだけど、言葉が砕けている。リーラがそうさせているのかな？　頭にハチマキをして、服装も半袖《はんそで》のグレーのTシャツと紺のズボン。そこに、黒のエプロンを着用している。

「トフマスさん、お嬢様のお友達であるこちらのシャーロット様が、魚市場に興味があったようなので、散歩に来たんですよ。そうだわ、何か試食できる魚はありますか？」

「ああ、マッコウがあるよ！　お嬢様たち、この小皿にあるショウセに漬けてから食ってみな」

それでは、マッコウとやらをいただきましょう。色は赤、見た目はマグロっぽいけど、名前からしてクジラだろうか？　お箸《はし》で摘《つま》んで、ショウセを少しつけてから食べる。

……うん、少し生臭いけどいける！

味はクジラかなと思ったら、見た目通りマグロでした。このショウセの味は、醤油《しょうゆ》ではなく魚醤《ぎょしょう》に近いね。でも、なんで生臭いのだろうか？

「味は美味《おい》しいんですけど、少し生臭いです」

「刺身だと、どうしても魚特有の生臭さが残るんだよ」

気さくに話してくれるので、こちらとしても助かる。

う〜ん、新鮮な魚でも、この世界の魚は生臭さがあるのか。昔、テレビで鰹《かつお》獲りの漁師が生臭さを消すために、醤油《しょうゆ》とマヨネーズを混ぜて使用してるというのを見たことがある。でも、あれは鰹《かつお》の話なんだよね？　まあ、ものは試し、やってみますか！

「トフマスさん、私はシャーロットと言います。マヨネーゼはありますか？」

「マヨネーゼ？　今日の昼食で使ったからあるが？」

三人とも、不思議そうな顔をしている。今からやることに、驚くかもしれない。

「シャーロット、マヨネーゼをどうするの？」

「これは私の直感なんだけど、魚の刺身とショウセとマヨネーゼ、この三つの組み合わせが合う気がするんだよね」

「ええ!?　ないない、絶対ないよ。生の刺身とショウセとマヨネーゼでしょ？　見た目からしてありえないよ」

まあ、言った私もそう思う。

「シャーロット様、本当にやるんですか？」

「はい、やります！　せっかく魚市場に来たんです。挑戦しますよ！」

言った私もドキドキしている。店の主人であるトフマスさんも心配そうに見ている。

「シャーロット様、本当にやるのか？　申し訳ないが、もしまずくても食べきってくれよ」

「はい、絶対吐き出しません」

緊張する。

周りを見たら、私たちの会話を聞いていたのか、野次馬《やじうま》が二十人ほど集まっている。私の目の前にあるテーブルの上には、マッコウの刺身とショウセとマヨネーゼが置かれていて、なぜマヨネーゼがあるのか、何に使うのか不思議がっているね。

組み合わせが最悪の可能性だってある。私が見たのは、鰹《かつお》の話だからね。でも、もう後には引けない。意を決して、私はマヨネーゼをショウセに入れた。

「え⁉　ショウセにマヨネーゼを⁉」

「まさか、あれに付けて食べるの？」

「なんて無謀《むぼう》な！」

周囲が私の行為にざわついている。そんな声は無視だ！　私は食べる！　ショウセとマヨネーゼがついた刺身をおそるおそる口に入れた。しっかり噛《か》んで、味を判定しないといけない。

「味はどうだ？」

ゆっくりと味わうことで、どんどん味が広がってきた。

「……お、お、美味《おい》しい。魚の生臭さを感じない。純粋に魚の旨味《うまみ》とショウセの味だけを感じる！」

「なんだと！　どれ俺も。……嘘だろ、魚とショウセとマヨネーゼが一体化して、美味《うま》くなっている。マヨネーゼが魚独特の生臭さを消して、ショウセが刺身の味を引き立てている……こんなことが……」

これが私だけだったら、周囲の人たちは半信半疑《はんしんはんぎ》だったと思う。そこに、トフマスさんが加わってくれたことで、がぜん信頼性が上がった。

「嘘！　ショウセとマヨネーゼの組み合わせが合うの？」

「トフマスが言っているんだから、本当に美味《うま》いのか？」

周囲が、どんどん騒がしくなっていく。

「じゃあ、私も食べる！」

「リーラ様！　わ、私も食べます！」

リーラとソニアさんが、毒味三号、四号となってくれた。二人とも、顔が強張《こわば》っているよ。

私とトフマスさんは美味《おい》しいと言ったけど、彼女たちの身体は拒否《きょひ》するのかもしれない。

お、おそるおそる口の中に入れ、ゆっくりと噛《か》んでいった。感想は？

「「……美味《おい》しい！」」

二人が互いの顔を見合って、同時に言った。高評価だ、これで他の人たちも信用するかな。私は、マヨネーゼ単品で挑戦しよう。さあ、味はどうかな？

「お、マヨネーゼだけでもイケる！　ショウセがない分、魚の純粋な味がわかる！」

「なに⁉」

「えーーーーー」

この後、試食をしたい人たちが大量に押し寄せて来て、ちょっとした騒ぎになった。

人数が多すぎるため、試食どころではない。でも、騒ぎを聞きつけた総責任者が事情を知ったら、新鮮な魚を試食用として大量に用意してくれた。なんでも、新鮮でも、どこかに傷がついていた場合は腐《くさ》りやすいせいで、通常ならば廃棄処分するか、漁業関係者たち

だけで味わうらしい。今回、その魚を提供してくれたのだ。

そこからは、魚市場の人たちが次々と魚を捌《さば》いていき、それを集まってきた人たちがショウセとマヨネーゼの組み合わせ、またはマヨネーゼ単品で食していった。そこに私、リーラ、ソニアさんも加わり、マッコウだけでなく、多くの魚を食べた。もう完全に、試食の域を超えてるよね。新たな味が開拓されたためか、騒ぎが広がっていき、気づけば魚市場全体がお祭り騒ぎとなっていた。

全員が味を再確認していくと、ショウセとマヨネーゼを好む人もいれば、マヨネーゼ単品を好む人もいた。そこは好みの問題だね。

みんなが笑い合っている中、一人の魚市場関係者がこう呟《つぶや》いた。

「食の革命だ！」

周りがシーンとなった。

「そうだな。食の革命だ！　魚とショウセとマヨネーゼなんて組み合わせ、考えたこともなかった。革命だ‼」

「「「「おおーーー」」」」

食の革命！　そんな大袈裟《おおげさ》な⁉

「ソニアさん、大袈裟《おおげさ》では？」

「何を言っているんですか、シャーロット様！　ここでの魚料理は、刺身か煮るか蒸すか焼くかの四択なんです。そこに、ショウセとマヨネーゼの組み合わせです。これまでマヨネーゼは、肉料理にしか使われていません。魚料理に合うと思っていた料理人は一人もいなかったんです。今回の発見で、料理の幅がグッと広がります。まさに革命なんですよ！」

日本では、魚料理にもマヨネーズを普通に使っているのに。この世界では、全員がマヨネーゼは魚料理に合わないと思い込んでいたんだ。思い込み、怖っ！　ソニアさんもハイテンションになってるよ。あ、『刺身は飽きた』と言っていたリーラもだ！　まさか、ここまで騒がれるとは……

その後、様々な人からお礼を言われた。全員の目が輝いていた。

なんでも、ベルンの人たちは、魚料理に飽きて、新作料理を模索していたらしい。今回魚市場にいた人たちの中には料理人もいて、彼らは、なんと涙を流していた。私はその光景を見て、若干《じゃっかん》引いてしまったのは内緒だ。

家に帰ってから、リーラがお父様とハロルド様とマーサ様に、ソニアさんがこの家の料理人たちに、魚とマヨネーゼ、またはマヨネーゼとショウセの組み合わせを教えた。そして食堂で試食してもらうと、全員がさっきの魚市場の人たちと同じリアクションをした。みんな、一様に驚いたところで、ソニアさんがお父様たちに魚市場での出来事を話した。

するとと、ハロルド様とマーサ様、そして四十歳くらいの男性料理長さんが、私にお礼を言ってきた。

「シャーロットちゃん、今まで気づかなかったわ。まさか、魚とマヨネーゼが合うなんてね。ミスリルの技術だけじゃなく、食でもお世話になったわね」

「本当だ。これは、ドワーフたちも喜ぶぞ！　シャーロット、ありがとう。魚市場のみんなも喜んでいるだろう」

「シャーロット様、料理人を二十年やってきましたが、この組み合わせは思いつかなかった。気づかせていただき、本当にありがとうございます。今後、ベルンの魚料理は生まれ変わります」

この人も半泣きの状態だ。後方に控えている料理人たちもしきりに頷《うなず》いていた。

料理人にとって、そこまで衝撃的なことだったのだろうか？

料理人たちが大変感動したためか、夕食は魚三昧《ざんまい》となった。そこには魚の刺身とショウセとマヨネーゼがしっかり置いてあり、美味《おい》しい料理を堪能《たんのう》させてもらった。

19話　急患《きゅうかん》発生

旅行二日目の昼、私はドワーフたちの仮作業場を訪れていた。

リーラは、幼馴染《おさななじみ》のオーキスという男の子を私に紹介したいらしく、昼食後、その子の家にソニアさんと一緒に向かった。リーラは伯爵令嬢だけど、振る舞いがどこか私に似ていて、身分とかをまったく気にしていない。

以前聞いたオーキスというのは、幼馴染《おさななじみ》のことだったんだね。

リーラにお願いしていたデザイン画に関しては、今日の朝までに十点ほどが綺麗《きれい》に修正され、私でも見惚《みと》れるほどのものへと変化していた。ドワーフたちは、その中でも特に一点をこの世に出現させようと、製作に没頭《ぼっとう》している。

ミスリルの屑《くず》を使用しているため、材料費は実質タダだ。朝の段階では、細部のイメージが不十分だったためどこか歪《いびつ》な部分を残していたが、何度もイメージし直すことで、昼頃にはかなり完成品に近づいた。ドワーフたちの中でも、リーダーであるバーキンさんが最も器用だった。バーキンさんが製作したものに限っては、既に販売できるレベルにまで達していた。

このレベルに到達できれば、私がいなくても大丈夫だろう。

「師匠、今回の作業で、基本スキルがいかに重要であるかがわかった。たとえイメージが完璧《かんぺき》でも、ミスリルを変形させるには、『魔力感知』『魔力循環』『魔力操作』のレベルが最低でも五以上必要だ。より完成度を高めるため、イメージ修業だけでなく、基本スキルも修業するよ」

バーキンさんが言った三つのスキルは、基本中の基本だ。どんな魔法でもスキルでも、この三つのレベルが低ければ、百パーセントの力を発揮《はっき》できない。バーキンさんを含めたドワーフたちは、今回で、それがいかに重要であるかを心底理解したようだ。

「バーキンさん、精霊様が『全てのスキルと魔法は、基本スキルに繋《つな》がる。基本を疎《おろそ》かにすることなかれ』と言っていました。それをわかっていただけたのなら、私としても嬉しいです」

そう、今朝《けさ》から、ドワーフさんとよく似た髭《ひげ》もじゃの土精霊様が、ず～っとバーキンさんを観察しており、彼が私に言ったのだ。今でも、私の左肩に乗っている。前々からバーキンさんのことを気にかけていたらしい。ただ、自身の技術に対して自惚《うぬぼ》れが見られるとのことで、今回の修業でどれだけ心を入れ替えるか観察していたんだとか。

「そうか、師匠は精霊様が見えるのか。まったく精霊様の言う通りだ。儂はこれまで、名工バーキンと呼ばれて、自惚《うぬぼ》れていたのかもしれん。だが、それもここまで。一から一人の見習いとして、人々の笑顔を見るためにドンドン高みにのぼっていくぞ」

おー、なんか悟《さと》ったような顔をしている。バーキンさん、頑張《がんば》れ。

「よく言ったな、バーキン。その言葉を待っていたぞ！」

左肩に乗っていた土精霊様が顕現《けんげん》した。バーキンさんを認めてくれたんだ。

「バーキンさん、この方は土精霊様です。ずっとバーキンさんを気にかけてくれていたんですよ」

バーキンさんは、土精霊様を見たのは初めてのようだね。目を見開いたまま、固まっている。

お兄様が水精霊様、リーラが光精霊様、そしてバーキンさんが土精霊様に認められた。本来、人が精霊様に認められるには、性格、ひたむきさ、精霊様との相性《あいしょう》、好感度が要求される。この好感度というのが曲者《くせもの》で、精霊様だけでなく、周囲の人々からのも含まれている。バーキンさんは、他のドワーフ四人に尊敬されているし、ハロルド様やマーサ様やリーラにも好かれている。今回、自分の自惚《うぬぼ》れに気づいたことで、やっと土精霊様の好感度も上がって、認められたということだね。

「土精霊様、お初にお目にかかります。バーキン・モプスと申します」

バーキンさんは、頭を下げ、右膝を地面につき、右手を左肩に触《ふ》れた。相手は精霊様、きちんとした挨拶《あいさつ》が必要だよね。

「うむ、お前さんのことは仲間からよく聞いていた。シャーロット嬢のおかげで、一段階成長できたようだな。土精霊の加護を与えよう」

「はっ！　ありがたき幸せ。これからも精進《しょうじん》いたします」

「シャーロット嬢、私はバーキンを見守ることにするよ」

バーキンさん、加護を貰《もら》えたことで、感極まって泣いている。他のドワーフさんたちも、両膝をついて土精霊様を拝《おが》んでいる。

「それはいいですね。ドワーフさんたちには、土精霊様が必要ですよ」

「お前たち、うすうす勘《かん》づいていると思うが、シャーロット嬢は『精霊視』を持っている。他の者に話せば、どうなるかわかるな？」

「「「「もちろん、誰にも話しません」」」」

昨日の夜、バーキンさんたちのことで、土精霊様と話し合っていた。

なんでも、ドワーフの国では土精霊様を神聖視しており、彼らに認められ加護を受けることができれば、『真の名工』として巨富を築《きず》けるそうだ。

「今回、加護を授けるのはバーキンだけだが、他四人も良い筋をしている。よって、今日は私自らがお前たちを監督《かんとく》して、各自の欠点を教えていく。今後、精進して技術を磨《みが》いていけば、他の精霊たちにも気に入られるかもしれん。さあ、早速始めるぞ！」

「「「「は、ありがたき幸せ！　よろしくお願いいたします！」」」」

バーキンさんたちの目の色が変わった。土精霊様自らが、自分の製作したアクセサリーを検分してくれる。これはドワーフにとって、大変名誉なことだろう。今日一日を絶対に無駄にしたくないという気迫が私にも伝わってくる。

……ここでの私の役目も、ほぼ終わったかな？　残りは、デザイン画の修正の確認くらいか。

昨日はマヨネーゼの件で騒動《そうどう》になり、迷惑をかけてしまった。今日の昼前、市場に行ったソニアさんによると、マヨネーゼの売れ行きが凄《すご》いことになっているらしい。これまで肉でしか使用されていなかった調味料が、魚でも使えるとわかった。使用頻度《ひんど》が劇的《げきてき》に上がったため、購入者が殺到《さっとう》しているんだろう。

また全ての店で、ショウセとマヨネーゼと刺身を用意し、訪れる一般の人たちにも試食させているそうだ。

今後はベルンだけでなく、周囲の街や村にも伝わり、マヨネーゼの需要《じゅよう》は日増しに増えていくと思う。こっそりマヨネーゼを構造解析してみたけど、大量に食べても身体に悪影響はほとんどないようだ。

正直ホッとした。ここにいても邪魔だから、リーラの部屋に戻ろうかな。

一階の作業場を出て少し歩くと、何やら玄関付近が騒がしかった。何かあったのかな？

お父様が私を見つけると、こちらに走ってきた。お父様の険《けわ》しい表情を見たら、只事《ただごと》ではない何かが発生したのがわかる。

「シャーロット、今大丈夫か？」

あのお父様が、相当焦《あせ》っている。

「お父様、どうかしたんですか？」

「急患だ。シャーロットにしか治せない。今、客室に寝かせたところだ。診《み》てくれるか？」

「急患!?　はい！　わかりました」

私にしか治せないということは、ヒール系が効かない病気だ。

急いで客室に行くと、子供がベッドに寝かされていた。そばにはハロルド様、マーサ様、リーラ、そして三十歳前後の女性がいた。多分、寝ている子供の母親だろう。オーキス、オーキスと泣き叫《さけ》んでいる。

お父様が用意してくれた踏み台に上がり、その子供――オーキス君を見た。

これは……酷すぎる！　あのときのリーラを見ているようだ！

「グスグス、オーキスー、しっかりしてよー。シャーロットが来たから、もう大丈夫だから」

リーラが大泣きしている。この子が、幼馴染《おさななじみ》のオーキス君か。それにしても、この子の症状は何？　両手両足が異常に萎《しな》びているし、一部欠損《けっそん》している。しかも顔に生気がなく、呼吸するだけでも苦しそうだ。青色の髪も、くすんでいる。

「シャーロット、お願い治して。オーキスは私の大事なお友達なの」

リーラが、オーキス君の萎《しな》びた左手に両手で触れたまま、泣きながら私に必死に懇願している。

リーラのこんな悲しい顔は見たくない。

「……うん、任せて。やってみる！」

周りにいる全員が固唾《かたず》を呑《の》んで、私とオーキス君を見た。

「シャーロット様、オーキスを治してください。お願いします……お願いします――」

みんなが両手を合わせ私に祈っている。とてもじゃないけど、事情を聞ける状況じゃない。まずは、治療が先だ！

「それでは治療を開始します。――『構造解析』」

さあ、まずはオーキス君のステータス情報を知ろう。

名前　オーキス・トルマリン
性別　男／年齢　6歳／出身地エルディア王国
レベル1／HP1／MP0／攻撃0／防御0／敏捷0／器用0／知力0
魔法適性　なし／魔法攻撃0／魔法防御0／魔力量0
ノーマルスキル：なし
ユニークスキル：なし
称号：弱者

なにこれ～～～！！！　称号の弱者って何!?　リーラより酷いよ。

……落ち着け、私。私が動揺《どうよう》すると、周囲にも伝わる。まずは、情報を知ることが先決！　次は症状と原因だ。

症状：精神大幅減弱、両手両足欠損、余命10分32秒

ちょっと、余命十分！　今、治療しないと、確実に死ぬ！

原因：二ヶ月前に海の魔物に襲われ両手両足を大きく欠損。そのとき、街の視察に来ていた聖女イザベルにより治療される。だが、治療方法に問題あり。使えるはずのヒール系最上位魔法のマックスヒールではなく、イムノブーストを使用したため、両手両足の細胞に多大な影響を及ぼした。ここまで酷くなると、マックスヒールでも回復不可能

何やってんの〜イザベル！　なんで、その状況でイムノブーストを使うかな？　これ説明していいのだろうか？　いや、それ以前に、説明している時間がない。早急に対応策を考えないと！

「お父様、説明している時間がありません。オーキス君は、あと十分で死にます。急いで治療を行います。ただ一つ言えるのは、こうなった原因は二ヶ月前の治療方法です」

「なんだと、十分⁉　説明は後で良いから、治療を！」

さて時間がない。どうやって治そうか？　いくつか思いついた案はある。でもそれやっちゃうと、ガーランド様が怒るかもしれない。

……いや、人の命が関わっている以上、やるしかない！

弱者↓〇者↓勇者
精神大幅減弱↓精神〇〇〇〇↓精神攻撃無効
両手両足欠損↓両手両足〇〇↓両手両足復活
《こちらの編集内容でよろしいですか？　はい／いいえ》

『はい』をタップだ！　その瞬間、オーキス君の身体が光り輝いた。

客室にいる全員が緊張した面待《おもも》ちで、光り輝くオーキス君を見ていた。

さあ、どうなるかな？　急いでやったから、思いつきで編集しちゃったんだよね。今回は、私も不安だ。光が徐々に収まっていくと、両手両足が復活し、顔色が良くなったオーキス君の姿があった。気のせいかな？　オーキス君の可愛《かわい》い顔が、少し凛々《りり》しくなったような気がする。

とにかく、ステータスを確認してみよう。

名前オーキス・トルマリン
性別　男／年齢　６歳／出身地　エルディア王国
レベル１（初級勇者補正数値＋20　補正済）／ＨＰ85／ＭＰ79／攻撃74／防御70／敏捷

80／器用63／知力61
魔法適性　全属性／魔法攻撃32／魔法防御30／魔力量79
ノーマルスキル：魔力感知　Lv1／魔力循環　Lv1／魔力操作　Lv1／剣術　Lv1／体術　Lv1
ユニークスキル：精神攻撃無効・両手両足復活・リミットブレイク
称号：初級勇者（Lv1）

スキルと称号詳細
精神攻撃無効：精神異常を誘発させる攻撃や魔法を全て無効化する
両手両足復活：両手両足が千切《ちぎ》れようが木《こ》っ端微塵《ぱみじん》になろうが、すぐに復活する。大気中の魔素を使用するため、本人の身体に影響はない
リミットブレイク：10分間、全ステータス能力を2倍に引き上げることができる。ただし、その後5分間は、全ステータス能力が半減する
勇者：神ガーランドと精霊から認められし者。聖剣を装備し、？？？を討《う》ち滅《ほろ》ぼすことが可能となる。レベルアップ時の成長率は、一般人の2倍。称号の中でも、唯一レベルが存在する。レベルが上がるごとに、全ステータス項目の基本数値に加算される補正数値もアップしていく

Lv1　初級勇者　補正数値＋20
Lv2　中級勇者　補正数値＋40
Lv3　上級勇者　補正数値＋60
Lv4　ベテラン勇者　補正数値＋80　精霊視獲得《かくとく》
Lv5　王級勇者　補正数値＋100　転移魔法獲得
Lv6　帝級勇者　補正数値＋120　剣術『ホーリースラッシュ』獲得
Lv7　大地の勇者　補正数値＋140　魔法『メテオストライク』獲得
Lv8　天空の勇者　補正数値＋160　魔法『ライトニングレイ』獲得
Lv9　光輝の勇者　補正数値＋180　剣術『エレメントブレイク』獲得
Lv10　救世の勇者　補正数値＋200　魔法『アルテマテイン』獲得
称号のレベルを上げるには、多くの善行を重ねるべし！

……やってしまった～～～‼

弱者から勇者にしたのは、まずかったかな。でも、強者にしたら傲慢《ごうまん》な性格になりそうだし、仕方ないよね。両手両足復活は、端《はた》からみたら化物みたいになるけど、千切れたり木《こ》っ端微塵《ぱみじん》になったりすることはそうそうないし、みんなの目の前で起こらなければ大丈夫かな。あと、？？？って何だろう？　討ち滅ぼすだから、セオリーでは魔王関連だろうけど、『構造解析』でも表示されないのが気にかかる。この部分だけは、みんなに言わないでおこう。オーキス君自身には見えるから、いつか気づいて誰かに相談するだろう。

……はあ、みんなに報告するのが怖いよ。

「治療完了しました。もう大丈夫です」

「本当！　ありがとう、シャーロット！　オーキス〜元気になったんだよ〜」

リーラがオーキス君を抱きしめた。オーキス君の見た目で、明らかに回復したのがわかったんだろうね。オーキス君の母親も涙を流しながら、私に——

「ありがとうございます。ありがとうございます。奇跡《きせき》を見せていただき、ありがとうございます。聖女様」

と連呼していた。私、聖女じゃないんですけど。

「……う……あれ、ここは？」

「オーキス〜〜〜」

「え？　リーラ？？？」

「オーキス、私の目の前で、突然倒れたんだよ！　目が覚めて良かったよ〜〜！」

「なんか、この前と逆になっちゃったな。ごめんな、心配かけて」

うん、話し方も問題ないね。これで一安心だ。

20話　楽しい旅行日程終了

オーキス君が私の『構造編集』によって、無事に健康を取り戻した。リーラの抱きつきから解放されると、周囲を冷静に見渡し、自分が今どこにいるのかを悟ったようだ。

「ハロルド様、自分はなぜここに?」

「うん?　そうか覚えていないのか。これはソニアから聞いた話だが、君は自分の家を出た直後に急に苦しみ出した。顔から血の気《け》が引き、両手足が急速に萎《しぼ》み出し、歩行困難となったんだ」

「そうだよ、覚えてないの?　私とハステアさんの目の前で、どんどんおかしくなっていったんだよ。ソニアに診《み》てもらったけど、こんな病気は見たことがないらしくて混乱してた。だから、シャーロットに診《み》てもらった方が確実だと思って、ソニアにおんぶしてもらって、ここに連れてきたの。シャーロットには特別な力があって、どんな病気でも治せるんだよ!　聖女様より凄《すご》いんだよ!」

「オーキス、みなさまにお礼を言いなさい。特に、こちらにおられるシャーロット様は、あなたの命の恩人よ。私は混乱して何もできなかったけど、みなさんが冷静に対処してくれたおかげで助かったの」

オーキス君のお母さんは、ハステアさんという名前なんだ。自分の息子が目の前で急激《きゅうげき》におかしくなったら、誰だって混乱するよね。

そしてリーラ、『構造編集』について話していないけど、聖女より凄《すご》いというのは、あまり言わないでほしい。使い方次第では、確かに聖女を超えてしまうけどね。

「そうか、あまりの激痛《げきつう》で何が起こったのか、全然わからなかった。みなさん、ご迷惑をおかけして申し訳ありませんでした。そしてシャーロット様、僕の命を救っていただき、ありがとうございます」

オーキス君、この歳で何が起こったのか、きちんと把握《はあく》しているし、礼儀正しい子供だ。親御《おやご》さんが、きちんと彼を教育している証拠だね。

「私はシャーロット・エルバランと言うの。あなたの病気は、かなり特殊だったけど、もう完治したから大丈夫。あと、私は公爵令嬢だけど、リーラと同じくシャーロットで良いよ。話しづらいでしょ？」

「そう言ってもらえると助かりま……助かるよ。リーラも、様を付けると怒るんだ。あはは、普通、逆なんだけどね」

だろうね〜。私たちがまだ子供だから、そばにいるお父様たちも何も言わないんだろうね。横でハステアさんが、お父様に謝っている。

「オーキス、歩けるの？」

リーラがハラハラしながら、オーキスを見ている。

「多分、大丈夫。試してみるよ」

オーキス自身も、不安なんだろう。ゆっくりベッドから下りて、足に力が入るかを確認している。

「これは……うん、問題ない。普通に歩ける！　むしろ、前よりも力強さを感じる！」

うん、問題なく歩けている。もう大丈夫だ。さて、私はあれを言わないとまずいよね。言ってしまったら、別の問題が発生するけど。

「オーキス君も無事に治って良かった。それでシャーロット、さっきの説明の続きをしてくれないか？」

やっぱり、お父様も気になるか。さあ、覚悟を決めて話そう。

「わかりました。心して聞いてください。解析の結果、今回の原因は、二ヶ月前に負った大怪我《おおけが》の治療方法にあります」

「待ってください。息子の治療は、聖女イザベル様がなさってくれたんです」

ハステアさんが言いたいこともわかる。聖女に限って、そんな間違いを犯《おか》すはずがないと思っているんだね。『構造解析』で調べた限り、聖女だけが使える回復魔法というものは——多分存在しない。現在、そう呼ばれているのは、おそらくヒール系だ。精霊様がなぜ私に言ってくれないのか。おそらくこのヒール系の回復魔法は、教会内部で隠匿《いんとく》されているからだ。政治に関わることだから言えないんだ。資料がないのもそれが理由だろう。

「たとえ聖女様であっても、間違えることはあります。今回の『構造解析』の結果から、聖女様が使える回復魔法には二種類あることが判明しました。それは、イムノブーストとヒール系です。イムノブーストは、普段私たちが使用している魔法です。ヒール系は、大気中の魔素を使用して人間の身体を修復してくれる魔法で、身体に影響は一切ありません」

「「「なんだ（です）って！」」」

ハロルド様、マーサ様、ハステアさんの三人は初めて聞く情報だから驚くのも当然だけど、お父様だけは驚いていない。聖女の魔法について、うすうす勘《かん》づいていたんだろう。

「シャーロットちゃん、そんな魔法が存在するの？」

「はい、精霊様が教えてくれました。私とお父様、お母様も使えます」

「おい、ジーク、本当なのか！」

本来なら秘匿《ひとく》情報なんだけど、こういった状況の今、話しておかないとまずい。ハロルド様の威圧的な問い詰めに、目を閉じて考え込んでいたお父様も覚悟を決めたのか、みんなに話し出した。

「ああ、本当のことだ。九月以降に王都で開催される学会で、新規回復魔法『ヒール』について発表する予定になっている。シャーロットは『精霊視』を持っているから、精霊から回復魔法を教わり、シャーロット経由で俺たちも教わった。俺とエルサは、ヒールの上位魔法ハイヒールも使用することができる。実際使ってみたが、イムノブーストより不便な点は多いが、身体にまったく影響しないことがわかった。シャーロット、聖女様はヒール系を使用しなかったのか？」

ここからが重要な話になってくる。まずは全てを話そう。

「はい……聖女様はオーキス君の治療に、どういうわけかイムノブーストを使ったんです。その時点で、ヒール系の中でも最上位魔法に位置するマックスヒールを使えば、今回の問題は発生しませんでした」

精霊様の話では、イザベルはマックスヒールを使えるはずだ。

「そんな、聖女様はなんの恨《うら》みがあって……」

「あ、母さん、しっかりして！」

ハステアさんが崩れ落ちた。イザベルに恨《うら》みなんかない。理解していないだけだ。精霊様が教えた魔法をなんで使わないの⁉　聖女になれば、魔力量だって大幅に増加しているはずなのに！

「あ、ハロルド！　二ヶ月前に怪我《けが》を負ったのは、オーキス君だけじゃない。確か十五人ほどいたはず。えーと、正確には――」

マーサ様、気づいたのは良いけど、完全に把握《はあく》していないせいで、歯痒《はがゆ》い気持ちが顔に滲《にじ》み出ている。

「正確には十九人だ。重体三人、重傷十人、軽傷六人。オーキスは重体に位置していた。そうなると、残る二人の重体者も発症しているかもしれない」

ハロルド様、さすがだ。二ヶ月前のことなのに、きちんと把握《はあく》しているんだ。最悪なことを考えれば、怪我人《けがにん》全員が発症しているかも。全員をここに連れてきた方が良い。

「私の執務室に、当時のファイルがある。名前と住所は控えてあるから、私は急いで取りに行った後、怪我人《けがにん》全員をここに連れてくるよう、使用人総出で手配させる。ジーク、シャーロット、手伝ってくれないか？」

怪我人《けがにん》を救えるのは、私とお父様しかいない。ＭＰがもつかわからないけどやるしかない！

「任せろ！」

「お父様、私も頑張《がんば》ります！」


——ここからが大変だった。

二ヶ月前の事故で怪我をした人たちは全員、すぐに見つかった。

ただ、二人がオーキス君と似たような症状だった。急いでハロルド様の屋敷に運び込み、私が治療したおかげで、ギリギリのところで助かった。その後、十六人が立て続けに来たので『構造解析』を行い、異常のあった十人を、お父様と協力してヒールとハイヒールをかけた。残り六人に関しても、一応ヒールをかけておいた。

混乱していたので、使用人たちの前でユニークスキルを使ったけど、その後にヒールやハイヒールを使用したから、新規のスキルや回復魔法と思われているだろう。というか、全員が大慌《おおあわ》てで対処していったから、覚えてないかもしれないけどね。

治療途中、マジックポーションというMP回復薬を何度も飲んだせいで、お腹がガボガボになってしまった。でも、そんな愚痴《ぐち》も言えずに治療を続け、やっと終了したと思ったら、緊張の糸が切れたのか急に目眩《めまい》がして、そこで私の意識は途絶えてしまった。


目覚めると夜になっていた。

「あれ？　夜になってる！」

「シャーロット、良かった。ビックリしたよ、急に倒れるんだもん。お父様たちを呼んでくるね」

ここは、リーラの部屋だ。私はリーラのベッドで寝かされていたんだ。

確か、オーキスを除《のぞ》いた十八人の治療を終わらせた後……そこからの記憶がない。

みんな、どうなったのだろうか？　あれ？　なんか、ドドドドドという音が、どんど

ん近づいて来る。げ、この感じはまさか⁉

「シャーロット〜良かった〜、一生起きないんじゃないかと思って、お父さんは心配したぞ〜」

ぐえええー、お父様に抱きしめられた。苦しいー、息ができない〜。マーサ様、助けて〜。

――スパーンと、ハロルド様がお父様をひっぱたいた。

「ジーク、シャーロットを絞《し》め殺す気か！」

「は、すまんすまん。大丈夫か、シャーロット？」

もう少しで、窒息死《ちっそくし》するところでしたよ。

「……身体が少し重いですけど、なんとか大丈夫です」

「シャーロットちゃん、無理させてごめんね」

「緊急事態だったとはいえ、かなり無理をさせてしまった。すまない」

ハロルド様とマーサ様がしきりに心配してくれる。だが、お父様の心配は過剰《かじょう》だ。

「お父様、みなさんはどうなったんでしょうか？」

「大丈夫だ、完治したよ。全員、シャーロットにお礼を言っていたぞ。特に死ぬ寸前だったオーキスを含めた三人はな」

オーキス⁉　あ⁉

「お父様、オーキスはどこに?」

「ああ、父親のアルランドが漁業から帰ってくる時間になったらしいので、今日は帰ってもらったぞ」

う、帰っちゃったのか。今、ここにいるのは、お父様、リーラ、ハロルド様、マーサ様の四人。マーサ様もハロルド様から『構造編集』のことを聞いているから、ここでオーキスのことを話そう。

「オーキスに言い忘れたことがあります」

「言い忘れ? なんだい?」

「オーキスの病状について、緊急事態だったので、私の独断《どくだん》で編集しちゃいました。その内容を言ってません」

きっと聞いたら、違う意味で驚くだろうね……

「あ、そうか、それがあったか。あの後、すぐに十八人の患者の件で動いていたから、完全に忘れていた。それで、どんな症状だった?」

「症状は二つ、『精神大幅減弱』『両手両足欠損』。そして、称号は弱者でした」

う、空気が変わった。

「シャーロット、最後の一つの意味がわからないんだが?」

「なぜ、弱者という称号があるのか、私にもわかりません。ただこの称号のせいで、オーキスは今まで苦しんでいたはずです」

　そう、時間の関係で、弱者の効果を調べる暇《ひま》がなかった。なんせ、ステータス項目のほとんどが0だもん。私も焦《あせ》った。

「オーキスは、自分は弱いから人の何倍も努力しないとダメだって、よく言ってた。それって称号の弱者のせいだったってこと？」

「うん、おそらく。だから私は、『精神大幅減弱』を『精神攻撃無効』に、『両手両足欠損』を『両手両足復活』に、弱者を……勇者にしました」

　言った、言ってしまった。

「「「は？」」」

『精神攻撃無効』や『両手両足復活』の意味はすぐに理解できると思うけど、勇者だとそういう反応になるよね。

「ゴホン、シャーロット、弱者を何に編集したって？」

「……お父様、すみません、勇者にしちゃいました」

　ハロルド様もマーサ様も、ポカンとした顔で私を見ている。

「シャーロット、勇者って、絵本とかに登場する魔王を倒した英雄のあの勇者？」

「リーラ、うん、その勇者だよ。強者とか勝者とか王者とか考えたんだけど、弱者同様何らかの欠点があるかなと思って、ふと思いついたのが勇者だったの。勇者なら欠点なんかないからね」

本当にすみません。なにぶん、制限時間付きで、考える余裕がありませんでした。

「「「「えーーーーーーー」」」」

で——結局、オーキスはまだ六歳と幼いということで、当面は国王にも知らせず、この街で悠々《ゆうゆう》気ままに生活させようということになった。オーキス自身、今日か明日にでも自分のステータスを見て、新たなスキルと称号に気づいて驚くと思う。

ただ、しばらく気づかない場合もありうる。明日、オーキスとご両親が私にお礼するため、再度ここへ来るので、そのときにきちんと話すことにする。

「まあ、勇者に編集した以上、オーキスの人生も大きく変わってくるだろう。今後は、私とハロルドも、オーキスが勇者として動けるよう、色々と配慮していこう」

「ああ、『構造編集』で勇者になった点は、ここだけの秘密にしておけば、オーキスなら勇者として強い自覚と責任感を持って、エルディア王国のために働いてくれる。称号弱者のせいで、彼は人一倍努力していた。それがプラスとして働いてくれる。おそらく、大丈夫だろう」

「お父様、ハロルド様、私も精霊様から多くの魔法を教わって、オーキスを勇者にしてしまった分、責任を持って彼を助けていこうと思います」

うん？　お父様が固まった？　なぜ？

「ジーク、変な勘違《かんちが》いはするな。シャーロットはそういう意味で言ってないから」

「そ、そうか、そうだな、ハロルド。うん……そうだよな！」

う～ん、私の言い方からして、結婚とかを連想したのだろうか？

――う、何も食べてないからか、お腹が減ってきた。

「あの、お腹が空《す》きました」

「ああ、そうか、何も食べてないものね。勇者の話で色々と驚いて忘れていたわ。シャーロットちゃん、夜も遅いし、身体も回復していないから、軽くにしておきましょうね」

マーサ様、お気遣《きづか》いいただきありがとうございます。

ステータス画面を見ると、時間は二十一時になっていた。ステータス画面に現在の日時が表示されるのはありがたいよね。しかもタイマー設定できるし、凄《すご》く便利だ。

土精霊様の登場、急患オーキスの来訪、連発した怪我人《けがにん》の治療と、忙しい一日だった。

食事を軽めに済ませ、ベッドでリーラと勇者について語り合ってから、一緒に就寝《しゅうしん》した。

翌朝、ステータスから鳴るアラームで起きると、身体が軽くなっており、ＭＰも全回復していた。朝食を食べるため、リーラと一緒に食堂に行くと、お父様たちがなにやら話し合っていた。

まさか、また問題が発生したのだろうか？

「お父様、ハロルド様、マーサ様、おはようございます」

「シャーロットちゃん、おはよう。十時にオーキスたちが来るから、早速朝食をいただきましょう」

オーキスたちに勇者のことを話さないとね。

ただ、何を話していたのかが気になる。

「あの……お父様、何か問題が発生したんですか？」

「うん？　ああ、私たちが話し込んでいたから心配してくれたのか。ここでは、何の問題も起きていないよ。ただ、これから他の領で起こる可能性がある。もしくは、既に起こっているかもしれない。……聖女イザベルの件だ」

ああ、イムノブーストか。

イザベルが他の領でも、何も知らずにイムノブーストを多用していたら、大問題が発生する。

「シャーロット、回復魔法ヒールの件、急だが来月の学会で世間に公表する。ちょうど、ラルフの入学試験の合格発表日でもあるから、家族全員で王都へ旅行だ」

来月⁉　まだプレゼン用の資料が完成していないはず。

それに、ヒール系の回復魔法が身体に影響しないということを証明する手段が、きちんと見つかっていない。まだ、早いと思うけど……イザベルのことを考えると仕方ないか。

「お父様、資料は大丈夫なんですか？　いくつか解決すべき問題も残っていたはずです」

「ヒール系の資料に関しては、ガロウが一点見つけてくれたよ。ただ、ヒール系の身体への影響がないことを証明する方法が見つかっていない。発表日までに、見つけるしかない。聖女イザベルがイムノブーストを多用していたら、エルディア王国全土で、今回のようなことが発生する。早めに発表して、王城の魔法使いやギルドにいる冒険者にヒールを習得させておいた方がいい」

確かに、一理ある。

「お父様、私もお手伝いします。光の精霊様にお願いすれば、リーラやハロルド様、マーサ様も、一日でヒール系を覚えられるはずです。もちろん、適性は必要ですが」

今後、イムノブーストで被害が多発するのなら、リーラたちにも習得させておいた方がいい。

「シャーロットちゃん嬉しいわ。私もハロルドも適性があるから大丈夫よ。オーキスたちが来て、落ち着いたら教えてもらいましょう」

話が落ち着いたところで朝食を食べ、エネルギーを補給しておいた。旅行最終日、今日の十六時に帰る予定だから、それまでに要件を全て終わらせよう。

……十時きっかりにオーキス、ハステアさん、アルランドさんがやって来た。

私とお父様は、前もってハロルド様の執務室のソファにスタンバイしておいた。ハロルド様たちに連れられ、オーキスたちが入ってくる。全員が揃ったところで、オーキスとご両親から早速お礼を言われた。アルランドさん自身はその場にいなかったため、実感が湧《わ》かないようだけど、ハステアさんから状況を全て聞いたので、本来ならば昨日のうちにでも、ここへ来たかったらしい。

こうやってオーキスを見ると、髪の青はハステアさんから遺伝したもので、顔全体はアルランドさんから遺伝したのがわかる。アルランドさんは日焼けしているため、肌《はだ》は濃い茶色、眉も凛々《りり》しく、黒髪のイケてるオジさんてところかな。

「それでシャーロット、僕のステータスについてなんだけど……一応、両親には話しているんだ」

「あ、三人とも気づいているんだね。それなら話が早い。『精神攻撃無効』は、そのままの意味だよ。『両手両足復活』は、オーキスの手足がどんな状況に陥《おちい》っても、身体に影響なく再生する非常に便利なスキルなんだけど、なるべく人前では見せない方がいい。その意味はわかるよね？」

「ああ、わかるよ。僕の手足が回復魔法を使用せず、勝手に再生していくところを見たら……多分、何も事情を知らない人たちは、僕のことを化物扱いするだろう」

うん、頭の回転が速い。

「まあ、よほどのことがなければ、手足がなくなるという状況には陥《おちい》らないと思うけど。

問題は、称号の勇者だね。当初、弱者という称号だったせいで、どう編集するかかなり迷ったよ。弱者のように欠点ばかりの称号にはしたくなかったの。制限時間もあって、確実に欠点のないものを考えた結果――」

「それで……勇者になったと？」

「そういうこと。オーキス、ごめんね。あなたの人生を大きく変化させてしまったよ」

「いや、謝らなくて良いよ。むしろ、感謝しているくらいなんだ。僕はずっと父さんや母さん、リーラ、街の人たちを守る仕事に就《つ》きたいと思っていたんだ。勇者の内容を見て、衝撃を受けた。これから勉学だけでなく、身体を鍛《きた》えていけば、間違いなく強くなれる。シャーロット、勇者にしてくれてありがとう」

　オーキスは話しながら自分の両手を見て、力強く握り拳を作っていた。以前は弱者という称号のせいで、自分の弱さを気にしていた。でも今日からは、身体を鍛《きた》えていけばいくほど、強くなっていくことがわかったのだ。オーキスならば、立派な勇者になれると思う。

　そばにいるハステアさんとアルランドさんも、感動して泣いている。

「オーキス、私もこれから精霊様に魔法をいっぱい教えてもらうから、何か困ったことが起きたらいつでも言ってね。魔法のプロになって手助けするよ」

「ありがとう、シャーロット。そうさせてもらうよ」

「こらこら、二人とも!!　私だって光精霊様の加護があるんだから、オーキスを手助けするよ！　三人で頑張《がんば》ろう！」

私、リーラ、オーキスの三人は、互いに握手《あくしゅ》を交わした。

この瞬間、勇者オーキスという大切なお友達ができた。

もしかしたら、将来三人で冒険する日が訪れるかもしれないね。

続けて、お父様とハロルド様が、『聖女イザベルが使ったイムノブーストのせいで、エルディア王国に大きな災厄が訪れるかもしれないこと』をオーキスたちにも話した。災厄を最小限に抑えるには、ヒール系の回復魔法の使用者を少しでも増やさなければならない。そのために、来月の王都で開催される魔法学会に出席し、『イムノブーストの身体に及ぼす影響について』というタイトルで、新規回復魔法ヒールを大々的に発表することを伝えた。魔法学会出席の際は、必ずタイトルとあらすじを学会の主催《しゅさい》者側に提示しないといけない。タイトルの時点で回復魔法ヒールという文字があると、教会側に察知され、妨害《ぼうがい》行為が起こる可能性がある。最悪、私たち公爵家全員に暗殺者を送り込んでくるかもしれない。学会会場で、いきなり公表すれば、教会といえども何もできないだろう。

ただ、かなり危険な賭けだ。発表すると、聖女の重要性が薄れてくる。聖女という称号が付くことで、聖女本人に何かメリットもあるかもしれないけど、同じ魔法が普通の人々に扱えるようになれば、今よりも聖女の価値は確実に落ちるだろう。

学会の話が落ち着いたところで、リーラについている光精霊様に来てもらって、適性のあるハロルド様、マーサ様、リーラ、オーキスの四人にヒールを習得させた。さすがに今回は、上位に位置するハイヒールは習得できなかったけど。

昼食を挟み、全てを終わらせたのが十五時だった。

私が帰るまで少し時間があるので、私、リーラ、オーキスの三人は、庭の日陰にあるテーブルに着き、軽い雑談をした。話を進めていくうちに、リーラとオーキスがあまりにも仲が良く、私が少し蚊帳《かや》の外という雰囲気を感じたので、少しからかってみることにした。

「オーキス、あれから後遺症——何か違和感とかない？」

「違和感？　いや、普通の生活では大丈夫だよ。ただ、勇者のレベルのところでちょっと……。今は初級勇者なんだけど、称号のレベルが上がるごとに名称も変わってきて、レベル4以降になると、スキルや魔法も覚えていくんだ。その中には、シャーロットと同じ『精霊視』や転移魔法、レベル10にもなるとアルテマテインとかいうのもある」

転移魔法か、名前の通り、どんな場所にでも瞬間移動できる魔法なのかな？

「なんかカッコいいね。転移魔法って聞いたことないけど、凄《すご》いのかな？　どう記載されてるの？」

「それが名称だけで、どんな魔法なのかわからないんだ。まずは図書館に行って、魔法関連の勉強もしようと思ってる」

『構造解析』で調べようと思えばできるけど、このスキルに頼りすぎてもいけないか。

オーキスも、何も言わないからね。

「とにかく、後遺症もなく元気になって良かった。リーラが『オーキスを治して～』って、オーキスに抱きつきながら泣いていたのが印象的だったな」

「ちょっと、シャーロット！　なに言ってるのよ！」

「あはは、声は聞こえてたよ。でも、僕の病気の原因が、聖女イザベル様と聞いてビックリした。シャーロットは、凄《すご》いスキルを持っているんだね」

リーラが慌《あわ》てるところを見て、可愛《かわい》く感じる。オーキスも照れながら笑っている。

オーキスは勇者になったのだから、将来何か手柄を立てれば、国王陛下から授爵《じゅしゃく》する可能性だってあるよね。そうなったら、オーキスとリーラは結婚かな？

ていうか、私のスキルのことは、内緒にしてもらわないとね。

「スキルのことは誰にも言わないでね。お父様からも、きつく言われてるの」

「もちろん言わないよ。そうそう、マヨネーゼと魚の組み合わせを発見したのもシャーロットなの？　昨日の夜、父さんから勧《すす》められて試しに食べたけど、美味しかった」

「オーキスもそう思う？　これからはマヨネーゼの時代だよ！」

リーラ、自分が開発したかのように、胸を張って言ってる。まあ、みんなが気に入ってくれて、私としても嬉しいけどね。

「あはは、直感で実行したんだけど、本当に合うとは思わなかった。リーラも、試食でいっぱい食べてたよね」

「だって、あんなに美味《おい》しいの久し振りだったもん。一つ一つ味が、違うしね。改めて、魚って凄《すご》いと思った」

「リーラの言うこと、わかるよ。僕も、試食会に行きたかったよ」

その後、しりとりやあやとりの遊び方を教えて、一緒に遊んだりもした。

——そして、お別れのときがやって来た。この三日間、大変なこともあったけど凄《すご》く楽しかった。お父様が、ライダードラゴンのガイを召喚《しょうかん》したことで、帰る準備が全て整ってしまった。

周囲には、リーラやハロルド様、マーサ様、オーキスやハステアさん、アルランドさん、バーキンさんを含めた五人のドワーフたち、その後方にはソニアさんたち使用人がいた。

「シャーロット、オーキスを治してくれてありがとう。デザイン画、まだ修正しきれてないけど、シャーロットから貰《もら》ったメモ帳を見ながら修正していくよ。それで、もっと可愛《かわい》いものを自分でデザインして、バーキンたちに作ってもらうね」

そう。結局、三十点ほどあったデザイン画は、時間の関係で、全ては修正できなかった。だから、一つ一つ要点をまとめてメモし、リーラに渡しておいたのだ。あれで、なんとか製作していってほしい。

「シャーロットちゃん、あなたのおかげで、娘だけでなく、オーキス君たち領民も救われたわ。本当にありがとう」

マーサ様、領民を救えたのはみなさんの力があってこそ。私一人では、救えなかった。

「師匠、ミスリルの技術はもう大丈夫だ。俺たちが作ったはじめの製品は師匠に送るからな」

バーキンさんたちのそばには、土精霊様がいる。私の役目は、完全に終わったね。バーキンさんたちなら、すぐに私を追い越すだろう。

「シャーロット、僕を治してくれて本当にありがとう」

オーキス、これからどんどん強くなってね。

「ジーク、回復魔法の件、頼んだぞ。シャーロットは私の領の救世主だ。気をつけて帰るんだぞ」

「ああ、任せろ！」

「みなさん、ここで過ごした三日間、凄《すご》く楽しかったです！　それでは失礼します」

多くの人たちからお別れの挨拶《あいさつ》を貰《もら》い、私たちはガイの背中に取りつけられた籠《かご》の中に入り、エルバラン領へと帰っていった。

21話　結婚記念日と誕生日

旅行が終わって一週間、私は今、忙しい日々を送っている。基礎訓練や魔法訓練の合間《あいま》に、お父様とお母様の結婚記念日とお兄様の誕生日プレゼントを考えているからだ。

お兄様には『ミスリルの短剣』を作ろうと思っているけど、お父様とお母様のプレゼントが決まっていない。う～ん、何か実用的なものを作りたい。イヤリングと指輪は一度見せているから、再度作っても驚きが薄い。

どうせなら、驚かせてやりたい。ただな～、材料となるミスリルの屑《くず》が、どの程度の量を確保できるかわからないんだよね。仮に届いたとしても、製作途中でなくなったら最悪だ。だから、量がわかってから、きちんと何を作るのか考えた方が良いよね。

コンコンと、部屋のドアがノックされた。

「シャーロット、入っていいかな?」

お父様だ。

「いいですよ」

お父様、私の部屋に入ってくるのはいいけど、笑顔がどこか怖い。何か隠しているのがわかる。それに、右手に抱えている大きな箱は何？　厳重《げんじゅう》にテープで密封《みっぷう》されているけど。

「シャーロット、以前ミスリルの屑《くず》が欲しいと言っていたね」

旅行から帰ってすぐに言っている。プレゼントするにも、肝心の材料がないと作れないからね。

「はい、手に入ったんですか？」

うん？　そうなると、あの大きな箱の中身は、まさか！

「そうなんだ。通常ミスリルの屑《くず》は廃棄処分してしまうからね。イヤリングを作ったときから、廃棄せずに我が家に持ってくるようにお願いしておいたんだ。これは、その一部さ」

げ、一部！　お父様は箱を床に置き、テープを剥《は》がすと、中には袋が入っていた。袋の紐を解き、中を確認すると——大量のミスリルの屑《くず》が入っていた。おそらく、十キロはあるよね。どんだけ集めてるのよ。

「お父様、嬉しいです。これだけあれば、全員のプレゼントを製作できます」

「それは良かった。プレゼントを作ってくれるのは嬉しいけど、無理をしてはいけないよ」

「はい！　ありがとうございます。お父様も、学会発表頑張《がんば》ってください」

正直、あまりの多さに引いていたが、満面の笑みを浮かべておいた。

お父様が出ていったところで、それでは早速、まずは短剣を作ろう。

どうせなら、お兄様にしか扱えないようなものにしたい。日本の料理人専用の包丁を作る名人は、依頼人の店に行き、料理人の重心、癖《くせ》、手の動きなどを観察し、それを基に製作すると聞いたことがある。そうしてでき上がった包丁は、依頼人が使用すれば、力を入れずとも素材が紙のようにスパスパ切れるらしい。しかも、他人が扱うと、重心や手の動きがまったく異なることから、途端に切れ味が落ちるそうだ。

よし、善は急げだ！　訓練中のお兄様を『構造解析』しよう。部屋の窓を開けると、ちょうどお父様がお兄様と合流したところだった。そして、お互いに素振りを始めた。ここから構造解析開始！

おお、このスキルは本当に優秀だ！　お兄様の重心や手の握り具合、剣術使用時の癖《くせ》など、全てが網羅《もうら》されている。ある意味犯罪のような気もするけど、家族なので気にしない。これだけの解析データがあれば、お兄様専用の短剣が製作できる！

後は、デザインか。市場に流通している一般的な短剣を作っても意味がない。素材はミスリル、魔力を通し、イメージ次第で変形可能――そうだ！

ミスリルの内部構造をもっと頑強《がんきょう》にすればいい。ふふふ、前世の知識をフル活用して、最強の短剣を作ってやる。

前世の知識の中で、ミスリルに役立つもの――お！　カーボンナノチューブの構造を利用しよう。あの構造なら比較的シンプルだからイメージしやすい。確か、カーボンナノチューブを特殊な機器で圧縮《あっしゅく》させてでき上がる超硬度ナノチューブは、ダイヤモンドと硬度が近かったはず。シンプルな構造で面白かったから、構造自体をしっかり覚えている。

やり方としては、まずミスリルに魔力を通して内部を深く深く観察し、内部構造を正確に頭の中でイメージできるようにする。その後、カーボンナノチューブの構造をミスリルに置き換えることができれば、硬度が遥《はる》かに向上するはずだ。名称は、ミスリルナノチューブかな。

練習でミスリルナノチューブを製作した後、構造解析しないといけない。硬度が、元のミスリルより低下していたら、意味がないからね。そこで問題なければ、一部の屑《くず》たちを一つにまとめ上げ、超硬度ミスリルナノチューブに変化させていこう。そこまで到達できれば、これを基に短剣をイメージすれば良い。ある程度でき上がったら短剣を解析し、お兄様専用のものへと改良していけば良いかな。

お父様とお母様には、防具を作ろう。お父様には指輪と超硬度ミスリルナノチューブのマント、お母様には指輪とキャミソールだ。これから学会で王都に行くのなら、危険を伴《ともな》う可能性もある。それに大きな商売を始めるとなると、いずれお父様とお母様を襲ってくる連中だって出てくるかもしれない。強力な防具があった方が良い。ただ、私はまだ七歳だから、外観《がいかん》上は子供っぽくした方が良いよね。

ミスリルの短剣の鞘《さや》や柄《つか》の部分には、絵本に書かれていたカッコいいウルフの絵を描こう。マントには、エルバラン家の家紋《かもん》を入れよう。公式行事の場合、王族の男性たちは国の紋章《もんしょう》、貴族たちは家紋のついたマントを付けるしきたりがある。ただ家紋は、王族より目立ってはいけないので、紋章よりも一回り小さくするのが決まりだ。そこだけ注意しておけば良いね。

お母様のキャミソールは、ミスリルと同じ白銀色と無地の二つの細い肩紐《かたひも》を付けるくらいで、なるべくシンプルなものにすれば良いかな。

指輪は白銀色、外側には波打った線を入れて、その上に星や月のマークを刻めば、子供っぽくて良いよね。内側には、お父様とお母様の名前を刻んでおこう。このままだと、リーラが製作したものと似ているから、無属性の魔石を付けよう。この間マリルから貰《もら》った赤と青色の無属性魔石があるから、これを取りつける。マリルが弟と街の店をショッピングしていたら、六角形の小さな赤と青の魔石を見つけたらしく、イヤリングのお礼として貰《もら》ったんだよね。形として申し分ないし、大きさも一カラットほど。指輪にピッタリなサイズだ。お祝いの品としてバッチリだね。

お父様とお母様の結婚記念日を聞いたら、偶然《ぐうぜん》にもお兄様の誕生日と一緒だったから驚いたよ。いつも、お兄様の誕生日パーティーが終わった後、二人だけでワインを飲んでいるらしい。二人の誕生日は十二月とまだまだ先だから、今回の結婚記念日にこれらを渡そう。でないと、あのときのように残念な顔をされそうだ。

やることは多いけど、お祝いの日まで約一週間、必ず間に合わせてみせる。

——お祝いの当日、ギリギリだけど間に合った。最後には精霊様も力を貸してくれた。というのも、お父様とお母様のプレゼントに欠点が発覚したのだ。物理防御力は極めて高いけど、魔法防御力が弱い。物理ばかり考えていて、魔法のことをすっかり忘れていた。落ち込んでいるときに、精霊様たちが防具に全ての魔法属性を付加してくれたのだ。これは嬉しかった。精霊様たちにお礼を言いまくって完成したのが、この五品だ。

ミスリルの短剣
外観は、ただの子供っぽいミスリルの剣。
しかし、シャーロットが考案した超硬度ミスリルナノチューブでできており、その硬度はオリハルコンに匹敵《ひってき》する。魔力電導性も非常に高く、全ての魔法属性を瞬時に込めることが可能。兄ラルフのために全てを注ぎ込んだ短剣
ミスリルのマント
外観は、エルバラン家の家紋が入ったただのミスリルのマント。しかし、ラルフの短剣

と同素材で作られているため、非常に頑丈《がんじょう》。精霊により全魔法属性が込められており、魔法防御力もかなりのもの。父ジークのために全てを注ぎ込んだマント

ミスリルの指輪二個
リングの外側には紋様がデザインされており、内側にはジークとエルサの名前が彫られている。一つには青色の無属性魔石、もう一つには赤色の無属性魔石が取りつけられている

ミスリルのキャミソール
ラルフの短剣と同素材で作られているため、非常に頑丈。精霊により全魔法属性が込められており、魔法防御力もかなりのもの。母エルサのために全てを注ぎ込んだキャミソール

指輪はともかく、パッと見で短剣もマントも普通のものだ。

これなら問題ないと思う。マリルに用意してもらった箱にプレゼントを入れた後、マリルにラッピングしてもらった。三人とも喜んでくれるかな？

「お嬢様、お祝いの用意が整いました」

ドアの外から、マリルの声がした。

「マリル、ありがとう。手伝えなくてごめんね」

「お嬢様はいいんです！　準備は私たち使用人の仕事なんですから」

それもそうか。つい、気になって言ってしまった。

「それじゃあ、この箱を持ってもらおうかな？」

「わかりました。何を製作したのですか？」

「それは、まだ秘密だよ」

食堂に移動すると、既に三人ともテーブルに着いていて、笑顔で迎えてくれた。早速、お祝いの言葉とプレゼントを渡そう。というか、三人ともソワソワしているし、マリルの持っている箱を凝視《ぎょうし》している。

「お兄様、お誕生日おめでとうございます。お父様、お母様、結婚記念日おめでとうございます。一生懸命作りました、受け取ってください」

私は三人にプレゼントを渡した。……渡した時点で、お父様とお兄様が号泣している。

「うう、シャーロット～ありがとう。このときをどれだけ待っていたことか！　まずは、私から中身を拝見《はいけん》するよ」

お父様が箱を開け、中身を確認すると――

「これは、家紋入りのマントか。うん、いいな！　おお、こっちの小さな箱の中身は、青い魔石の付いた指輪か！　リーラちゃんが製作したものよりも、綺麗《きれい》でデザインもいい」

「はい、全てミスリルの屑《くず》で作りました」

あれ、お父様とお母様とマリルの表情が変わった。何か変なこと言ったかな？

「シャーロット、まさかとは思うが、このマントもミスリルの屑《くず》で？」

「はい。服やマントは、繊維状《せんいじょう》にしないといけないし、肌触《はだざわ》りなんかも考慮《こうりょ》したせいで、かなり手間取りました」

今回、私が新たに製作したマントとキャミソールは、ミスリルの内部構造を超硬度ミスリルナノチューブに変化させた後、硬度を保ったまま繊維状に変化させている。リーラはもちろん、多分、内部構造を理解しないと、ドワーフたちでも作るのは無理だろうね。

うん、まてよ？　まさかそうなると、マントとキャミソールは……？

「ねえ、シャーロット、私も開けさせてもらうわ」

お母様には、キャミソールと赤色の魔石が付いた指輪だ。なぜか、キャミソールばかり見ている。これはやっぱり？

「僕も中を見てみる。あ、綺麗《きれい》なミスリルの短剣だ。鞘《さや》にも柄《つか》にもウルフがデザインされている。刀身が白銀？　どこか普通のミスリルと違う気がするけど綺麗《きれい》だ。シャーロット、一生の宝物にするよ！　大事に保管しておかないと」

ちょっと、保管したら製作した意味がないよ！

「お兄様、身につけてくださいね。何かの役に立つと思います」

「そうだな。お守りとして、常に身につけておくよ。シャーロット、ありがとう。ところで、お父様、お母様、なぜ黙ったままなんですか？」

そうなのだ。二人とも、さっきからマントとキャミソールを交互に見て手触《てざわ》りを確認している。

「エルサ、一度試着したらどうだ？」

「そうね、ジークもつけてみたら？」

さっきから二人だけの会話になっている。お父様とお母様は、食堂を出ていった。

「ねえ、マリル、お父様とお母様どうしたの？　なんだか変だよ？」

「そうだな、さっきからおかしい。マリル、理由を知っているか？」

マリルは、申し訳なさそうに答えてくれた。

「えーと、ラルフ様、シャーロット様、ミスリルが武器や防具などに利用されているのはご存知ですよね」

「当然知っている。ミスリルは世界的に有名だからな。つい最近になって、シャーロットがミスリルの屑《くず》によるアクセサリーへの加工技術を開発してくれた。失伝していた技術が蘇《よみがえ》ったんだ。リーラやドワーフさんたちが喜び、現在も販売に向けて、技術を磨《みが》いている」

うんうん、ドワーフさんたちの技術が日に日に向上しているのは、精霊様経由で聞いているよね。

「その通りです。アクセサリーへの加工は、過去の文献から技術自体はありましたが、戦争などにより失伝しました。しかし、マント、キャミソール、ズボン、スカートといった服飾品《ふくしょく》関係は、現在まで一切開発されたことがありません」

なにーーー‼

「これまで多くの職人たちが、ミスリルでのコートやドレスの作製に挑戦していますが、成功者は誰一人いません。つまり、今回のマントとキャミソール製作は、前回のアクセサリー以上に驚くべき出来事なんです！」

しまったーーー！　ちょっと考えれば、わかることじゃん！　アクセサリーの時点でドワーフたちが苦しんでいたのに、さらにその上の衣類なんか、開発されているわけがない！　お兄様も、私と同じくらい大きく口を開けている。

「シャーロット、凄《すご》いじゃないか！　世界初だぞ！」

「え、えーと、そのありがとうございます。お父様とお母様に喜んで欲しいと思って作ったのが、世界初とは思いませんでした」

「シャーロット様、これは服飾関係を目指す人たちにとって大ニュースです」

ヤバイ、恐ろしいものを作ってしまった。当然、商売に走るよね。ミスリルナノチューブのことは内緒にしよう。もし、また作ることになったら、普通の繊維構造で作ろう。

あ、二人とも戻ってきた。

「シャーロット、このキャミソール、凄《すご》くいいわ。肌触《はだざわ》りも最高よ。元がミスリルとは思えないわ」

「私のマントも最高だぞ！　シャーロット、マリルから聞いたと思うが、ミスリルのマントもキャミソールも世界初のものだ。回復魔法の学会発表が終わったら、次はミスリルのアクセサリーと服を、ハロルドと共同で大々的に発表しよう」

ああ、なんか凄《すご》く大事《おおごと》になってきた。回復魔法が終われば、服飾関係か。お父様とお母様に、また負担《ふたん》をかけてしまう。まあ、こういう負担ならいいのかな？

22話　学会発表

結婚記念日と誕生日パーティー以来、お父様、お母様、お兄様の機嫌が非常に良い。理由は、私からのプレゼントだ。お父様は、自室でマントを見ながらニヤニヤしており、お母様はキャミソールを三日連続で着ていたことが発覚し、使用人たちから咎《とが》められていた。

お兄様は、短剣術を身につけようと、お父様や使用人たちから短剣の扱い方を学びはじめた。訓練中、短剣の斬れ味があまりに良すぎたため、私のもとへ駆け込んできたこともあった。なんでも、誤って短剣を放り投げてしまったら、庭に置いてあった廃棄予定の錆《さ》びた鋼鉄製の鎧を貫いたらしい。ミスリルは鉄を貫けるが、それは使用者の力量も関係してくる。なんの力も入っていないすっぽ抜けて飛んだ短剣が、サクッと貫通したことから、その場にいた全員が驚いたそうだ。短剣は、家に保管されている剣を構造解析しながら製作しているので、斬れ味自体はドワーフ製のものと変わらないよと説明すると――

「『構造解析』、優秀すぎる」

お兄様が呟《つぶや》いた。この説明は本当のことなんだけど、本当の理由は短剣の硬度がオリハルコンに匹敵《ひってき》しているからだ。余計な混乱を避けるため、言ってないけどね。

パーティーが終わってから、私はミスリルの衣服をどうやって製作するのか紙にまとめて欲しいと言われたので、現在デザイン付きでまとめているところだ。デザインを描いていて気づいたのは、ミスリルの通常構造や繊維状にしたときの構造ならば、上手に描けるんだよ。でも、お父様やお母様の似顔絵や日本のアクセサリーや風景などを描くと、恐ろしく稚拙《ちせつ》になる。マリルに見てもらったら、「同じ人が描いた絵とは思えません」と言われた。

……解《げ》せない。

まあ、今回のミスリルのおかげで、魔力を通せるものなら、内部構造をイメージできることがわかったから良いけどね。それを絵として綺麗《きれい》に具現化させる方法もわかったし、中の構造を編集することもできたので、私が地球の女神様に言った願いは叶《かな》ったことになるのかな。

——と、こんな感じに楽しい日々を過ごしていたら、学会出席のため家族全員で王都へ出発する日がやってきた。

ただ、このギリギリの段階になっても、お父様たちが抱えている問題は解決していない。『重傷以上の患者にイムノブーストを使用してはいけない』。これは他の学者たちからも報告されているため、世間に認知されつつあるから良いけど、ヒール系回復魔法がイムノブーストとは異なり、身体になんの影響も与えないことを証明する手段が見つかっていない。

出発日の朝、私も自室で考え込んでいるところだ。これまで書庫を漁《あさ》ったり、精霊様とも相談したけど、出席者たち全員を納得させられそうにない。政治的な面から、精霊様が言えない以上、私たちが『精霊様から聞いた』と言っても、ある程度は信用されても、インパクトに欠ける。誰からも、絶対に大丈夫と認識されないといけない。

完全に手詰《てづ》まり状態だ。ここは初心に戻って、少しステータスを確認してみよう。……あれ？　イムノブーストの説明欄が変わってる？　誰が変えたの？　もしかして、ガーランド様？

答えは目の前にあったんだ！　これは盲点《もうてん》だった。急いで、お父様に知らせよう！

部屋を出ていき、ノックするのも忘れて、お父様のいる執務室に駆け込んだ。

「お父様！」

「うお！　シャーロットか！　きちんとノックしないとダメじゃないか！」

私が慌《あわ》てて駆け込んだせいで、椅子にもたれて考えていたお父様がひっくり返りそうになった。

「あ、すみません。それより、重大なことがわかりました！　急いでステータスのイムノブーストとヒールの説明欄を見てください」

「ステータスの説明欄？　――説明内容が変化している。しかも、この内容は⁉」

「ふと思ったんです。このステータス欄、誰が作ったのかなって？」

「何を言ってる？　ガーランド様に決まっているじゃないか……あ！」

お父様も気づいてくれた！

「ククク、アハハハハハ、シャーロット、お手柄だ！　これで、学会の出席者や教会連中を納得させられるぞ！」

その後抱きつかれて、胴上げされた。お父様の騒ぎを聞きつけたお母様とお兄様、使用人たちが駆けつけたとき、お父様に強く強く抱きしめられていた私は、危うく圧死するところだったが、お母様によって助けられた。

「あなた～、シャーロットを殺す気ですか～？　事情を聞きましょうか～？」

ふう、三途《さんず》の川が見えたような気がしたよ。

「あ、すまん。これまで抱えていた問題が一気に解決したから、つい……な」

「解決？」

「ああ、さっきシャーロットに言われて、イムノブーストの説明欄を見ると、内容が変化していた。そして、シャーロットに『ステータス欄は誰が作ったの？』と問われて気づいたんだよ」

「あ、ガーランド様ね！　ふふふ、なるほど、そこを指摘すれば……」

「そうか、僕たちの目の前に答えが……」

お母様もお兄様も、驚いた後に微笑《ほほえ》んだ。

全員が気づいてくれた。これで戦いの準備が整った。


ライダードラゴンのガイに乗ったことで、二時間ほどで王都に到着した。降り立った場所には、他の貴族たちの従魔もいたので、ここは従魔発着場なんだろう。すぐ近くには、別邸を管理している使用人が待っていて、ガイと別れた後、別邸までは王都を見学しつつ、馬車で向かった。

別邸に到着すると、敷地全体が綺麗《きれい》に管理されていることがわかった。庭の花々が咲き乱れ、雑草などの余計なものはほとんどが刈り取られているし、なによりも見ていて飽きない。本当に、見事としか言いようがなかった。そのことを使用人の五十歳くらいの男性に伝えると、

「シャーロット様にそう言っていただけるとは……私も感無量《かんむりょう》です」

と言ってくれた。なんと、尋《たず》ねた使用人こそが、庭師の仕事もしていたのだ。他の使用人も、私の一言でニコニコ微笑《ほほえ》んでくれた。

建物は実家よりも少し小さいけど、バランスの取れた良い家で、中に入るとインテリアの高価な壺、絵画、甲冑《かっちゅう》類なども絶妙な配置となっており、清掃も完璧だった。王都の別邸の使用頻度《ひんど》は、月に四～五回ほどと聞いているけど、使用人たちが敷地全体にどれだけ気を配《くば》っているのかが良くわかった。

ここでなら、今日から七日間、快適に過ごせそうだ。確か、二日目に入学試験と学会発表、五日目に入学試験の合格発表があるんだよね。

私が内部をチョコチョコ見ているうちに、お父様とお母様は、使用人に今日の夕食時間や今後のスケジュールのことを伝えると、明日に控えた学会発表の最終調整のため、執務室にこもった。お兄様は明日の朝に入学試験があることもあって、筆記と実技の総復習を行うべく、自分の部屋にこもった。

私にも専用部屋があるらしいので、そこに入ったのは良いんだけど、やることがない。

私はお父様の発表を見るだけだし、手伝えることもない。

「お嬢様、飲み物のレントンジュースを持ってきました」

あ、マリルの声だ。実家にいた使用人の中でも、マリルだけは私やお兄様の専属使用人になっているので、一緒に来てもらった。マリルの弟さんは、もう十三歳できちんと働いているらしく、一人にさせてもまったく問題ないという。平民の中には、資金面で学校に通えない子供たちも多いようで、そういった子たちは十二歳から街の店などで働くそうだ。

「入って良いよ～」

マリルが、机の上にレントンジュースを置いてくれた。

「マリル～暇だよ。イザベルに会いに行っても良いかな？」

「絶対ダメです。というか、会えません」

だよね～。

「暇だし、何か製作しようかな？」

「ダメです。ここで、情報が漏れたら大変です。今回はおとなしくしていてください」

う、そうなると何もできない。下手に出かけて、誘拐騒ぎでも起きたら大変だ。

「仕方ない、今日一日、読書や訓練をしておくよ」

「はい、一日だけの辛抱《しんぼう》です。明日になれば、学会会場に行けますし、そこから色々騒がれると思います」

「そうだね。なんか、『束《つか》の間の休息』のような気がしてきた」

「あはは……そうなりますね」

結局、今日は一日一人で読書と訓練に励んだ。


――そして、お兄様の入学試験、お父様とお母様の学会発表の日になった。私は、お父様とお母様の発表を目の前で聞きたいので、一緒に行くことにした。

「シャーロット、あの約束を覚えているよね？」

これから出かけようと玄関で靴《くつ》を履《は》いたとき、お兄様から問われた。あの約束が何なのか。もちろんわかっている。

「覚えていますよ。首席合格なら、私とリーラがお兄様のほっぺにキスしてあげます」

「よし、やる気が出てきた〜〜。頑張《がんば》るぞ〜！」

お兄様、元気なのは良いけど、隣のお父様が恐ろしい目付きで睨《にら》んでるよ。

「ラルフ、頑張《がんば》ってこい。……悔《く》いのないようにな」

「ラルフ、キスのために頑張《がんば》りなさい」

「お兄様、頑張《がんば》ってください」

「はい！」

こうしてお兄様は、意気揚々と徒歩《とほ》で学園に向かっていった。

「さあ、私たちも学会会場に行こう」

学会会場はここからだと徒歩で一時間かかるので、私たちは馬車で行くことになった。

王都に来るのは、祝福以来二年振りとなる。まず、驚いたのがカレーライスだ。昨日、別邸まで馬車で来たけど、道中にあった多くの食事処《どころ》の看板に『王都名物カレーライス』と記載されていた。しかも値段が銅貨三枚（三百円相当）と、かなりの安価だった。カレーライス以外にも屑肉《くずにく》を使用したと思《おぼ》しき見慣れない料理名がチラホラあった。昨日は他にも色々と見ていたので、質問できなかったけど、今なら良いよね？

御者《ぎょしゃ》をしている十五歳くらいの男性使用人に聞いてみる。すると、材料には野菜類と屑《くず》肉《にく》が使われており、安価な割に非常に美味であるため、最近の平民や貧民にとってカレーライスは必須の料理ですと言葉強めに言ってきた。

その後も、カレーライスがいかに素晴らしいか、二年前に四人の女の子によって開発されたことなどを、ペラペラ話してくれた。そして最後に、その使用人さんは、トンデモナイ言葉を私に言った。

「カレーライスの開発者である四人の女の子たちは、貧民の間では聖女扱いされています。名前がニナ、エリア、カイリ、シャー――」

私の名前があることに気づいたのか、急に黙った。そして、開発者の一人だと悟ったらしく、突然馬を停め、猛烈にお礼を言ってきた。どうやら彼は、最近になって我が家の使用人になったらしく、それまでは貧民街にいたそうだ。二年前の料理開発以降、貧民街の生活環境、特に食事面が著《いちじる》しく向上したことで、みんなにやる気が漲《みなぎ》り、自分たちで周辺のドブ掃除などを行《おこな》ったり、職場を探したりと積極的《せっきょくてき》に動くようになったという。おかげで、住環境も改善し、貧民街なのに非常に住みやすくなったようだ。彼自身も、カレーライスや屑肉《くずにく》のおかげで、健康に動けるようになり、我が家の使用人におさまることができたそうだ。

「シャーロット様、俺は使用人として、これから精一杯頑張《せいいっぱいがんば》ります。よろしくお願いします」

「う、うん、お互い頑張《がんば》ろうね」

「あ、ジーク様、申し訳ありません。馬車を動かします」

かなりの熱弁だった。それだけ私に感謝しているということか。カレーライスと屑肉《くずにく》だけで、聖女扱いとは……想定外だね。

「ふふ、シャーロット、あなたが開発した屑肉《くずにく》の調理法は、王都だけでなく、周辺の街や村にも伝わっていて、一帯の生活環境が大幅に良くなったそうよ」

「国王陛下も大喜びだ。おそらく、今回の学会発表終了後、何も起きなければ、王城へ行くことになるだろう」

「王城⁉　私もですか？」

「もちろんだ」

思いつきでやったことが、王城に呼ばれるまでになるとはね。今後、お父様だけでなく、私も注目を浴《あ》びてしまいそうだ。

――二十分ほどすると、馬車が停まった。いよいよ、学会会場に到着したんだね。

「さあ、到着だ。ここで発表するんだ」

馬車を出て見上げると、一際《ひときわ》大きな建物があった。

「こんな大きな場所で、お父様とお母様は発表するのですか？」

「シャーロット、今回の発表は私一人でやる。エルサには、隣で補助をしてもらうよ」

なるほど、その方が効率的か。

「私に、何か手伝えることはないですか？」

「ふふ、大丈夫よ。シャーロットは、最前列の席で私たちを見ていてね」

「わかりました。お父様、お母様、頑張《がんば》ってください」

これだけ大きな建物だと、学会の規模《きぼ》も相当大きいだろうから、イザベルも見に来ているかもしれない。魔法学会だから、聖女にも大きく関係してくるはず。

うん、あれ？　会場入口にいるのは、もしかして光の精霊様？　なんか、猛烈な怒気《どき》を感じるんですけど？

「シャーロット～、いよいよジークたちがあれを発表するのね。会場の中は準備万端《ばんたん》よ。

ジークとエルサの頑張《がんば》りを評価して、二人には光の精霊の加護を与えておいたわ。ふふふ、私の姿を見て呆然としているわね」

そう言われてお父様たちを見ると、大口を開けたままフリーズしていた。

「「あ……せ……精霊様！　加護を与えていただきありがとうございます！」」

「ふふ、良いのよ。あなたたちのおかげで、こちらとしても色々と助かったから」

「「はい！」」

お父様とお母様がここまで緊張するなんて、それだけ精霊様は偉大《いだい》なんだ。う～ん、私は今まで友達として接してきたから、緊張とか全然しないや。

「そうだわ。シャーロット、聞いてよ！　イザベルはもう来てるんだけど、あいつムカつくのよ！　せっかく顕現したのに、軽い挨拶《あいさつ》だけで後は無視よ。こっちは重要なことを知らせようと思ったのに、もう金輪際《こんりんざい》関わりたくないわ！」

何をやっているんだ、イザベル！　精霊様を怒らせたら、最悪、魔法が使用できなくなるのに！

「他の精霊様方に対しても、その態度なんですか？」

「そうよ。一週間前から重要な知らせを彼女に教えようと思ったのに、誰が話しかけても、その態度。もう全員、愛想《あいそ》が尽きたと言ってるわ。私と同じで二度と関わりたくないって。最後に『もう、知らない！　二度と会うことはないから』って言ったら、なんて返したと思う？」

嘘〜〜、全員が愛想《あいそ》が尽きたの⁉　もうここまで来たら、嫌な予感しかしない。

「今までの非礼《ひれい》を詫《わ》びたとか？」

「は、まさか！　『あっそ』で終わったわ」

最悪だ。あまりにも失礼すぎる！　光精霊様、まだ文句を言いたそうだけど、急に深刻な表情になった。まだ、何かあるんだ。

「シャーロット、ジーク、エルサ、今から言うことは、全て事実よ。心して聞きなさい」

精霊様から感じる雰囲気、絶対良くないことだ。私は、お父様とお母様の顔を見て、聞く覚悟を決めた。イザベルに言おうとした重要な知らせというのも気にかかる。

「わかりました。全てを受けとめます」

「人間が開発したイムノブースト、つい最近まで私たちも、危険はないと思い込んでいたわ。二年前にシャーロットが指摘してくれたけど、私たちは聖女なら大丈夫でしょうと思って、イムノブーストの危険性を指摘せず、軽い気持ちでヒールのことをイザベルに教えた。でも、イザベルに関しては初対面の時点で、印象が最悪だった。ヒール系の話をしても世間話をしても、私たちのことを鬱陶《うっとう》しい存在としてしか見ていなかった。だから、この二年間、イザベルが何をしていたのか、ほとんど見ていなかったの。一応、月一回程度会いに行っていたけどね。一週間前、イザベルが街の視察から帰ってきたとき、風精霊人《にん》が『治療の際、ヒールを使用しているの？』と尋《たず》ねたの。そしたらあの子、全ての怪我《けが》人をイムノブーストで治療していたのよ。そのとき風精霊は、『聖女のイムノブースト多用に問題はないのか？』と、ふと疑問に思ったらしくて、ガーランド様に尋《たず》ねたの。ガーランド様自身、多くの仕事をしているから、イムノブーストに関してはすっかり忘れていたみたいで、改めて見直したのよ」

……嫌な予感がする。

「そしたら、聖女であってもイムノブーストを使用したら、必ず副作用が起こるとわかったわ。だから、急遽《きゅうきょ》ステータスの説明欄に補足《ほそく》しておいたの。でも、この二年間、イザベルはイムノブーストで全ての怪我人《けがにん》を治療してしまった。もう、その影響は出ていて、多くの死者が出ている。各村や街での死者数が少ないせいで、国民たちがイムノブーストの副作用と気づいていないのよ」

最悪の事態だ！　お父様もお母様も、顔が真っ青になってる。

「問題はここから！　これまでの怪我人《けがにん》の『怪我《けが》の程度』『治療日』から計算すると、大規模な副作用の発症が、近日中に起きることがわかったの。しかも、エルディア王国全土でね！　今、この時点でその人たちにヒールをしても効果がないの。症状が出てからでないと意味がない。だからこそ、イザベルに教えて犠牲者《ぎせいしゃ》を最小限に抑えようと考えているのに、あの子は私たちの話を聞こうともしなかった。本来なら、魔法もスキルも使用禁止にしたいところだけど、緊急事態でもあるから、なんとかしてあの子に、この情報を伝えたいのよ」

あ、じゃあ、私が伝えれば良いのか！

「それなら、私が伝えます。ただ、精霊様もイザベルと話し合って協力してあげてください」

「う……確かに……わかったわよ。私たちにも一部責任あるからね。シャーロットがイザベルを説得した後に、私たちも彼女と会ってみるわ。シャーロットには、色々と迷惑をかけるわね。今回の学会で、イザベルはあなたに気づくだろうから、多分明日にでも、あなたの家へ訪れるはずよ」

王国全土となると、イザベル一人では対応できない。だから、光精霊様はお父様とお母様に感謝して、加護を与えたんだね。

「わかりました、彼女と会い次第、全てを伝えます。精霊様にも責任があったとしても、元々は自分の犯した罪なんですから、自分で償《つぐな》わせないといけません」

「そうよ！　被害を最小限に抑えるためにも、今日の発表、私たちが全力でアシストするから頑張《がんば》りなさい！」

「ありがとうございます光精霊様！　お父様が必ず成功させて、多くの者たちにヒール系を習得させますよ！」

王国にとって、危機が訪れようとしている。魔力の多いイザベルと協力して立ち向かわないといけない。まずは、この発表を成功させないと！

「それじゃあ、先に会場に入ってるからね～～」

一気に緊張が増した。私ですらこうなんだから、お父様とお母様は、相当な重圧があるはず。

「ジーク、大変なことになったわ。近日中となると、学会発表が終わり次第、国王陛下に会わないといけない」

「ああ、副作用発生日までに、どれだけヒール系の使用者を増やせるかが鍵だ。さあ、私たちも行こう！　今回の発表、必ず成功させるぞ！」

「ええ！」

お父様とお母様が、これまで以上に燃えている。精霊様は、こうなることを見越《みこ》して、事前に言ったんだね。多くの人々を救うためにもやるしかない！

会場の中に入ると、静かだった。

会場自体は、大学の教室と似ていて、発表者のいる演壇《えんだん》から階段上に座席が設置されている。ただ、その規模が大きい。数百人の出席者がいると思う。

全員が発表者の話を真剣に聞いている。この雰囲気は、日本の学会と同じだ。ここで、お父様が発表するのか。ヒールの文献もギリギリで手に入ったし、イムノブーストとヒール系の決定的違いを証明することもできた。後は、お父様がどれだけ上手く発表するかにかかっている。

えーと、イザベルはどこかな？

あ、いたいた。うわあ、会場の中心に位置する貴賓席《きひんせき》にいるよ。あの周囲だけ護衛もいるし、席も豪華だ。あれ、なんか顔がきつくなった？　どこか、傲慢《ごうまん》さを感じる。見た感じ、聖女には見えない。隣にいる五十歳くらいの男性は、ガーランド教のお偉いさんかな？　外見《がいけん》だけで、威圧感がある。護衛がいるんだから、教皇様か枢機卿《すうききょう》様かな？

おっと、お父様とお母様が用意してくれた席に、私も行かないとね。発表者側だから、最前列に座れるのはありがたい。お父様の番が来るまで、しっかりと聞かせてもらおう。

う〜ん、さっきから発表している人たち、明らかにイザベルと隣のお偉いさんを意識している。雰囲気に呑《の》まれたら、質疑応答で答えられないよ？

——あちゃあ、やっぱり思った通りの展開だ。

出席者たちの鋭い質問に発表者は答えてはいるけど、その答えが質問内容からズレている。これでは、みんなが納得しない。学会では、あまりの緊張で質問内容を誤解し、見当違いのことを言う人が稀《まれ》にいる。あの発表者、三十歳くらいの女性か。周囲からの評価は下がったね。本人も、それがわかっているからか、意気消沈《いきしょうちん》して演壇《えんだん》を離れていった。一人につき、発表十五分、質疑応答五分、合計二十分。このたった二十分で評価が大きく変化する。

その後、二人の人間が発表したけど、無難《ぶなん》な内容だったせいで、みんなの反応も薄い。次がお父様の番なのに、流れが悪いな～。お父様も周囲の雰囲気を窺《うかが》ってる。お父様の発表するタイトルが『イムノブーストの身体に及ぼす影響について』と少し平凡な感じだから、内容次第では出席者たちがすぐに席を離れるかもしれない。

司会の人から、お父様の名前が呼ばれた！　いよいよ、発表だ！

この流れの悪い状況で、どう進めていくのか、しっかり聞こう。発表者には、拡声魔法が付与された魔導具が渡される。お父様が、魔導具を身につけた。

「これより、ジーク・エルバランが発表させていただきます。まず、記載されているタイトルに誤りがあることをお許しいただきたい。正式なタイトルは、『イムノブーストの危険性と新たな回復魔法の発見』です」

この瞬間、会場がざわついた。よし、出席者たちが食いついた！

「結論から言います。私は、五百年前の文献を手に入れました。その文献には、ある回復魔法の名前が書かれていました。その名は『ヒール』です。文献を読んだだけではヒールを獲得できませんでしたが、知り合いに光精霊様の加護を持った方がいたので、その方の力を借りて光精霊様と話すことで獲得することができました。ヒールは、大気中の魔素を使用することで怪我《けが》の部位を治療します。イムノブーストと違い、身体に一切の負担をかけません！」

お父様、いきなり結論を言ったよ。『精霊視』のことは言えないので、少し嘘を混ぜている。光精霊様の加護を持った人は知り合いに本当にいるからね。それにしても、練習したおかげか、かなり順調に話せている。会場の人たちも、『ヒールの習得方法は？』と目で訴《うった》えており、真剣に話を聞いている。イザベルだけは欠伸《あくび》をして半分寝ているけどね。隣にいるお偉いさんは、驚いた顔をしながら話を聞いている。

「言っただけでは信じてもらえないでしょう。そこで、今ここでヒールを習得しませんか？　実を言いますと、私とここにいる妻のエルサは、研究を続けていた際、光精霊様の加護をいただきました。今回、多くの光精霊様に来ていただいております」

そう、私から見たら、周囲には五十体近くの光精霊様がいる。しかし、加護を持っていない人たちには見えていない。つまり、私とお父様、お母様以外の出席者たちには見えていないのだ。

あ、魔導具をお母様に渡した。ここからは、お母様が話すんだね。

「みなさま、この周囲には光精霊様が数多くおられます。光の魔法属性に適性がある方なら、ヒールを習得できる可能性があります。さあ、適性のある方はお立ちください」

お母様の優しい声が会場を包み込んだ。周囲が騒ぎ出す。

『今ここで手に入るのか！　もちろん立つぞ』

『俺もだ！』

『私も！』

次々と立ちあがった。ざっと見た限り、四十人ほどいる。

「光精霊様、顕現していただけませんか？」

「「いいよ〜〜〜〜〜〜」」

おお、凄《すご》い、なんて幻想的な光景。光精霊様たちが輝きながら、上方を漂っている。出席者たち全員が、この光景に見惚《みと》れている。あ、違った。イザベルだけは寝てるよ。

「それではみなさん、私の言う通り詠唱《えいしょう》してください。今から周囲の淀《よど》んでいる空気を回復させます。これで、習得が可能です」

『神聖なる光よ、踊れ、周囲の淀《よど》む空気を癒《いや》せ』

立っている人全員がお母様と同じく呪文の詠唱を開始し、周囲が光輝いた。——そして、会場内の空気は一斉に浄化されたことが一目瞭然《いちもくりょうぜん》だった。

この会場全体となると、お母様一人では無理だけど、これだけの出席者たちがいれば、浄化は可能だ。

「おー、ヒールを習得したぞ！」

「私もよ！」

「俺もだ！」

やった、想定通り、立っている人全員がヒールを習得した。

「光精霊様、ありがとうございます」

「このくらい、いいよ～」

「——待てい！」

そのとき、大声で叫《さけ》ぶ人がいた。イザベルの隣にいるお偉いさんだ。

「私もヒールを習得した。それ自体に問題はない。そして、ここ最近の研究でイムノブーストの使用が危険視されているのもわかる。だが、ヒールが身体の負担にならないことをどうやって証明するのだ！」

「そうだよ」

「どうやって証明するんだ」

「説明して欲しい」

ふふふ、その質問も想定済みです。あ、お父様が魔導具を持った。

「その意見はごもっともです。私も、それをどうやって証明するか、非常に悩みました。しかし、その答えは目の前にあったんです。私の七歳の娘の一言で、一気に解決しました。みなさん、ステータスを開き、イムノブーストとヒールの詳細を見てください。それが答えです」

お父様の指示により、ヒール所持者全員がステータスを確認した。

イムノブースト：消費ＭＰ２
回復速度　傷の度合いに関係なく10秒で完治
【ただし怪我《けが》については、軽傷のみ使用すること。重症以上の怪我《けが》を負った場合でも瞬時に治るが、その場合、患者の寿命《じゅみょう》が大幅に減少する】

ヒール：消費ＭＰ10
回復速度　一回の治療時間は30秒　一回の使用で、ＨＰ１００回復、簡単な骨折なら治療は可能
【大気の魔素を用《もち》いて治療するため、患者の身体に一切負担をかけない】

私が初めてイムノブーストを獲得したとき、こんな記載はなかった。ガーランド様自身も気づいていなかったのだ。イムノブーストは、昔の有名な魔法使いが開発したものと文献に書いてあった。当時は危険視されてなかったから、一気に世界に広まり、そしてヒールが廃《すた》れていった。今回のことでガーランド様が修正してくれたんだ。

「こ…こ……これは！！！」

さっきのお偉いさんが、驚きの表情をしていた。なにせ、ステータスに記載されてるんだから、否定しようがない。否定すれば、ガーランド様を否定するのと同じだ。

それはガーランド教である以上、絶対できない。

「みなさん、わかってもらえたでしょうか？　自分自身のステータスに記載されている情報は絶対。ガーランド様が作られたのだから、間違いはない。これが証拠です」

パチパチと、誰かが拍手《はくしゅ》を始めると、やがて全員総立ちで拍手《はくしゅ》を送った。

「凄《すご》いぞ～、革命だー！　ジーク・エルバラン、あんたは凄《すご》い！　ジーク・エルバラン」

「ジーク・エルバラン」

「ジーク・エルバラン」

しばらく名前が連呼されたが、お父様が右手を上げたことで次第に落ち着きを取り戻した。

「みなさん、私たちは一週間、王都の別邸にいます。そちらに来ていただければ、私と妻のエルサ、娘のシャーロットがみなさまに無償《むしょう》でヒールを教えます。また、回復魔法はヒール以外にも、ハイヒール、マックスヒール、リジェネレーションなどがあり、私、エルサ、シャーロットはハイヒールまで習得しています。ハイヒールを習得できる方もおられるかもしれませんので、出席者の方々、自分の知り合いや周囲の人々に、今回の発表を教えてあげてください。今回の発表を機に、重い怪我《けが》の治療にはイムノブーストを廃止《はいし》して、ヒール系を使用していきましょう！」

「「「「お～～～ーーー」」」」

やった大成功だ！　これでヒール系の回復魔法も、エルディア王国を中心に世界中に広がっていくだろう。

23話　イザベルと再会

学会発表は大盛況《だいせいきょう》のうちに終わり、別邸に戻ってきたのは十五時だった。現在は、自室で休憩中《きゅうけいちゅう》である。

会場でイザベルと話したかったけど、お父様とお母様が出席者たちと話していたので、その場を離れることができなかった。結局、知らない間にお偉いさんと帰っていたんだよね。ヒールが公《おおやけ》になったことで、聖女の重要性が薄れてしまったから、今頃教会で緊急会議を開いているのかな。

イザベルや教会関係者とは、早ければ明日にでも会えるだろうし、私たちはこれからのことを考えないといけない。

おそらく、大勢の人たちが押し寄せてくる。別邸でヒールを使えるのはマリルしかいないから、どう考えてもお父様やお母様もみんなに教えていくはずだ。おそらく、私も呼ばれるだろう。

「お嬢様、入ってもよろしいでしょうか？」

「いいよ」

部屋に入ってきたマリルは、どこか焦《あせ》っているように見えた。何かあったのかな？

「どうかしたの？」

「それが……既に十人ほどの方が、庭に来られています。現在、ジーク様が対応していますが、場合によってはお嬢様のお手伝いも必要になるかもしれないので、庭のベンチで待機し、ジーク様の教えを見ておくようにと」

嘘！　もう来たの⁉

窓から庭を眺めると、お父様が訪れた人たちに色々と話しているのが見えた。予想以上に来るのが早い。口コミで、どんどん広がってるんだ。光属性を持つ人は五人に一人と聞いているけど、ここは王都だから人口も多いはず。今後、さらに大勢の人たちが訪れるだろう。

「わかった、行こう！」

「はい！」

私が予想した通り、十八時まで大勢の人たちが別邸に訪れた。合計すると、百人は超えている。一人一人に教えていくのは効率が悪いので、百人ほど集まったところで、ヒールとは何かを説明していった。

まず、回復魔法ヒールの習得条件『光属性・魔力循環レベル2・魔力感知レベル2・魔力操作レベル2』と、上位魔法ハイヒールの習得条件『光属性・魔力循環レベル4・魔力感知レベル4・魔力操作レベル4』を教えた。ヒールの条件自体は緩《ゆる》かったため、訪れた人たち全員が習得できたけど、ハイヒールともなると、習得者は少なく、習得できた人のほとんどが冒険者だった。

今回、お父様とお母様が教えていき、私とマリルは後方からそれを見ていた。お父様は近々、国王陛下への謁見《えっけん》を控えているので、今日くらいしか教えられないはずだ。お父様の負担を考えても、明日以降は、私たちが教えていかないとね。

ヒールやハイヒールを習得した者のほとんどが平民であったため、帰り際《ぎわ》、お父様に感謝を述べ、握手を求めていた。普通、公爵自らが平民に無償で魔法を教えることは、ありえない。今回が特別なのだ。大半の人たちが感謝から握手を求めていたが、中には自分という存在を覚えてもらおうと握手を求める者もいた。

今日見た教えを参考にし、明日からは私も人々に教えていこう。教え方としては、ヒールとハイヒールの習得条件と呪文を丁寧《ていねい》に話すだけだから、魔力の残量をきちんと確認していれば問題ない……と思う。一度気絶しているから、そこは慎重にやっていこう。

十九時となり、訪問者が途切れたところで、お兄様が満面の笑みで帰ってきた。あの笑顔から察すると、入学試験の出来が良かったんだろうね。

「お兄様、試験、お疲れ様です」

「ラルフ様、お疲れ様です。その様子ですと――」

「ああ、バッチリだよ。水精霊様とともに勉強した甲斐《かい》があった。筆記も実技も問題ない。あとは、首席になれるかどうかだけど、実技試験で二人優秀な奴がいたから、正直微妙かな。少なくとも五位以内には入っていると思う」

それだけでも十分凄《すご》いのだけど、入学試験において評価されるのは首席と次席、この二人は授業料が身分に関係なく免除《めんじょ》されるらしい。合格か不合格かでみんなドキドキしているのに、お兄様は、首席かそうでないかでドキドキしているね。

これで、私たち家族全員の一日目が終了だ。

はあ〜〜〜今日一日だけで、色々な出来事があったよ。

貧民街では聖女扱い、精霊様からの衝撃的告白、学会発表での大盛況とジーク・エルバランコール、別邸でのヒール教授――うん、濃い一日だった。私は、ほとんど何もしてないけどね。

翌朝、予想通りの人間が別邸を訪れた。マリルに呼ばれ、お父様の執務室に入ると、そここにはお父様とお母様、聖女イザベルとあの学会会場で見たお偉いさんがいた。

お偉いさんは枢機卿《すうききょう》ヘンデル・シュレーマンという方で、教皇の次に偉い人だけあって威厳《いげん》ある服装をしていた。白髪混じりの五十歳、への字形の凛々《りり》しい眉毛《まゆげ》、明らかに私たちを敵視した鋭い視線、アポイントもなしに突然公爵家に訪れた理由も、察しがつく。

お父様が私を見て、軽く頷《うなず》いた。何を言いたいのかわかったので、私も軽く頷《うなず》き返した。

「ヘンデル様、イザベル様をシャーロットに任せて、私たちだけで今後のお話をいたしましょうか？」

「今後の話ですか。イザベルから、シャーロット嬢とは二年振りの再会と聞いております。互いに積もる話もあるでしょうし、彼女のお部屋で話すのがよろしいでしょう」

互いに積もる話か。暗に、自分たちのことも指しているね。

ヒール系の回復魔法が世間に暴露《ばくろ》された以上、エルバラン公爵家を抹殺《まっさつ》する意味はない。今回は、『これ以上目立つ行為はするな』という脅《おど》しで来訪したのかな？　でもね、ヘンデル様、私たちにとって好都合な展開なのですよ。これから起こる出来事を教会側に説明しないといけないからね。それを説明したら、あなたたちはどんな反応を示すのかな？

私はイザベルとともにお父様の執務室を出て、自分の部屋へ行った。イザベルは、ヘンデル様がいたからか動きも硬かったけど、私の部屋に入った途端リラックスしたようだ。

私もお父様と同じで、これから重要な話をしないとね。いきなり本題に入らずに、少しずつ世間話も入れて踏み込んでいこう。

「イザベル、ソファに座って」

「ここがシャーロットの部屋か。へえ、綺麗《きれい》に整頓《せいとん》されているし、広くて良い部屋ね。どこか子供っぽくないような気もするけど」

イザベルが周囲を見渡し、話しはじめた第一声がそれか！

互いがソファに座ったところで、私からも言おうか。

「それは仕方ないよ。私自身、この別邸に来たのは、今回が初めてだもん。実家の部屋だと、ヌイグルミとか絵本とかもあるよ」

「あ、そっか。領地を持ってるんだから、ここは別荘ってことね。今回が初めてなら、この部屋の違和感も納得だわ」

二日前ここに来てから、ろくに買い物をしてない。子供部屋の割に、どこか寂《さび》しい雰囲気を感じるのは確かだ。本来なら使用人たちが、子供部屋らしく、事前に用意してくれるものだけど、私の趣味と合わないだろうからストップさせたんだよね。それにここ最近、自分の話し方や考え方が、精神年齢の割に子供っぽくなっていることに気づいた。魂が大人であっても、思考を司《つかさど》る脳は七歳だからかもしれない。そのため、何かのキッカケで好みに合わないと癇癪《かんしゃく》を起こすとも限らない。

そういうことも考えて、部屋は自分でセッティングすると言ったんだよね。

「二年振りだよね。聖女の方は、上手くいっているの？」

「ふふ、ええ、それはもうバッチリよ。王弟のロベルト公爵様のご子息、ハルト様と婚約できたし、将来安泰《あんたい》ね」

「もう婚約したの⁉　これからが大変だね。教育とか大変なんじゃない？」

ハルト公爵令息《れいそく》か。確か同い年だったはず。これからお茶会や社交会とかで、私もお会いする可能性が高いね。あ、その前に同じ学園に入る可能性もあるか。

「それは、これからかな。まあ大丈夫でしょ、聖女だしね」

聖女、関係ないからね。とりあえず、これまでの情報を引き出してみるか。

「昨日の学会で、お父様がヒールを発表したから、イザベルも少しは楽になると思うよ。王国全土の巡回《じゅんかい》を定期的にしているんでしょう？」

「そうなのよ、それが結構な長旅で大変だったの。疫病《えきびょう》が発生した村に行ったときは、最悪だったわ。病人が大勢いて、みんなが苦しんでいたのよ！　ま、全部イムノブーストで回復させたけどね」

精霊様の言った通り、全員をイムノブーストで治療したの⁉　聖女の使う回復魔法については、一般に知られていないから、怪しまれないように注意して話そう。

「え、全員イムノブーストで治療したの！　どうして、聖女専用の回復魔法を使わないの？　もしくは、ヒール系とかも覚えてるでしょ？」

「身体の影響のことを言っているの？　大丈夫、私は聖女よ。それに、聖女専用の回復魔法ってヒールのことでしょ？　イムノブーストを使っても、ヒールと同等の力があるわよ」

ちょっとちょっとちょっと、聖女が自分の回復魔法のことを簡単にバラしてどうする⁉

「……あのさ、聖女だけが使える回復魔法がヒールだってこと、他の人にも言ってないよね？　教会が隠していることを話したら、自分の身が危なくなるよ⁉」

「もちろん、言ってないわ。教皇様や枢機卿《すうききょう》様からもキツく言われてるからね。私とシャーロットの仲だから、特別に言っただけよ」

特別って、こうやって会話するのも二年ぶりだし、縁も非常に薄いと思うけど？

「ふふふ、シャーロットはわからないかもだけど、私にとってあなたは特別なのよ」

意味がわからない。とりあえず、先に進もう。

「えーと、ありがとう？　あ、それでイザベルに言いたいことがあったんだ。学会で聞いたと思うけど、お父様とお母様が、昨日の朝、発表直前に光精霊様の加護を貰《もら》ったの。私もその場にいたから特別に顕現してくれたの」

「なに、それ⁉　光精霊もケチね～、シャーロットにも加護を与えれば良いのに！」

そんな簡単に、加護は貰《もら》えないからね！　そのことをわかっているのだろうか？　ここからはイザベルにもわかるように、多少の嘘を交えて話していこう。

「そのときに、ずっと気になっていたことがあったから質問したの。『聖女がイムノブーストを使用すると、どうなるの？』って」

あ、イザベルの顔が固まった。これは、ヘンデル様から何も聞かされていないようね。

「……そ、それで答えは？」

「『聖女でも、イムノブーストを使用したら副作用が起きる』だよ。そして、もっと重大なことを言われたの。昨日の学会が始まる前に、イザベルに多くの精霊たちが会いに行ったでしょ？」

イザベルの顔色が悪くなってきている。たった今、全ての怪我人《けがにん》をイムノブーストで治療したと断言したからね。

「あ……うん？　いつもいつも小言ばかり言ってくるから、軽く聞き流したけど？」

「小言って……あのね、ここからが重要な話なの。イザベルは、全ての怪我人《けがにん》をイムノブーストで治療した。そのせいで、各地の村や街では副作用が発症して、死者も出ているの。ただ、王国全土で散発的《さんぱってき》に発生したから、原因がイムノブーストの副作用であることを誰も気づいてないの。そして――治療を受けて生き残っている人たちの病気や怪我《けが》の程度と治療日から、副作用の発生日を換算すると、近日中に一斉に発生することがわかったの。精霊様たちは、それをイザベルに伝えようとしたんだよ。精霊様は二度とあなたと会わないと言ったらしいけど、私やお父様、お母様が精霊様を説得するから、イザベルも協力して怪我人《けがにん》を治療していこうよ」

イザベルの顔色が真っ青だ。身体全体がカタカタ震えている。

「嘘……でしょ。教皇様にヒールを……使えとは言われていたけど、聖女の称号あるから大丈夫だと思ったのに……それに、イムノブーストの方が治療時間も短いし……私の治療で大勢……死んでる？」

やっと自分の置かれた状況を理解したか。

「私も冗談《じょうだん》なのかと思って聞き返したけど、全て本当のことだって。あと少ししたら、王国全土で副作用で苦しむ人が大勢出てくる」

「王都だけでなくて……王国全土……嘘だ」

自分のミスで大勢の人間が死んだ。そして、これから副作用を発症する人がどんどん増える。一人だと、イザベルの心が壊れてしまう。私は、打ちひしがれているイザベルの両手をそっと握った。

「いい、イザベル、これ以上の死者を出すわけにはいかない。今日にでもお父様が国王陛下に謁見《えっけん》して、その件を報告するし、私たちもヒールが使える上に、適性がある人に教えられるから、みんなで協力して、この局面を乗り越えよう！　大丈夫、今もヒール系を習得したい人が、引っ切りなしにここに来ている。昨日の夜、ここに住んでる使用人のうち二名がヒールを習得して、三人がかりで教えている。ヒール所持者は日を追うごとに増加していくから、イザベルは精霊様たちと協力して、ハイヒールでも治らない人たちを最高位のマックスヒールやリジェネレーションで治療していけばいい。これ以上の犠牲者を増やさないように動いていこうよ！」

「……あり……がとう……」

「いいよ。友達でしょ？　ここは力を合わせていこうよ！」

なんとか平静を保っているけど、かなり衝撃を受けている。自分のせいで大勢の人々が死んだし、これから患者も増える。今まで楽して片づけていた案件が一気に襲ってくるんだから、たとえ聖女であっても、イザベルの人生はこれからが大変だ。うん？

『あ、ジーク様、ヘンデル様、今からシャーロット様とイザベル様にお飲み物を……』

『イザベルの分は出さなくて結構だ！』

ドアの向こうからマリルとヘンデル様の声が？

ヘンデル様の声に怒気を感じる。お父様から、全て聞いたようだね。

『シャーロット嬢、入っても良いかな？』

「あ、はい、どうぞ……ひ！」

怖い。ヘンデル様の顔が見えた途端、身体が強張《こわば》って動けなくなった。あれは、絶対に怒っている。

「へ……ヘンデル様、私……」

「その様子から察するに、シャーロット嬢から全てを聞いたか。この馬鹿者が！」

「「ひっ！」」

怖い……身体が震えて動かない。

「ヘンデル様、シャーロットにも威圧が……」

「あ、ああ、シャーロット嬢、すまない。怒りで制御できなかった。今のは『威圧』だ。本当に申し訳ない」

はあ、はあ、解放された。『威圧』はワイバーン以来だったけど、あのときより怖かったかも。あ、立ち上がって話さないと！

「いえ……。先程、イザベルに全てをお話ししました。これから起こる災厄、私もヒールとハイヒールを使えます。ただ、MPが少ないのであまりお役に立てないかもしれませんが、精一杯お手伝いいたします」

「まだ七歳だというのに、見事な礼儀作法だ。イザベル、急ぎ教会に戻って、緊急会議を開催するぞ。貴様の不手際《ふてぎわ》が原因で起こる災厄だ。きちんと責任を取って、聖女としての役回りを果たせ！」

「は……はい」

ヘンデル様の低く恐ろしい声、威圧してなくても、それだけで震えてしまう。この人自身が、相当お怒りなんだ。イザベルは、震えをこらえて、なんとか立ち上がった。来た当初の様子が嘘のように、口数が少なくなってしまった。

「エルバラン公爵、シャーロット嬢、我々に教えていただき感謝する。いつ起こるかわからない災厄に備えて、こちらも準備しておこう」

そう言ってから、ヘンデル様はそのまま教会へと帰っていった。家での滞在時間は約二十分、最後あたりの緊張感が凄《すご》かった。

家族全員が集まって玄関で見送った後、緊張が解けて、私は床に崩れ落ちてしまった。

「シャーロット、大丈夫か⁉」

「シャーロット、どうしたんだ？」

「ジーク、シャーロットの部屋で何があったの⁉」

みんなに心配されているのはわかるけど、お父様がお姫様抱っこしてきた⁉

「実は、イザベル様を迎えに行ったとき、ヘンデル様の『威圧』がシャーロットにも伝わったんだ。きっとすごく怖かったんだろう。ヘンデル様もすぐに謝っていたよ」

「そうだったの。格上の者が格下の相手に威圧すると恐慌《きょうこう》状態になってしまうから、相当な負荷がシャーロットにかかっていたのね。そのまま、休んでいなさい」

「訓練中、僕もお父様に威圧されたことがある。あのときの圧迫感と緊張感……今でも覚えているよ。シャーロット、無理せず休んだ方が良い」

う、全員が優しい目で私を見つめている。

「すみません、少し休ませてもらいます」

冒険者の人たちは、魔物たちの威圧にも立ち向かっているのか。今更ながら、凄《すご》いと思うよ。

24話　騒動発生

枢機卿《すうききょう》ヘンデル様が来た日の昼、お父様は国王陛下に謁見《えっけん》し、イムノブーストの危険性とヒールの有用性を説《と》いた。幸い王太子様と宰相さまが光属性を持っていたので、ヒールを習得してもらった後、自分たちのステータスを確認してもらい、ヒールに身体的負担はないことを証明した。

そして、学会発表前に光精霊様から知らされたことを全て伝えた。これから近日中に起こる衝撃的な未来を！

お父様から聞いた話によると、あまりにも衝撃的な内容であったため、謁見《えっけん》の間《ま》全体が静まり返ったそうだ。

そこから場所は謁見《えっけん》の間《ま》から王城会議室に移り、再度お父様が、近日中に起こる出来事を、国王陛下、王妃様、王太子様、宰相といった要職《ようしょく》にある人たちに、語った。

『全ての発端《ほったん》は、聖女イザベル』

『既に死者は出はじめている』

『いつ、どこで、どういった副作用が現れるのかはわからない』

『対処方法は、発症後にヒール系で回復させるのみ』

　お父様が冷静に話したこともあって、みんなは混乱せず落ち着いており、どうやってこの危機を乗り越えるのか真剣に検討することができた。その結果――

『これから近日中に起こることを各ギルド――冒険者ギルド、商人ギルド、農業ギルドなどを通して、対処方法とともに王国全ての街や村に知らせる』

『ヒールを使える者は、早急に光属性を持つ者に、ヒール系を習得させ、周囲の街や村に行かせる。特に、ハイヒールを習得できた冒険者たちは、最低でも各街や村に一人ずつ配備するように行ってもらう』

『この未来を全国民に信用してもらうため、誘発させた原因を全て暴露する。ただし、暴《ぼう》動《どう》だけは起こさないように警告《けいこく》する』

　という感じで意見がまとまり、この三つのお触れは、王国全土に緊急通信された。大型通信機のない村に関しては、近くに住む人々が知らせてくれることになった。

　これで、王国全土の対策は決まった。これから私たちにできるのは、少しでもヒールとハイヒールの使用者を増やしていくことだ。幸い王都には最高位のマックスヒールとリジエネレーションを使える聖女イザベルがいるから、大きな混乱は起こらないと思う。特に、リジェネレーションは広範囲に機能するため、一度で大勢の人々を回復させることが可能だ。ただし、怪我《けが》が酷ければ酷いほど、完治するまでの時間が長くなるけどね。本来、これらのスキルを使用するには、かなり厳しい条件が必要だけど、称号『聖女』を持つ者は、未熟であっても精霊様たちが助けてくれるので問題ないそうだ。人々は、原因となった聖女の治療を嫌がるかもしれないけど、そこは我慢してもらうしかない。

ちなみに、私はマックスヒールとリジェネレーションをまだ精霊様から教えてもらっていない。理由は簡単、魔力量が低いからだ。

こうして学会発表の日以降、来《きた》るべき日が訪れるまで、エルディア王国全国民は準備を着実に始めていった。

そして、入学試験と学会発表が終わって、三日が経過した。

現在のところ、ある一つの場所を除いては、平穏《へいおん》を保っている。その一つというのは、王都にあるガーランド教会だ。これまで聖女の回復魔法は身体的負担がないと思っていた住民は、ギルドから出された王国のお触れに怒り心頭《しんとう》に発した。ただ、お触れにも記載されていたように、下手に暴動を起こせば、事態が余計混乱すると思ったのか、数十人の人々が軽く抗議《こうぎ》するという形で教会に連日訪れている。対応した教会の人たちは、ひたすら住民に謝っていた。

同時に今日は、合格発表日だ。現在、私とお兄様は学園に向かっている。別邸から学園までは、徒歩十五分ほどと近い。距離が近いとはいえ、何が起こるかわからないのが、世の常だ。

入学試験の際、王都の冒険者ギルドで、高い実力を持ち、信用のある一名を雇《やと》い、お兄様の行き帰りを護衛してもらった。それが、私のそばを歩いている冒険者のオウルさんだ。服の上にミスリルの防具を装備しており、ミスリルの剣を背負《せお》っている。お兄様のそばには、専属メイドのマリルもいる。入学試験時の護衛終了後、オウルさんは報酬《ほうしゅう》金貨一枚をお父様から受け取った後、おまけとしてヒールとハイヒールを教わった。これに感激《かんげき》して、『合格発表日の護衛を無料でやらせてください』と申し出てくれたのだ。オウルさん自身、二十代前半の頼り甲斐《がい》のある好青年で、お兄様も気に入っていたこともあり、すぐに許可が下りた。

学園に到着するまで、周囲から感じる雰囲気は、まだいつも通りだった。

でも、街行く人々はどこか緊張しているような面持《おもも》ちだ。

患者が発生した場合は、すぐに冒険者ギルドに来るか、来られないほど酷い場合は、周囲の者たちに大声で助けを求める手筈《てはず》になっている。

お兄様、オウルさん、マリルも、周辺の住民と同じくどこか緊張している。少し雰囲気を変えた方が良いね。

「お兄様、いよいよですね」

「え……あ……ああ、首席合格であってほしい」

一旦《いったん》、入学試験の結果だけを考えさせよう。

それにしてもお兄様、合格は大前提ですか。相当な自信だ。

学園に到着すると、大勢の子供たちがいた。この中の何人が合格するのだろうか？　私も、いつかここに通うことになるのかな？　あ、先生らしき人が大きな紙を持ってやって来た。掲示板に合格者の書かれた紙が貼《は》り出されると、みんな一斉に自分の名前があるかを探しはじめる。

この学園の合格発表、順位まで載せるのか。そうなると首席の場合は――

【首席　ラルフ・エルバラン　九百八十九点】

あったよ！　本当に首席合格したよ！

お兄様を見ると、満面の笑みで紙に書かれている自分の名前を見ていた。

「お兄様、首席合格、おめでとうございます！　ご褒美《ほうび》、獲得ですね！」

これには、マリルも驚いたようだ。

「ラルフ様、おめでとうございます。シャーロット様とリーラ様からキスをもらえますね」

「驚いたな。王国にある学園の中でも、ここは超難関《ちょうなんかん》と言われてる。千点満点中九百八十九点も取るとは……筆記も実技も、ほぼ満点に近い点数ということか。おめでとう、ラルフ」

オウルさんもお兄様を褒《ほ》め称《たた》えた。本来なら不敬罪《ふけいざい》とかになるけど、お兄様自身が呼び捨てで構わないと言ったそうだ。マリルから事情を聞くと、一昨日冒険者ギルドの訓練場で手合わせしたという。その際、公爵令息という身分に囚《とら》われず自分と本気で戦ってほしいと、お兄様はオウルさんに言い、結果、剣術でも体術でもボコボコにされたらしい。それから、オウルさんを師と仰《あお》ぎ、実戦での剣術や体術を学んでいるんだとか。

「はい、頑張《がんば》った甲斐《かい》がありました。よし、これで二人からキスが貰《もら》えるぞ！」

合格発表欄の下に、何か書かれてる。えーと、合格者は学園の事務室に行き、今後のスケジュールを聞くように、か。

「オウル先生、私はマリルとともに事務室に行き、スケジュールと資料を貰《もら》ってきますので、シャーロットの護衛をお願いします。多分、三十分ほどで終わると思います」

「ああ、時間を気にせず、しっかり聞いてこいよ」

「オウルさん、シャーロット様の護衛、よろしくお願いします」

お兄様は、オウル先生と呼んでいるのか。お兄様とオウルさんの手合わせ、私も見たかった。

お兄様は、マリルを連れて事務室に向かった。

「私は、正面にある校舎入口から見える範囲で、この広場周辺を散策しておきます」

私と並んで歩きはじめたオウルさんが、口を開いた。

「シャーロット、マリルから聞いたよ。ラルフが首席合格なら、ほっぺにキスする約束なんだな」

「はい、お兄様がやる気になればと思って約束したんですが、本当に首席合格するとは思いませんでした。帰って、キスしてあげます」

「はは、あいつ飛び上がって喜ぶだろうな。反応を見てみたいぜ」

「でも本当は、私の親友のリーラという女の子が言い出したことなんですよ」

「ということは、その子からもキスを貰《もら》えると。ラルフとしては燃えるわけだ」

リーラはマクレン領にいるから、同時にキスはできないけど、先に私がやってあげよう。

「にしても、ラルフといい、シャーロットといい、公爵令息と令嬢とは思えないほど、身分に関係なく普通に接してくるな。ラルフに、いきなり手合わせしてほしいと言われたときは驚いたよ」

やっぱり、そこは気になるよね。

私が五歳のとき、ニナやエリア、カイリも驚いていたっけ。

「お父様やお母様がエルバラン領の街や村を視察するとき、直接平民の人たちから困り事を聞いているんです。それを半年に一回、必ず実行しています。私も去年から同行しているのですが、身分に関係なく普通に接していくのが当たり前だと思うようになりました」

「なるほど、さすがはエルバラン公爵だ。幼少期から、平民と分け隔《へだ》てなく接していき、同時に領地経営も教えているというわけか。領民たちが彼を尊敬するのがわかるよ。今回の発表で、領民だけじゃなく、王国全土の民たちに慕《した》われるだろうな」

うんうん、お父様の評価はうなぎのぼりだよね。

うん？　今、何か私の視界におかしな光景が映ったような——

「どうかしたのか？」

「いえ、今、何か違和感が……」

どこで違和感があったのだろう？　周囲には、学園の制服を着た学生たちがいるだけだよね。

「あれ？　オウルさん、あの学生さんの右足、おかしくないですか？」

そう、あの十五歳くらいの男の子、自分の足が折れてるのに、普通に友人と話をしている。

「足？　……え、足が折れてる？　おい、そこの学生——これだと気づかないか？　おい、カバンにゴブリンのキーホルダーを身につけてる学生！」

ゴブリンのキーホルダーで自分と気づいたのか、こっちに顔を向けてくれた。

「え、俺ですか？　何か？」

「いや、その右足、痛くないのか？　明らかに折れていると思うんだが？」

「え？　右足……え、なんだよ、これ⁉　お、折れてる。うわあぁぁぁーーーーー痛えええええええーーーー！！！　なんで、急に⁉」

おかしい。なんの前触《まえぶ》れもなく、急に折れたように見えた。

「痛い痛い、なんだよ、なんで急に足が折れるんだよ！！！」

え、右足の大腿骨《だいたいこつ》部分、折れてるところが、急速に赤く膨《ふく》れ上がってきた！　この症状は、イムノブーストの副作用⁉　早くハイヒールで治療しないと！

「待て、シャーロット！　俺がやる。もしかしたら、これが公爵様の言っていた副作用かもしれない。だとしたら……」

ついに始まった！　オウルさんの言う通り、これから多発するかもしれない。うわ、野次馬が集まってきている。私たちは、急いで足の折れてる学生さんのもとへ向かった。

「大丈夫だ、俺はハイヒールが使える冒険者だ。すぐに治療を開始する！」

「え、でもお金が？」

オウルさんが、学生さんの右足の大腿骨《だいたいこつ》部分に、両手をそっと触れた。

「金なら要らない。おそらくこれは、お触れにあったイムノブーストの副作用だ。――そら、どうだ？」

オウルさんがハイヒールをかけた。折れてる箇所が、緑色の優しい光に覆われたんだけど、違和感がある。……そうだ、オウルさん、呪文詠唱してないよ！

優秀な人は、無詠唱が可能と聞いたことはあるけど、初めて見た！　詠唱ありとなしで、結構なタイムロスがあるんだ。実戦だと、大きな差になるだろうね。

「うわあ～綺麗《きれい》な光～。ヒールより大きくて温かいわ」

「あれが、上位の回復魔法ハイヒール？」

学園の誰かが言った。別邸に訪れた人たちの中に学園の先生もいたから、知っている人がいて当然だろう。おそらく、光属性を持った学生たちにヒール系を教えているはず。さすがに、ハイヒールを覚えている学生はいないのかもしれないけど。

「足が、足の痛みがどんどんひいていく！」

学生さんの右足の腫《は》れは、どんどん小さくなり、折れた部分も元に戻っていった。

「ふう、これで大丈夫だ」

「スゲー、これがハイヒールか～」

「イムノブーストと違って、優しい光ね」

野次馬が騒ぎ出してきた。早く帰ってお父様とお母様に知らせたいけど、お兄様を待たないといけない。しばらく我慢しよう。学生さんは両足でしっかり立ち、私たちに微笑《ほほえ》んだ。

「ありがとうございます。あれだけ痛かった足がなんともありません。それに、イムノブーストと違って、すごく落ち着きます」

オウルさんも笑顔で頷《うなず》いた。

「ああ、俺もエルバラン公爵様から教わったとき、そう思ったよ。ところで、ここ最近、大怪我《おおけが》をイムノブーストで治療したか？」

「一ヶ月前、学園の演習で大事故がありました。四年生の魔法が暴走《ぼうそう》して、僕を含め百名ほど大怪我《おおけが》をしたんです。そのとき、居合わせた聖女様が、全員にイムノブーストをかけてくれました。先生方がエルバラン公爵様の学会内容を知って、対処法を考えている最中だったのですが……」

イザベルーーーー！　そういうときこそ、リジェネレーションを使用するべきでしょ～～！

精霊様から効果範囲と消費ＭＰを教えてもらったけど、効率を考慮したら、リジェネレーションが最適でしょうが！　しかも、百名ほどが同時に怪我《けが》をしたということは、もしかして……？

「え、なんだ、痛い、うわ～～、腕が痺《しび》れる～～」

「なに、ああ、顔が～～」

「ああ～～～～」

「いや～～～左手が～～～」

やっぱり！　嫌な予感が的中した！　周囲にいる人たちが何人も、急に苦しみ出した。

「これは……まさか、百名全員が同時に発症したのか⁉」

「オウルさん、大事故で百名となると、ハイヒールで対処しきれない人が必ずいます！　聖女イザベル様を呼ばないと」

さっきから、広場にいる人たちが次々と倒れていく。

「ああ、この人数では、俺やシャーロットも対応できない。急いで事務室に行って、聖女を要請してもらおう！」

「はい、行きましょう！　……あ、みなさん、私はエルバラン公爵の娘、シャーロット・エルバランと申します。今から事務室に行き、聖女を要請しますが、ヒールを使える方は急いで怪我人《けがにん》にかけてあげてください。ある程度ならば、二、三回のヒールで完治するはずです。また、傷が酷くて完治しない人がいても、ヒールをかけてあげてください。痛みは大幅に軽減するはずです。よろしくお願いします！」

こう言っておけば、学生さんも冷静さを取り戻すはず。

「あの子がエルバラン公爵様のご令嬢、まだ小さいのにしっかりしてるわ」

「ああ、聖女様が来るまで、俺たちがヒールをかけて、少しでも痛みを和《やわ》らげないと。まずは、怪我人《けがにん》を一ヶ所に集めよう。その方が効率的だ！」

おお、一人の男子学生が率先《そっせん》して、みんなに指示している。他の学生たちも、指示に従《したが》い動き出した。よし、私たちは事務室に行こう！


今、私、お兄様、マリル、オウルさんの四人は学長室にいる。

あの後、急いで事務室に行き、広場で起きた惨状《さんじょう》を伝えると、事務員の女性が急いで学長室に向かった。私たち四人も一緒に行き、学長室にいた学長先生、白髪混じり六十歳くらいの女性に報告する。初めは笑って迎えてくれたけど、話を聞くうちにどんどん笑顔が消え、真剣さが増した。窓から広場を確認すると、急いで大型通信機のある部屋へ向かった。そして今、私たちはその学長先生の帰りを待っているところだ。

「ラルフ様、学長が戻ってこられたら……」

「わかっている。この事態を一刻も早くお父様とお母様に伝えないと！　おそらく、ここだけじゃない。他の地区、いや王国全土でも発生しているかもしれない。クソ——まだ全ての準備が整っていないはずだ」

「お兄様、今できることをやりましょう。私たちはヒールとハイヒールが使えます。魔法で多くの人々を救いましょう」

——と、学長室のドアが突然開いた！　え!?　部屋に入ってきた学長先生の顔色が悪い！

「み……みなさん、た……た……大変な事態が発生しました」

え、どういうこと？　大変な事態は既に起こっているけど？

「学長先生、落ち着いてください。何があったんですか？」

私が冷静に言ったことで、学長先生も少し落ち着いたようだ。

「心して聞いてください。……今日の朝、聖女様が逃亡したそうです」

今、なんて言った？　聖女が……逃亡⁉

「学長先生、それは事実ですか？」

今度は、お兄様が両拳を強く強く握りしめながら尋《たず》ねた。

私も呆然としてしまったけど、怒りが猛烈に湧《わ》いてきた。

「はい、事実です。今、教会が懸命に捜索しています」

イザベル、自分の責任から逃げたな‼　あなたは聖女なんだよ！　あなたが逃げたら、誰が大勢の重体者を救うの！　あなたが犯した不手際は、規模が大きすぎる！　リジェネレーションを使える聖女がいないと、学生たちを救えない！

どうする⁉

お兄様が右拳をテーブルに叩《たた》きつけ、大きな音が室内に響いた。

「くそ、イザベルの奴！　自分のせいで、こんなことになったんだぞ！　最悪の選択肢を選びやがった！　マックスヒールとリジェネレーションが使えない以上、俺たちだけで対処するしかない！」

お兄様の言う通りだ。イザベルが逃亡したからには、私たちとこの学園にいる生徒たちだけで対処するしかない。怪我人《けがにん》は約百名。『構造編集』でも対応できない。悔《くや》しいけど、重体者はおそらく助けられない。目の前で人が死ぬのを見たくないけど、それでも救える人は救わないと。

「シャーロット、大丈夫だよ！」

この声とこの気配は⁉　絶望的な空気の中で、私の目の前に現れたのは——光精霊様だった。光精霊様が、学長室に顕現した。

「あなたにリジェネレーションを教えてあげる。今回の件は私たちにも原因があるから、特別に許可がおりたの。今のあなたでは一回しか使えないけど、幸いここは学園。ＭＰが回復するマジックポーションも多く保管されているわ。今から手順を教えるから、他のみんなはこの部屋から出て、患者の対処に向かいなさい。それと学園だけでなく、周辺の患者も広場の一ヶ所に集めておきなさい。——ほら、ボーっとしない！　早く行動しろ！」

「「「は、はい！」」」

正直、助かった。私にリジェネレーションを教えてくれれば、私自身はマジックポーションのせいでお腹がガボガボになるけど、大勢の人たちを救える！　突然の光精霊様の顕現でみんなも驚いていたけど、急いで部屋を出ていき広場へと向かった。

「はあ～、シャーロット、イザベルはもうダメよ。あいつ、『私は悪くない、私は悪くない、私は悪くない』ってブツブツ言いながら、どこかに逃げたの。見張られていたんだけど、警備の隙《すき》を縫《ぬ》って、教会を抜け出したわ。ガーランド様も他の精霊たちも激怒《げきど》して、魔法もスキルも使用禁止にしたから、彼女に期待してはダメ。頼りは、もうシャーロットしかいないわ。ごめんね、まだ魔力量も低いからマジックポーションで回復しながらの連続使用は、身体的負担もかなり大きいはず」

　最悪の展開だね。おそらく、枢機卿《すうききょう》様から搾《しぼ》られ、抗議者たちが教会へ来ているところを見て、重圧に耐え切れなくなったんだろう。その分、私がカバーしなければ。

「やるしかないですね。でも、リジェネレーションの必要条件は大丈夫なんでしょうか？」

「それなら大丈夫よ！　『魔力循環』『魔力感知』『魔力操作』が全部レベル6以上あれば、制御可能だからね。それに、シャーロットには基本原理をもう教えているでしょ？　三十分ほどで習得できるわ。あと、他の光精霊がジークとエルサにもリジェネレーションを習得させているところだし、三人でカバーし合えば、被害も最小限に抑えられる」

　お父様とお母様にも教えてくれているんだ。ガーランド様の方でも、今回の事件は予期していなかったから、特別措置だね。

「ありがとうございます。イザベルが逃亡した以上、私たちができる限りのことをやりますよ！」

「ええ、お願いね。現在周囲の怪我人《けがにん》から重体者だけを選別して、学園の広場に移動させている段階よ」

準備が完全に整ってはいないけど、みんな、こうなることを覚悟していたから対処が早い。さあ、私が聖女イザベルの代わりに、怪我人《けがにん》たちを治療していこう。

25話　リジェネレーションの代償《だいしょう》

精霊様が仰《おっしゃ》った通り、三十分ほどで回復魔法『リジェネレーション』を習得できた。

リジェネレーション：発動にMP50消費　効果維持に、一時間につきMP2ずつ消費

使用者を中心として、癒《いや》しの魔法陣が出現する。その範囲は、魔力量に依存。患者が魔法陣内に入ると癒《いや》しの光に包まれ、留《とど》まることで周囲の魔素が体内に侵入し、身体を癒《いや》してくれる。完治すると、光は消滅《しょうめつ》する。この魔法の使用者は、一人一人の病気や怪我《けが》の部位を魔力感知で正確に察知しなければならない。何もしなくても勝手に治療されていくが、代わりに治療速度がかなり遅くなる。使用者があらかじめどの部位に異常があるのかを確認できれば、癒《いや》しの光がそこに集中し、治療速度が飛躍的に向上する。ただし、人数が多

ければ多いほど検査対象が増え、使用者の身体的負担は増大するので、注意が必要である

魔法陣の効果範囲

魔力50〜100　使用者を中心とする半径20ｍ

魔力101〜150　使用者を中心とする半径30ｍ

魔力151〜200　使用者を中心とする半径40ｍ

魔力201〜250　使用者を中心とする半径50ｍ

私の場合は、半径二十メートルになる。

怪我人《けがにん》の怪我《けが》の位置を正確に把握《はあく》して、おおよその症状を知れば、治療速度が向上するのか。『構造解析』を使用すれば一発でわかるけど、人数が多すぎて使えない。スキルの必要条件が高いわけだ。そうなると、まずは私の半径二十メートル以内に怪我人《けがにん》を集める。その後、リジェネレーションを発動させる。そこから一人一人を『魔力感知』で観察していき、怪我《けが》の部位を明確に認識して治療速度を向上させていく。

これで良いね。ずっと『魔力感知』を発動させてないといけないから、私自身は動けないね。

これが魔物たちとの実戦でなくて良かったよ。

「光精霊様、ありがとうございました。使い方も完全に理解しましたので、早速使用します」

「シャーロットが賢くて、本当に助かるわ。イザベルは馬鹿だから、ヒールを覚えさせるだけで、結構苦労したのよ」

うーん、どうかな。イザベルの場合、『イムノブーストがあれば、他は要らないでしょ？』と思っていたから、覚える気がなかったのだろう。

広場に戻ると大勢の学生たちが集まっていて、怪我《けが》を負った者だけが中央に集められていた。左手に大火傷《おおやけど》を負った女の子、右足が千切れかけている男の子、全身大火傷《おおやけど》を負い性別のわからない人、顔に大火傷《おおやけど》を負った女の子、全員が一ヶ月前の事故の犠牲者か。

阿鼻叫喚《あびきょうかん》という言葉があるけど、まさに今の状態だ。

お兄様やマリルたち、ヒール系所持者がヒールを唱《とな》えているけど、重体者にはほとんど効果がない。怪我人《けがにん》を囲うように立つ、周囲の学生たちは、自分の不甲斐《ふがい》なさを悔《くや》しがっている。まずは、オウルさんに話しかけよう。

「オウルさん、お待たせしました。今からリジェネレーションを使用します。効果範囲は、私を中心とする半径二十メートル以内です。寝かせられている怪我人《けがにん》の中心に行き、発動させますね」

「もう最高位に近い魔法を習得したのか!?　まるで、シャーロットが聖女のようだな」

私も、本当にそう思えてきた。これまでの精霊様の言動を考えると、何かの手違いでイザベルになったのではなかろうか？

「オウルさん、学生たちにお願いして、マジックポーションを用意してもらえませんか？」

「大丈夫、既に頼んである。だが、シャーロットの身体は大丈夫か？　これから先、どんどん怪我人《けがにん》がここに押し寄せてくるぞ？」

「あははは、やるしかありませんよ」

お兄様とマリルも、こっちに来てくれた。

「シャーロット、水精霊様から聞いたよ。リジェネレーションは怪我人《けがにん》を完治させられるけど、使用者にかなりの負担がかかると言っていた。辛《つら》かったら、必ず言うんだ。僕たちが対応するからな！」

「お嬢様、一人で背負い込まず、辛《つら》いときは必ず言ってください。私たちが必ずお助けします！」

そっか、水精霊様から聞いたんだね。もし辛《つら》くなったら、きちんと言うよ。

「大丈夫、頑張《がんば》りますよ！　マジックポーションとか、食事面に関しては、お願いしようかな」

「お任せください！」

さて、それじゃあ怪我人《けがにん》の中心に行って、リジェネレーションを発動させようか！　見た限り、大体七十名ほどいるかな？　三十名近くは、ヒールやハイヒールで治療できたんだね。

「みなさん、私はエルバラン公爵の娘、シャーロット・エルバランと言います。私がリジュネーションという魔法を使って治療します。この魔法はどんな大怪我《おおけが》でも完治させることができますが、ハイヒールよりも完治するまでには時間を要します。また、怪我《けが》を負った人は癒《いや》しの光に包まれ、完治すると光が消滅する仕組みとなっています。完治した方々は、即座にリジェネレーションの効果範囲から出てもらい、新たな怪我人《けがにん》の方々を入れてください。今の私だと、まだ未熟のため、効果範囲は私を中心とする半径二十メートルしかありません。それでは、今から始めさせていただきます。『大地の光よ息吹《いぶき》よ、踊れ、周囲の人々の傷を癒《いや》せ、リジェネレーション』」

呪文を唱えると、私を中心とする半径二十メートルに、緑の魔法陣が出現し、効果範囲内にいる全員が緑色の優しげな癒《いや》しの光に包まれた。

みんなが協力し合って、怪我人《けがにん》たちを一ヶ所にまとめてくれて助かった。ここは、正門入口と校舎のほぼ中間地点。新規の怪我人《けがにん》が現れても、すぐに来られるね。

「痛みが軽減していく……温かい光」
「俺も……だ」
「……ひ……か……り？　温かい」
「あ……あ……痛みが……やっと助か……る」

ふう、とりあえずこれで大丈夫だ。こうやって間近で怪我人《けがにん》たちを見ると、酷い状態だ。イザベルのイムノブーストが原因で突発的に発生した副作用、被害は甚大《じんだい》だ。当のイザベルは所在不明、精霊様たちなら探そうと思えば可能なんだろうけど、完全に見捨てられたからね。

「シャーロット……様……ありが……とう。私の顔が少しずつ元に……もう元に戻れないかと」

顔に大火傷《おおやけど》を負った女の子か。よかった。

「もう少しの辛抱《しんぼう》です。容体《ようだい》の悪い人から順に治療速度を上げていきます」

「はい……はい」

人間にとって、顔は大事だ。特に女の子の場合、生死にも関わることさえある。

「聖女イザベルめ、なんの恨《うら》みがあってこんなことを、くそー、痛えー」

「そうだ。聖女の回復魔法は、どんな病でも立ちどころに治療できたと教科書に記載されてた。イザベルは聖女なんかじゃない！　本物の聖女なら、こんなことにはならないはずだ！」

「そうよ。イザベルは偽物よ！　シャーロット様こそが、本物の聖女よ！」

「そうだそうだ。俺たちを見捨てず、精霊様に祈り続けていたんだから、シャーロット様こそが聖女だ。今でも、こうやって祈ってくれているんだ」

周囲で、突然の私の聖女推《お》しが始まった。

目を閉じ、『魔力感知』を最大限に発動させて重体者の治療速度を向上させているせいで、話に入る余裕がない。ちなみに、呪文詠唱時は立っていたけどここから長時間動けないため、今の私は、目を閉じてあぐらをかき、両手を合わせている姿勢だ。瞑想《めいそう》状態に入ることで、スキルを最大限に高めている。ただ、端《はた》から見れば、正座して一生懸命お祈りしているようにも見えるだろう。今日の私の服がワンピースだから、座っていると足が見えないから勘違《かんちが》いするよね。

話の内容は入ってくるんだけど、私からは話ができない。何か言いたいところなんだけどな。

『あの子たちの言うこと、ある意味合っているわよ』

これは、テレパスによる通信だ。さっきの光精霊様がこっちに来た。テレパスなら、二人だけで話せるし大丈夫だ。

『光精霊様、どういう意味ですか？』

『そもそも「精霊視」を持つ者が聖女になる予定だったの』

『うすうすわかってはいましたが、やっぱり私が聖女なんですか？』

『ええ、祝福で、あなたが聖女でないとわかったとき大騒ぎだったのよ。急いでガーランド様に尋《たず》ねて、なぜこのような事態になったのか、すぐに調査したわ。――イザベルの持つユニークスキルに問題があったのよ』
ユニークスキル？
イザベルと初めて出会ったのは、祝福を受ける直前だった。あのときにユニークスキルを使用して、私から称号『聖女』を奪《うば》ったの？　でも、そんなチートスキルは普通存在しないでしょ？　私の場合は、地球の女神様からの特別製だしね。
『そのことに関しては、全てが片づいたとき、ガーランド様自らシャーロットに伝える予定よ。シャーロットは、リジェネレーションに集中して。これから、どんどん怪我人《けがにん》が増えてきて、ここに大勢押しかけてくるから。あ、ここを離れる前に、これだけは伝えておくわね。他の精霊たちが、〝イザベルは不正を犯して聖女になった。正当な聖女はシャーロット・エルバランだ〟ということを国王に伝えているわ。私たちとしても、イザベルが聖女に選ばれた以上、シャーロットにも頼まれたし、できるだけフォローしたんだけど。あの子、私たちのことを毛嫌いしていた。それに、教会関係者から教育を受けているにもかかわらず、イムノブーストを使い続けた。おまけに今回の逃亡で、今度という今度は愛《あい》想《そ》が尽きたわ。精霊側からは、こういった政治に関わることは言っちゃいけないんだけど、許可も貰《もら》えたからね。シャーロット、これからエルディア王国は回復魔法の件もあって荒《あ》れるわよ。これまで教会側が秘匿《ひとく》していたヒール系の存在が明るみになったしね。それじゃあ、頑張《がんば》りなさい』

イザベルは不正を犯して聖女になったのか。二年前の時点で、精霊様たちは知っていた。でも、政治経済面にタッチできないから誰かが気づくまではイザベルをフォローしてあげようと思ったのか。また、教会のヒールの秘匿《ひとく》についても言うつもりはなかった。加護を持った誰かが、精霊様に政治経済にかかわらないように質問をすれば、場合によっては一般人がヒール系を知る機会もあっただろう。でも、それを誰もしなかったことで、現在に到ってしまった。

イザベルは、精霊様を怒らせてしまった。今回の逃亡が決定的となってしまったね。

イザベルのことは、ガーランド様に直接聞こう。全てが片づいてから伝えるって、精霊様が言ってたしね。

こうやってテレパスで話しただけで、リジェネレーションの治療速度が低下してる。今は、怪我人《けがにん》を回復させることに集中しよう――

あれから怪我人《けがにん》が続々と現れて、私は治療を続けていた。ステータスで時刻を確認したところ、時間は十七時、もうかれこれ六時間やってるよね？　途中、リジェネレーションを維持しながら昼食休憩《きゅうけい》を取ったり、マジックポーションやポーションを飲んで、魔力と体力を回復していったけど、精神力はあまり回復していない。子供の精神のままやり続けていたら、壊れていたかもね。私が転生者で良かったよ。

数時間やり続けた甲斐《かい》もあり、私も段々と慣れてきて、今では治療速度を最大限発揮したまま話せるようにもなっている。マリルがそばに寄ってきた。

「シャーロット様、完治したみなさまが感謝していましたよ。今は、シャーロット様に少しでも恩を返すため、回復魔法を使用できない学生たちと一緒に、怪我人《けがにん》の捜索とニセ聖女イザベルの確保に向かっています」

「ニセ聖女？　もう決定してるの⁉」

「たとえ称号に聖女があったとしても、イムノブーストの多用や、この状況で逃亡ですよ。聖女の振る舞いではありません。私、いえエルディア王国の国民全員が、イザベルを聖女とは認めません！」

まあ、本当にニセ聖女だからね。

まだ、王城にいる人たちしか知らない事実だから、言うのはやめておこう。

「マリルの言う通りだ。イザベルに聖女は務《つと》まらない。ただ、このままいくとシャーロットが、次期聖女になるだろう。屑肉《くずにく》の新規調理法の発見、カレーライスの開発、リジェネレーションによる大勢の怪我人《けがにん》の治療、これだけ国に貢献《こうけん》していれば、王族、貴族、平民、貧民、全ての国民がシャーロットを次期聖女にと教会に訴えるだろう」

お兄様、そもそも本当の聖女は私なんです。いずれ国王陛下が発表するんだろうな……

「うっ、やはりそうなりますか。……ところで、少し仮眠を取ってもいいでしょうか？

さすがに、精神的に厳しくなってきました」

「シャーロット、大丈夫だ」

そう言ってくれたのは、オウルさんだ。

「オウル先生、何かわかったんですか？」

「ああ、さっき冒険者ギルドで聞いたが、副作用で重体となる可能性のある者をリストアップし、リジェネレーションを習得したエルバラン公爵様、エルサ様、シャーロットの三人に振り分けたことで、王都にいる重体者の数を激減《げきげん》させることに成功した。まだいたとしても、魔力量の多いエルバラン公爵様たちに任せればいい。シャーロットはよくやったよ。今の魔法が終わり次第、仮眠を取った方がいい。あとは、俺たちに任せておけ」

よかった～～、やり続けた甲斐《かい》があったよ。

正直、どんどん眠くなってきていたから、保健室あたりで休ませてもらおう。

「それでしたら、私がシャーロット様を保健室に連れていきましょう」

ありがとう、マリル。

――それから十分ほどで、怪我人《けがにん》の治療は完了した。

みんな、私に握手を求めながら、お礼を言ってくれた。ただ、私はその言葉をほとんど聞いていなかった。なぜなら、魔法が終了したことで、気が緩み、どんどん眠くなってきたからだ。リジェネレーション、大勢の人を治療できる優れものだけど、使用者本人の体力と精神力が根こそぎ奪われる。実戦での使用は、かなり危険かもしれない。今回、ポーションとマジックポーションを飲んで、無理矢理何度も回復させたから、身体的疲労と精神的疲労が一気に襲ってきた。

周囲の人たちが、そんな私を見て凄《すご》く笑顔になっていた。そして、知らない間にマリルに抱っこされ……あまりの気持ち良さで……そこから考えることを放棄《ほうき》した。

「なん……でよ……なん……で、発動しな……いの？」

ううん、うるさいな～人が気持ち良く寝てるのに～。

私の目の前で、誰かが怒っている。

「……発動……すれば……私は……解放……される……発動……してよ」

ううん、うるさい。発動、発動って、何を発動させるの？

「ううん、誰か、そこにいるの？」

目を開けると、周囲は暗かった。ただ、ずっと寝ていたせいか、はたまた月明かりのおかげか、部屋の様子はすぐに理解できた。私がいるのはベッドの上。右にはもう一台ベッドがあり、左には机と二脚の椅子、近くに薬品や包帯などが収納されている棚《たな》があった。一言で言うならば、小児科の診察室かな。

ここは、学園の保健室だろう。私の目の前には、一人の人間が立っていた。背は私と同じくらい、男の子用の帽子を深く被《かぶ》っており、青の半袖シャツとベージュの半ズボン（だと思う）というボーイッシュな格好を着ていた。薄暗いため、誰か判別できないけど、多分女の子かな？

「あなた、誰？」

「ヤバ！　ウィンドバインド……嘘、これもダメなの⁉」

この声――まさか！

「あなた、イザベルね」

これまで行方《ゆくえ》不明だったイザベルが、学園に侵入し、今、私の目の前にいた。しかも、何かを仕出かそうとしている。私は疲労のため、身体を動かせない。ハッキリ言って、ピンチ！

26話　聖女イザベルの確保と最後の愚行《ぐこう》

私がイザベルと断言したら、相手は明らかに動揺した。

上半身を起こすと、かなりの倦怠感《けんたいかん》があるけど、なんとか動ける。残りＭＰは30で、ヒールを使うことも可能か。でも、集中力がまったくない今、呪文を唱えても失敗する確率が高い。

仮に今の状態で無理矢理逃げられたとしても、すぐに体力が尽きて捕《つか》まるだろう。そうなると、ここは体力を少しでも回復させるために、この人物と話し合った方が良い。

「あ……違うわ。人違い……だ」

「声で、誰かわかるよ。この間、話したばっかりだしね。よくわからないけど、私を魔法で縛《しば》ろうとしたの？」

パッと見、男の子に見えるけど、声だけは変えようがない。

「……そうよ。暴れられても困るから、称号とスキルの交換が終わるまで一時的に拘束《こうそく》するつもりだったわ」

スキルの交換？　イザベルのユニークスキルは、奪取《だっしゅ》系のスキルではない？

「今の私は、リジェネレーションの多用で疲れてるから、ろくに動けないよ。さっき交換って言ってたけど、何をするつもりだったの？」

私がそう言うと、イザベルは目を見開くと俯《うつむ》いてしまった。

「なんで……なんで、あなたがリジェネレーションを使えるのよ！　魔力関係のスキルレベルが6も必要なのに……なんで⁉」

イザベルが悔《くや》しそうな顔で私を見ているけど、一応ヒール系習得のための必要条件は知っているんだね。うーん、もう言っても良いかな。

「私は『精霊視』を持っているから、精霊様にお願いして、三歳の頃からずっと訓練をしていたの。今の私の『魔力感知』なんかのスキルレベルは8だよ」

「『精霊視』があるのは知っていたけど、三歳から訓練！　スキルレベル8⁉　私ですら6なのに」

『精霊視』のこと、知ってたんだ。

「それより、なんで逃げたの？」

「う、うるさいわね、私は悪くないわ。精霊たちが、みんながきちんと説明しないのが悪いのよ」

こらこら、責任転嫁《てんか》してはいけない。

私から目線を逸《そ》らしたということは、非はわかっているのに認めようとしないだけだ。

「イザベル、少なくとも教会関係者からは、イムノブーストではなくヒールを使用するように、言われていたはずだよ。そうでなければ、歴代の聖女様も、同じミスを犯していたはずだからね。人の話をろくに聞かなかったイザベルが悪いんだよ」

精霊様もガーランド様も、イムノブーストの危険性を見落としていたから、これまで歴代聖女たちに何も言わなかったんだろうね。でも、教会関係者たちは暗黙《あんもく》の了解で知っていたから、ヒールを使用するように言った。

それなのに、イザベルはその忠告を無視した。

「私は悪くない！　そもそも、精霊たちや教会がヒール系を人間全員にきちんと教えていれば、こんなことにはならなかったのよ！　そうよ、精霊たちと教会が悪いのよ！」

「精霊様は、この地上にいる人たちの政治経済にタッチできないの。あくまで、見守るだけの役割なの。加護を持っている人が、政治経済に触れずに、ヒール系の質問をすれば、場合によっては習得できたかもしれないけどね。でも、長い年月で完全に忘れさられていたようだし、歴代聖女たちも、ヒール系は聖女にしか扱えないと思い込んでいた。確かに、ヒール系を秘匿《ひとく》していた教会にも、責任はあるよ。でもさ、イザベルはその教会の人たちに教育されたでしょ？　イムノブーストの危険性を指摘されたでしょ？　にもかかわらず、面倒だと思って全ての治療をイムノブーストでしたから、今回の大惨事《だいさんじ》が発生したんだよ。これは、全てイザベルの責任だよ。この前の話で、きちんと理解したと思っていたのに。精霊様だって、協力するって言ってたでしょ？」

そう、精霊様たちも、イムノブーストの危険性を見落としていたことに責任を感じていた。だから、ギリギリまでイザベルを見捨てなかった。

イザベルが、下唇を噛《か》んで悔《くや》しがってる。私の意見が正しいと思っているんだ。でも、それを認めようとしていない。

「……私は悪くない……私は悪くない……あんなことが突然起きるなんて」

「イザベル、逃げちゃダメだよ。自分の責任は自分で取らないとダメだよ」

「は！　仮に大勢の人たちを助けたとしても、これまでに多くの人たちを死なせたのよ。すぐに拘束されて、私は処刑されるわ」

「いや聖女だし、さすがに処刑は……」

ないとは言い切れない。住民たちが王城もしくは教会に押しかけて、『聖女イザベルを処刑しろ』と訴えれば、本当に処刑されるかもしれない。

「だから、返すことにしたのよ」

「返すって何を？」

まさか、ユニークスキルで聖女の称号を私に返すってこと？

「元々、聖女の称号は、シャーロットのものよ。私がユニークスキル『バーターチェンジ』を使って、あなたの『聖女』と私の『鑑定』を交換したの。これを戻せば、私は聖女でなくなる」

ユニークスキル『バーターチェンジ』！

自分のスキル、魔法、称号の一つを相手のものと交換させるスキル⁉

『鑑定』は、それであったのか⁉

うん、交換？　まさかとは思うけど、でも時期が一致してるし……

「……ねえ、二年前、ある女の子が王都に遊びに来ていたの。その子は、遊んでいるときに突然倒れたの。理由知ってる？」

「急に何？　二年前？　……ああ、病気を移した女の子のこと？　あれも私よ。あのままだと、二、三年で死ぬと言われていたから、『バーターチェンジ』で、私の病気とあの子のスキルを交換したのよ。名前は忘れたわ」

リーラが近い将来死ぬことを承知で交換したの⁉　怒りで、我を忘れそうだよ。一人の人間を確実に殺したこと（と思っている）は理解しているけど、大勢の人間が自分のせいで死ぬことに関しては、現実逃避《とうひ》か。

最低の人間だ。

おまけに、聖女の称号を私に返却することで、これまでのミスを全て私に被せられると思っている。イザベルの思考力が、追い詰められておかしくなっている。

「……一応言っておくけど、あなたから聖女の称号がなくなれば、まず間違いなく死刑になるよ」

「なんでよ、元々あなたが聖女なんだから、全てあなたの責任よ！」

本当に、無茶苦茶な理論だ。七歳の子供の考え方なのだろうか？　まさかとは思うけど、イザベルも転生者？　とにかく、今は彼女を説得しないと。

「自分の責任を人のせいにしちゃダメ。きちんと罪を認めないと、前に進めないよ」

「な⁉　アンタが……そもそも……そもそもアンタに出会わなければ……こんなことには……魔法も使えない……スキルも使えない……全部全部、シャーロットが悪いのよー‼

シャーロットがいるから－」

ちょっと！　いきなり飛びかかってきて、馬乗りにされた‼　目が血走ってるし、明らかに殺意を持っている！　このままだと、本当に殺される！

「こうなったら、お前も道連れにして死んでやるわ－‼」

くっ、なんとかイザベルの両手を掴んだけど、凄《すご》い力だ。完全に狂気に取り憑《つ》かれている。身体に力が入らない。まともに立ち向かえば、確実に殺される。ここからイザベルを倒すには、相手の力を利用するしかない。馬乗り状態の相手を倒す方法は、一つしか思い浮かばない。

「死ね－‼」

「私を殺しても、なんにも解決しないよ。いい加減、目を覚まして！」

「うるさい、私に命令するな！」

ダメだ、話を聞いてくれない。

両手に力が入らなくなってきた。このままだと、首を絞《し》められる！　幸いイザベルは、私の下半身付近に乗ってる。ここは腹筋の力を利用して、そのまま押し返すしかない。体力を考えると、一発勝負だ。まずは――

「ぺっ！」

イザベルの顔目がけて、唾《つば》を飛ばす。

「な！」

怯《ひる》んだ、いまだ！　上半身を腹筋の力で起こし、そのままイザベルを突き飛ばす！

「いい加減、私からおりろー！」

「きゃあああー、リジェネレーションで使用し続けたくせに、まだこんな余力が残ってるんだ」

今のうちに、邪魔な布団は床に落とそう。

イザベル自身は、ベッドから落ちてないけど、私の身体から離れた。

「所詮《しょせん》、無駄な足掻《あが》きよ。いい加減、諦《あきら》めて死ねー」

予想通りの行動だ。あの技は失敗したら、警戒されて二度と使えない。

やってやる！

襲いかかってくるイザベルの両腕を掴んだ後、仰向《あおむ》けの方向に転《ころ》がり、その勢いを殺さずに彼女のお腹目がけて、右足を蹴《け》り上げた。そう、柔道技の一つ、巴《ともえ》投げだ。

勢いを保ったまま、イザベルは壁に——激突《げきとつ》しなかった。激突音の代わりに聞こえたのは、ガラスが激しく叩《たた》き割れる音だった。あまりの音にそちらを見ると、イザベルは私の視界から消えていた。

「嘘⁉　ベッドの枕側に窓があったの！　全然、気づかなかった。あ、イザベル！」

まずい、ここ何階だろう？　急いで体勢を立て直し、ベッドから割れた窓付近を見ると、

すぐ下に地面が見えた。よかった～、一階だった。イザベルも激痛でうめいているけど、生きているよ。

「なんだ、今の音は⁉」

「オウル先生、シャーロットがいる保健室付近ですよ！」

「お嬢様！」

「シャーロットの身に何かあったのね！」

今の声は、オウルさん、お兄様、マリル、最後のはお母様だ！

窓から外を見ると、魔導具の街灯《がいとう》があるけど、かなり暗かった。けど、辛《かろ》うじて周囲の状況が見える。

あ！　窓の外に、お母様たちや居残った学生たちが駆けつけてくれた。

「この子は、イザベル⁉　シャーロット、大丈夫？」

正直、大丈夫ではない。身体がガタガタだよ。

「お母様、なんとか大丈夫です。イザベルと少し話しました。内容が全て真実ならば、本物の聖女は私で、ユニークスキルを使い、彼女の持つ『鑑定』と私の持つ称号『聖女』を交換して、聖女になったそうです。そして、彼女は私と出会ったからこんなことになったんだと逆恨《さかうら》みして、私を殺そうとしました」

「「「なんだ（です）って！」」」

私の話を聞いて、全員激怒した。

「こいつ、底なしにダメな奴だ！　いっそのこと、この場で――」

「ラルフ、落ち着きなさい」

「ですが、お母様！」

「正直、私も怒りでどうにかなりそうよ。でもね、衛兵《えいへい》に引き渡して、きちんと裁《さば》いてもらいましょう」

「ラルフ、エルサ様の言う通りだ。今、この場にいる全員が、ラルフと同じことを思っているよ。イザベルをどう扱うかは、国王陛下に委《ゆだ》ねるんだ」

オウルさんが、お兄様の肩に手を置き説き伏《ふ》せてくれたことで、お兄様も落ち着いたようだ。

「……痛い……痛い……私は悪くない……シャーロットが悪いのよ！」

この子、どうあっても、自分の罪を認めないのか。痛みを堪《こら》えて立ち上がったけど、逃げられないよ。居残った学生さんたちが周囲を囲んでくれてる。

「イザベル、なんで自分の罪を人のせいにするの？　そんなことしても何も解決しないよ。もう諦《あきら》めてよ。逆恨《さかうら》みしても、意味がないよ」

「ふ……ふふ……あははは、そうね、もう終わりね。ねえ、シャーロット、一つお願いがあるんだけど？」

この状況で、どうして笑える？　お願いって何？

「一応聞くけど……お願いって何？」

「こんなことになるなら、シャーロットのことは放っておいて、そのまま逃げるべきだったわ。あなたのポシェットの中に、拳大の石があるでしょ？　それを確認してくれない？」

そんな石、あったかな？　えーと、私のポシェットは……先生が使ってる机の上にあった。

ベッドからおりて、ポシェットを確認すると、確かに大人の拳大くらいの六角形の石があった。こんなの入れたっけ？

ベッドに戻りイザベルを見ると、学生たちに拘束され、うつ伏せ状態となっていた。

「イザベル、この石がどうかしたの？」

「あの石は……まさか!?　シャー――」

「ふふふ、あははは、シャーロットも道連れにしてやる！」

お母様が何か言いかけたところで、イザベルが喋《しゃべ》り出した。

「アンタさえいなければ、私はこんなことにならなかったんだ！　ここから一番遠いところへ飛んでしまえー、転移石発動！」

え、転移石？

イザベルが叫《さけ》んだ瞬間、私の右手に持っている石が輝き出し、私を包み込んだ。そして――周囲の風景が切り替わった。

エピローグ　偽聖女に逆恨《さかうら》みされ、新天地へと転移されました

右手に持っていた古ぼけた六角形の石が光り輝き、私を包み込んだ。

光があまりにも眩《まぶ》しかったので、私も目を閉じてしまった。そして十秒ほど経過すると、石に含まれていた魔力が急速に失われ、石自体もまるで砂になったかのように、崩れ落ちてしまった。

ゆっくり目を開けると、何もないところにいて――目の前で、二人の人が土下座《どげざ》していた。

え、なにこの状況？　それに、ここどこ？　お母様やお兄様たちは？　イザベルは？

「シャーロット、ごめんなさい」

「シャーロット、すまない」

完全土下座状態なので、顔が見えないけど、左側にいる長い黒髪の人は女性だね。さっきの謝罪の声は、この人かな。右側にいる銀髪の人は、男性だと思う。

「あの、お二人とも、顔を上げてくれませんか？　どなたなのか、わからないのですが？」

二人が、揃って顔を上げた。

銀髪の男性は二十五歳前後の超イケメンで、知らない人だった。

黒髪の女性、綺麗《きれい》だな～女の私でも見惚《みと》れる――あ！

「もしかして、転生するときに会った地球の女神の……ミステラレル様ですか！」

「ミステラテルです！　失礼なのは相変わらずですね。まあ、覚えていてくれて嬉しいですが」

本気で間違えてしまった。ミス……ラテル様、申し訳ありません。

「くっ、あはは、ミステラレルで覚えられている女神って、広い宇宙といえど君だけだよ。あ、シャーロット、すまない」

あ、ロングの銀髪の男性が、また謝った。この人の声、どこかで聞いたことがある。でも、知らない人だ。女でも男でも見惚《みと》れるくらいのイケメン。この人も神様なんだろうけど、どこか清廉《せいれん》な大魔王の雰囲気を感じる。それに姿と言動が合っていない気もする。

「シャーロット、私は大魔王ではない。神ガーランドだ」

「ぷっ、清廉《せいれん》な大魔王、確かに第一印象は、そう感じるわよね」

あ、心を読まれた。大魔王じゃなくて、神様なら当たり前か。この人が、ガーランド様なのか。

「ガーランド様？　あ、祝福のときに聞こえた声だ！」

それにしても、なぜ急にミステラテル様とガーランド様が、私の目の前にいるのだろうか？

「あの、ここはどこですか？　お二人とも、なぜ土下座して謝罪していたのですか？」

もしかして、死んだのかな？

「いや死んでいないよ。イザベルが持っていた国宝の転移石で、転移されただけ」

転移石⁉　そういえば、お父様から聞いたことがある。

魔力をこめればどんな場所にでも行ける使い捨て魔導具だ。距離はこめる魔力に比例する。ただ、転移石は遥か昔に製作されたもので、今の技術では製作不可能と言われており、『オーパーツ』に分類されている。現存数も少なく、エルディア王国で発掘《はっくつ》されたものは全て国宝指定で、王城の宝物庫に厳重に保管されている。なにせ、一回使用したら崩壊して使用不可能になるから、緊急事態でも起こらない限り、使用してはいけないのだ。

私の右手にあった石も、完全に崩壊して床に落ちてるし。

「なんで、イザベルがそんなものを持っているんですか！」

「王城の宝物庫から盗んだのさ」

「盗んだ⁉　国宝なんて、そうそう盗めませんよね？」

聖女だから王城に行く機会はあっただろうけど、厳重な警備の中、盗むのは不可能なはず。

「あの子は王城で、魔法使いたちから『魔力循環』といった基礎スキルの訓練を受けていた。その空《あ》き時間を使って王城を探検《たんけん》し、どこに何があるのかを把握《はあく》したのさ。あるとき、王城一階の事情聴取《ちょうしゅ》室を通り過ぎた際、一つの魔導具が机の上に置きっ放しにされていたのを見かけた。その魔導具には魔法『ヒュプノ』が付与されていた」

ヒュプノ、いわゆる催眠《さいみん》か。危険な魔法であるため、現在では国の法律で、習得は禁止されている。私自身、習得方法を知らない。

一時的に人を催眠《さいみん》状態にすることで、情報を引き出す魔導具だ。

「イザベルはそれを盗んだと？」

「その通りだよ。彼女は魔導具を悪用し、宝物庫担当の兵士たちを巧《たく》みに操《あやつ》り、宝物庫から国宝指定で保管されていた転移石五個全てを盗ませたのさ。彼女自身は罪に問われないように動いている。どうも、教会での聖女関係の授業中に転移石を知ったようだね。自分に何かあったときのために、欲しいと思ったようだ。そんなときに、ヒュプノの宿った魔導具が目の前にあったから、悪事が閃《ひらめ》いたんだろう」

たとえ、イザベルが転移石を持っているとバレたとしても、宝物庫から盗ませた兵士たちから貰《もら》ったといえば逃げられる。しかも、当の兵士自身が催眠《さいみん》状態で何も覚えていない。そうなると、何者かが侵入し、兵士を催眠《さいみん》で操って聖女に転移石を渡したと考えるよね。

イザベルの行動が滅茶苦茶《めちゃくちゃ》すぎる。聖女だから、何をしても許されると思ったのだろうか？　思ってたんだろうな～。

「ちなみに、その魔導具は？」

「騒がれない内に、あの子が元の位置に戻した」

ガーランド様は、怒りを通り越して呆《あき》れているね。

私の持っていたものが転移石となると、ここに転移されたのかな？　いや――

「イザベルが、私に何をしたのかわかりました。二人が土下座して謝罪したことを考えると、転移先はここではなく、どこか途方もない場所と推測できますが？」

「すまない……ハーモニック大陸にあるジストニス王国ケルビウム山の上空一万二千メートルだ。この惑星で言えば、エルディア王国からちょうど真裏の位置にある。シャーロットも知っていると思うけど、ハーモニック大陸全土は魔人族によって支配されている」

魔人族、二百年くらい前の人間との戦争で大敗して、ハーモニック大陸に追いやられたと書庫の本に記載されていたかな？　その魔人族が住み着くハーモニック大陸に転移か。しかも、上空一万二千メートルというおまけ付き。

「それ、どう考えても死にますよね」

「……まだ、わからないよ。シャーロットの動き次第だ」

ガーランド様、第一印象は姿だけで大魔王と思ってしまったけど、こうやって話すときさくで良い人……良い神様だ。

転移先が上空一万二千メートルだからこそ、この空間に呼び寄せて、前もって教えてくれている。でもさ、魔法があるとはいえ、それで対処可能なの？　これまでに精霊様から聞いた魔法の中で、すぐに習得でき、上空でも有効に機能するものを探すしかない。

「シャーロット、本当にごめんなさい。私たちが土下座した理由は、ここまでに到った経《けい》緯《い》にあるの。あの子……イザベルが、あのスキルをあんな形で悪用するとは思わなかったの」

あ、そうだ。イザベルの考え方は、どう考えても異常だ。七歳とは思えないんだよね。女神様がイザベルを知っているということは――

「やっぱり、イザベルも私と同じで、記憶を持たせた転生者ですか？」

「そうよ。子供が赤信号で飛び出して、トラックに轢《ひ》かれそうになったところを身を挺《てい》して守ったのよ。子供は助かったけど、彼女は即死だったわ。まだ十五歳と若いし、魂も比較的綺麗《きれい》だったから、私のもとへ呼び寄せたの。あの時点では、あそこまで拗《こじ》れてなかったのに……」

彼女の前世で、何か性格を歪《ゆが》ませるキッカケがあった？　それとも今世の幼少時において、大きく性格が歪《ゆが》んだ？　もしくは、病気のせいかな？

「どうして、『バーターチェンジ』というスキルを渡したんですか？　あのスキルは危険ですよ」

「『バーターチェンジ』は、互いのスキルや魔法、称号を交換するスキル。発動するには、お互いの許可が必要なの。まさか、あんな言葉巧みに誘導して、称号『聖女』を『鑑定』と交換するとは思わなかったの」

花冠を作っていたとき、妙な言い回しをするなと思っていたけど、あの行為はそういう意味だったのか。

「ガーランド様、初めて声を聞いたとき、これからが大変だと言ってましたけど、こういう意味だったんですね。確かに上空一万二千メートルから生き残るのは至難《しなん》の技ですね」

「うっ、いや、それは違う。あのときは、『君が聖女となるから、これからが大変だよ』という意味で言ったんだ」

はい、わかってるよ〜。わかってて言ったんだよ。

「今回の責任は、イザベルを転生させるとき、病気やスキルのことをきちんと説明しなかった私にある。彼女は、転生特典の『全言語理解』『バーターチェンジ』『鑑定』を持っていた。ついでに、他人のステータスが見られるよう『スニークシーフ』なんてスキルもあげている。だからこそ、病気の完治方法に気づくと思って、あの環境に転生してもらったんだ。病気は、適当な魔物と交換すれば良かった。病気さえ治してしまえば、優しい両親のもと、穏やかに幸せに生きていけるからね。でも、それは私の驕《おご》りだったのかもしれない」

うーん、『瘴気病』『バーターチェンジ』『全言語理解』『スニークシーフ』か。

そう言われると、確かにガーランド様が悪いね。イムノブーストの件は、どうなんだろうか？

「ガーランド様、イムノブーストの危険性を知っていたんですか？」

「いや、あれは人間が開発したものだが、当時はその性能に驚いた。イムノブーストの性能があまりに良すぎたせいで、ヒールは人々から忘れられてしまった。私自身、この魔法があれば、みんな長生きするだろうと思い、そこから調査しなかった。つい最近になって、精霊たちから指摘されてから調査をして副作用のことを知った。しかも、聖女であっても副作用が生じるとわかり、急いでステータスを修正しておいたんだ」

ガーランド様、管理が凄《すご》くいい加減だ。

「ガーランド様、この世界には魔法やスキルがあるんですから、新開発されたものに関しては、きちんと調査した方が良いです。あと、精霊様と協力して、管理の分担をお勧めします」

「ぷ、あははは、ガーランド、地上の人間にも言われているじゃないの。いくら神であっても、地上の管理を一人でなんて対応できないわよ。地球なんか、人口六十億超えたのよ。創世神様が管理を隅々《すみずみ》まで行き届かせるために、たくさんの神や天使たちで仕事を分担していても、たまにミスが発生するのよ。ここの惑星は、人口が少ないとはいえ、ステータス、魔法、スキルがあるせいでシステム管理が大変よ、とみんなが言ってたでしょ？　あなたが頑《かたく》なに一人でもやれると言い張ったから、何も言わずに見守っていたんだから」
　う～ん、神々の会話だね。入っていけないよ。

「今回のことで認識を改めるよ。地球の管理方法を参考にして、この惑星の管理方法を考えよう」

　ガーランド様にとって、良い勉強になったんだろうけど、地上の人にとっては凄《すご》く迷惑な話だ。今回、私が一番悲惨《ひさん》じゃないか。

　イザベルのせいもあって、上空一万二千メートルからのスカイダイビング、いやパラシュートを付けていないから投身自殺になるよね？　二人が土下座謝罪するわけだ。

「シャーロット、今回は本当にごめんなさいね。私も間接的に関わっているから」

　ミスラテル様も、かなり反省しているようだ。

「それで、私はどうなるんでしょうか？」

「君がここを出ていったら、上空一万二千メートルに転移する。私の責任でもあるから、HPとMPを全回復させて、ユニークスキルを一つ付けておいた。それで、なんとか生き延《の》びてほしい」

　ユニークスキル一つで状況を打破《だは》できるのだろうか？

「わかりました。それと、イザベルが処刑されたら、完全に記憶を消してから転生させてくださいね」

「……そのイザベルなんだけど、シャーロットが転移された直後に、自分も転移石を使って逃走したよ」

「ええー!?　転移で逃走！」

「幸い、シャーロットの転移でほとんど魔力を使ったから、今もエルディア王国内にいる」

　最悪だよ！　残り三個の転移石があるから、魔力が回復したら国外逃亡される！

「イザベルから聖女の称号を剥奪《はくだつ》できないんですか？」

「一度付いた称号は、『バーターチェンジ』のようなスキルでないと、私たちでも取れない仕組みになっている。彼女の魔法とスキルは、使用禁止にしてあるから、場合によっては魔物に殺されるかもしれない」

　それじゃあ、魔力量は多いままか。精霊様から聞いたけど、聖女になると、魔力量が200近くアップするんだよね。いくら魔法とスキルが使用禁止でも、転移石がある以上、国外逃亡の可能性はあるね。

「シャーロット、そろそろ時間のようです。どうか生き残ってくださいね」

「シャーロット、今回は本当にすまなかった。どうか、生き延びてくれ」

　軽く言わないでよ！

「私も七歳で死にたくないんで、生きるために頑張《がんば》ります」

また周囲が光輝いた。目が開けられない。次、目を開けたときは上空一万二千メートルだ。

○○○

「彼女、行っちゃいましたね。ガーランド、彼女に渡したユニークスキル、それで助かるの？」

「大丈夫だ。シャーロットには生きていてほしい。ケルビウム山頂は八千メートルもあるし、魔素濃度が世界一高く、人間が生存できる環境ではない。そんな過酷《かこく》な場所でも生存できるようなユニークスキルを与えておいた。本来、介入《かいにゅう》してはいけないが、今回は事情が事情だからね」

「でも、そのスキルで上空一万二千メートルから助かるの？」

「あ、高さのことを忘れてた」

この後ガーランドは、ミステラテルにこっ酷《ぴど》く怒られた。

○○○

目を開けると、そこはほとんど宇宙空間だった。

高い、高すぎるし、怖すぎるよ！　それに落下速度がどんどん増していく！　地球のスカイダイビングする人たちは、なぜ笑顔でいられるのかわからない。それに、上空から強い何かが当たってくる。これってまさか、紫外線《しがいせん》や放射線《ほうしゃせん》！

嘘、感知できてるよ！

一万二千メートルの高さでは、それらを遮《さえぎ》ってくれるものがない。惑星ガーランドだ。私の身体に見えない傷が大量にできているだろう。そして、ガーランド様たちと別れる直前、息を止めておいて正解だった。とにかく、なんとか対処しないと。

偽聖女に逆恨《さかうら》みされたせいで、ほのぼの人生だった私の生活が急転直下、激動のサバイバル人生に切り替わってしまった。

上空一万二千メートルからの脱出？

よくわからないけど、ここからなんとしてでも生還《せいかん》してみせる！

あとがき

皆様初めまして、作者の犬社護です。

この度は、文庫版『元構造解析研究者の異世界冒険譚1』を手にとっていただき、誠にありがとうございます。


本作は、「一人の子供をメインにして、面白おかしく楽しい冒険をさせたい」というテーマから始まりました。そして、そこに日本のアニメやバラエティー番組のネタを織《お》り交ぜることで、読者の皆様に笑ってもらえる作品を目指しています。

その中でも特に私が重要視したのが主人公です。これまで医者や研究者、警察官関係のドラマを好んで視聴《しちょう》していた経緯もあり、タンパク質や遺伝子の構造を解析する研究者ならインパクトがあるのではと考え、このような設定を取り入れてみました。その上で、全体的にほのぼの感が出るよう工夫を凝《こ》らしています。

また、主人公と敵対するイザベルも転生者ですが、ここで彼女の性格造形に大きな影響を及ぼすのが神ガーランドです。一般的に神様といえば、善か悪か、いずれかに属する超常的存在と思われるでしょう。しかし、本質的には善でありながらも、その超いい加減な性格が災いし、傍から見れば悪にもなりうる無邪気な神様がいてもいいんじゃないか？

そんな作者の思いから、神ガーランドが誕生しました。普通に考えれば、「こんなミス起こりえないだろ‼」という行為を、彼は気づかずにやっているのですが……ここではあえて触れないことにしますね。

ちなみに、一巻はシリアスな展開が多かったものの、後半の学会発表には、とあるアニメの演説シーンに似た雰囲気をちょびっと入れてみました。見つけてくださった読者の方が何人いらっしゃるのか気になるところです。次巻以降も、作品のカラーを大事にしながらこういった趣向を取り入れていきますので、是非《ぜひ》、ご期待ください。

さあ、転生者イザベルによって高度一万二千メートルへ転移された不運なシャーロットの運命やいかに？　神ガーランドは、高度に対してはなんの対処法も彼女に与えてないですからね。あのいい加減な性格には全く困ったものです……。

彼女の異世界冒険譚、始まり始まりです。

それでは、また第二巻でお会いしましょう。

二〇二一年十二月　犬社護

大好評発売中!
累計610万部突破!
(電子含む)
ゲート SEASON1
大好評発売中!
コミックス
最新20巻
2021年12月
刊行予定!!
単行本
文庫
漫画
漫画:竿尾悟
●本編1~5/外伝1~4/外伝+
●各定価:1870円(10%税込)
●本編1~5〈各上・下〉/
外伝1~4〈各上・下〉/外伝+〈上・下〉
●各定価:660円(10%税込)
●1~19(以下、続刊)
●各定価:770円(10%税込)
スピンオフコミックスもチェック!!
ゲート featuring The Starry Heavens
原作:柳内たくみ
漫画:阿倍野ちゃこ
1~2
ゲート 帝国の薔薇騎士団 ピニャ・コ・ラーダ14歳
原作:柳内たくみ
漫画:志連ユキ枝
1~2
めい☆コン
原案:柳内たくみ
漫画:智
●各定価:748円(10%税込)

大ヒット
異世界×自衛隊ファンタジー！
ゲート
自衛隊 彼の海にて、斯く戦えり
GATE SEASON 2
1〜5
柳内たくみ 著
Yanai Takumi
1〜5巻
好評発売中！
文庫1〜3巻
（各上・下）
大好評発売中！
ゲート SEASON 2
1.抜錨編
GATE
自衛隊 彼の海にて、斯く戦えり
柳内たくみ
舞台は異世界の海！ゲート海自編、ついに開幕！
海上自衛隊VS
異世界海賊＆海軍！
累計420万部！超スケールの自衛隊×異世界ファンタジー！
ゲート SEASON 2
自衛隊 彼の海にて、斯く戦えり
1 抜錨編
柳内たくみ
上
『ゲート』シリーズ累計
ついに500万部突破！
電子含め累計570万部
豪華賞品が当たる
海自編、待望の文庫化！
ゲート SEASON 2
自衛隊 彼の海にて、斯く戦えり
1 抜錨編
柳内たくみ
下
『ゲート』シリーズ累計
ついに500万部突破！
電子含め累計570万部
豪華賞品が当たる
海自編、待望の文庫化！
●各定価：660円（10%税込）●Illustration：黒獅子
●各定価：1870円（10%税込）
●Illustration：Daisuke Izuka

ネットで人気爆発作品が続々文庫化!

アルファライト文庫 大好評発売中!!

魔物蔓延る最果ての魔境で――無自覚チート ダダ漏れのお気楽ライフ!?

最強Fランク冒険者の気ままな辺境生活? 1〜3

1〜3巻 好評発売中!

紅月シン *Shin Kouduki* illustration ひづきみや

凶悪な魔物が跋扈する辺境の街で 天然勇者、田舎暮らしを大満喫!?

魔境と恐れられる最果ての街に、Fランクの新人冒険者、ロイがやって来た。過酷な辺境での生活は彼のような新人には荷が重い。ところがこの少年、実は魔王を倒した勇者だったのだ。しかも、ロイにはその自覚がないため、周囲は大混乱。彼が無意識に振りまくチートな力で、やがて街は大きな渦に呑まれていく――。元Sランク勇者の天然やりすぎファンタジー、待望の文庫化!

文庫判 各定価：671円(10%税込)

アルファライト文庫

この作品に対する皆様のご意見・ご感想をお待ちしております。

おハガキ・お手紙は以下の宛先にお送りください。

【宛先】

〒150-6008 東京都渋谷区恵比寿 4-20-3 恵比寿ｶﾞｰﾃﾞﾝﾌﾟﾚｲｽﾀﾜｰ 8F
（株）アルファポリス　書籍感想係

メールフォームでのご意見・ご感想は右のＱＲコードから、
あるいは以下のワードで検索をかけてください。

アルファポリス　書籍の感想　検索

ご感想はこちらから

本書は、2017 年 9 月当社より単行本として
刊行されたものを文庫化したものです。

元《もと》構造《こうぞう》解析《かいせき》研究者《けんきゅうしゃ》の異《い》世《せ》界《かい》冒険譚《ぼうけんたん》 1

犬社護（いぬや　まもる）

2021年 12月 31日初版発行

文庫編集－中野大樹／宮田可南子
編集長－太田鉄平
発行者－梶本雄介
発行所－株式会社アルファポリス
〒150-6008東京都渋谷区恵比寿4-20-3恵比寿ガーデンプレイスタワー8F
TEL 03-6277-1601（営業） 03-6277-1602（編集）
URL https://www.alphapolis.co.jp/
発売元－株式会社星雲社（共同出版社・流通責任出版社）
〒112-0005東京都文京区水道1-3-30
TEL 03-3868-3275
装丁・本文イラスト－ヨシモト
文庫デザイン―AFTERGLOW
（レーベルフォーマットデザイン－ansyyqdesign）
印刷－中央精版印刷株式会社

価格はカバーに表示されてあります。

落丁乱丁の場合はアルファポリスまでご連絡ください。

送料は小社負担でお取り替えします。


ISBN978-4-434-29702-1 C0193